13

ゴブリンスレイヤー

GOBLIN SLAYER!

He does not let anyone roll the dice.

すべてはその瞬間、
神々の投じる
《宿命》と《偶然》の
骰子の目によって――
……。

Contents

GOBLIN SLAYER!
He does not let anyone roll the dice.

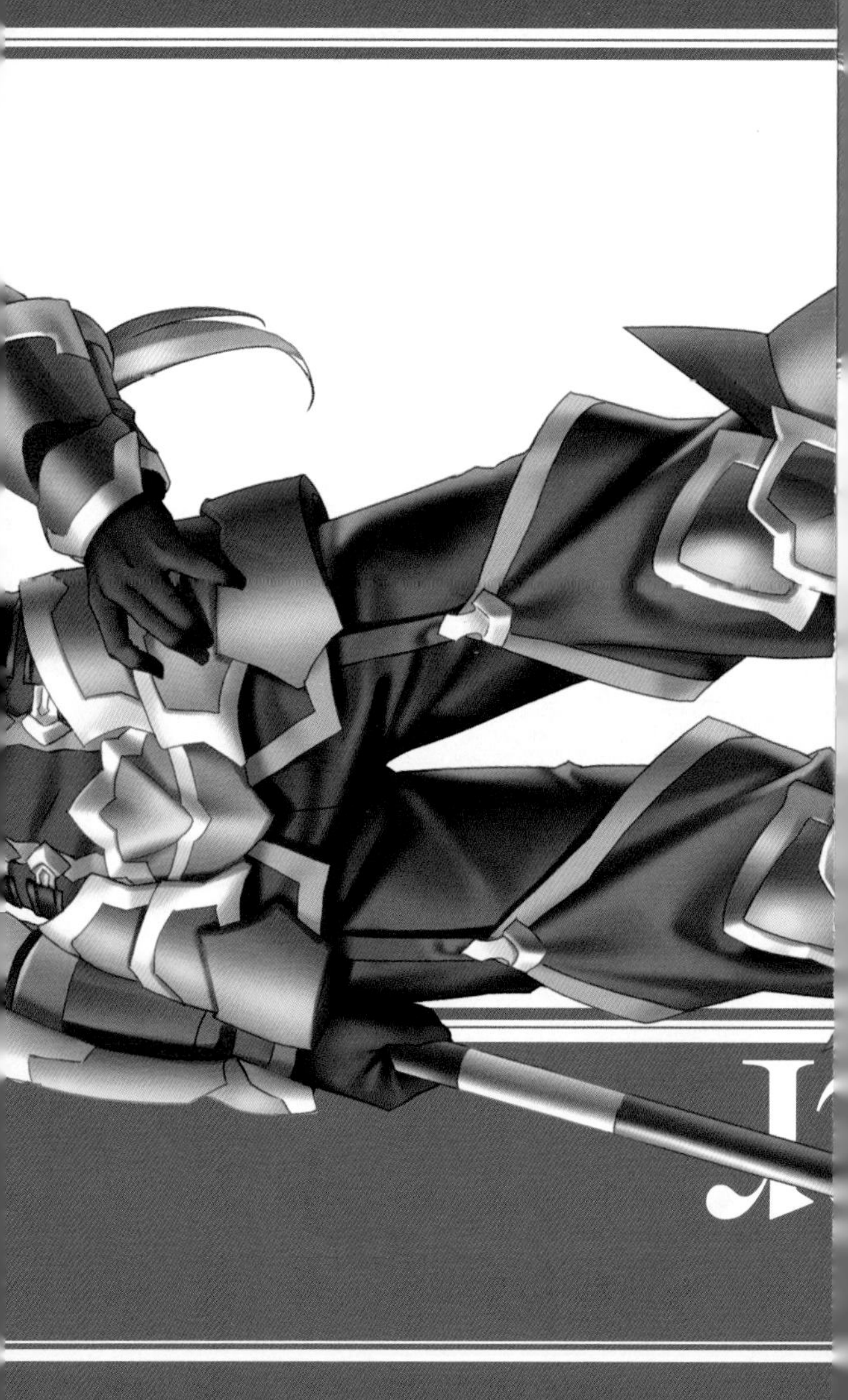

GA文庫

ゴブリンスレイヤー 13

蝸牛くも

ゴブリンスレイヤー Goblin Slayer

辺境の街で活動している変わり者の冒険者。ゴブリン討伐だけで銀等級（序列三位）にまで上り詰めた稀有な存在。

――守り、癒やし、救え。『地母神の三聖句』

女神官 Priestess

ゴブリンスレイヤーとコンビを組む少女。心優しい少女で、ゴブリンスレイヤーの無茶な行動に振り回されている。

――無知なる者こそが幸福である。知ることは最上の喜びなのだから。『エルフの格言』

妖精弓手（エルフ） High Elf Archer

ゴブリンスレイヤーと冒険を共にするエルフの少女。野伏（レンジャー）を務める凄腕の弓使い。

牛飼娘 Cow Girl

ゴブリンスレイヤーの寝泊まりする牧場で働く少女。ゴブリンスレイヤーの幼なじみ。

受付嬢 Guild Girl

冒険者ギルドで働く女性。ゴブリン退治を率先してこなすゴブリンスレイヤーにいつも助けられている。

重戦士
Heavy Warrior

辺境の街の冒険者ギルドに所属する銀等級の冒険者。女騎士らと辺境最高の一党を組んでいる。

蜥蜴僧侶 リザードマン
Lizard Priest

ゴブリンスレイヤーと冒険を共にする蜥蜴人の僧侶。

物事を見た目で判断する鉱人は、この世におらぬ。
――宝石も金属も、磨く前は全て石塊。

鉱人道士 ドワーフ
Dwarf Shaman

ゴブリンスレイヤーと冒険を共にするドワーフの術師。

剣の乙女
Sword Maiden

水の街の至高神の神殿の大司教。かつて魔神王と戦った金等級の冒険者でもある。

槍使い
Lancer

辺境の街の冒険者ギルドに所属する銀等級の冒険者。

魔女
Sorceress

辺境の街の冒険者ギルドに所属する銀等級の冒険者。

カバー・口絵　本文イラスト
神奈月昇

週の初日は魔法使い
その次の日は武道家で
三日目には竜騎兵（ドラグーン）
四日とならば弓を執（と）り
五日目ならばまた馬の上
六日は斥候として闇（やみ）を駆け
週の終わりは自由騎士
合間を縫って迷宮作り
罠をこしらえ怪物ならべ
手ぐすね引いて待ち受ける
次の千の五乗年もこうして過ごす
これにて始めて冒険がよくわかるもの

第1章 『冒険者になりたい』

「GOOOROGGB!?」

音もなく闇を貫いた短剣によって、小鬼が濁った悲鳴をあげて仰向けに転げる。

洞窟の中に木霊する断末魔。それに伴い騒ぎ出すゴブリンども。

――こんな騒動にもすっかり慣れてしまったわい。

鉱人道士は油断なく暗黒を睨みながらも、呑気にそんな思考に耽っていた。

「一つ……！」

その時には既に薄汚れた革鎧、安っぽい鉄兜の冒険者が放たれた矢の如く飛び出している。

「おっそい!!」

そしてそれを飛び越して行く銀の矢が一条。いやさ三条。

「GBOOBB!?」

「GOBBG!?　GORBG!?」

「GRBBGORG!?」

鉱人の目を以てしても見通せぬ巌窟の奥へ飛び込み、聞こえる悲鳴もまた三つ。

上の森人が弓を執るならば、それから逃れる術などありはしないのだろう。

「ふふん……！」

ちらとこちらを振り返り、得意げに薄い胸を反らす妖精弓手。

勝ち誇った子供のような表情で耳を揺らす彼女へ、鉱人道士は短く舌を打って応じた。

――その無駄に鼻の高いとこがあっから、素直に褒めてやる気にならんのだ。

その頃には既に斃れた小鬼の手から武器を掠め取った小鬼殺しが、後続へ飛び込んでいる。
二、三と数える声を聞くだに、合わせて六以上、ゴブリンどもは十からいるらしい……が。
「コン程度の巣穴なら、わしらの出番はなさそうだの、鱗の」

「まったく困ったものですな」

決して油断しているわけではないけれど、ゆったりとした口調で、傍らの巨体が同意する。

蜥蜴僧侶はことさら大仰な仕草でぶるりと身を震わせて、その長首を揺らした。

「冬場も近い故、なるべく体を動かしておかねば、ついウトウトとなってしまう」

それが冗句なのか本音なのか、そこそこの付き合いとなる鉱人道士にも判別はつかない。

なにしろ蜥蜴人ときたら戦ばかりに明け暮れている種族だし、寒さが苦手なのもまた真実。

――けどこいつ、自分は温血だとか抜かしよったかんのぉ。

いや待て。しかし鼠なども冬眠するときゃするではないか――……。

「とはいえ、奇跡が節約できるのは良い事ですから……」

判別つかないのはやはり同じなのだろう。地母神に仕える少女が、曖昧に微笑んだ。

暗黒の洞窟の只中にあって、緊張した様子こそあれど、怯えた気配はない。

しっかと両手で錫杖を握り、あちら、こちらと気を配る姿は、なかなか様になっている。

思えば彼女が白磁だった頃からの付き合いになるが、ずいぶんと成長したものだ。

——只人の歩みは長いっつーもんな。

森人ほどではないにせよ、長命の身としては若干の眩しさを覚える部分もある。

その視線に気づいたらしい女神官が、顔の横に疑問符を浮かべて小首を傾げた。

「えと、どうかなさいましたか？」

「いんや」鉱人道士は呵々と声をあげて笑った。「手持ち無沙汰で暇しとるだけだわ」

腰に吊った火酒を、ぐびりと一口呷る。小鬼のねぐらに潜り込むにしては、良い気分だ。

——ま、調子こいてもいられんの。

鉱人道士は洞窟に転がる岩と岩の合間に手をかけ、声をあげた。

「おう、かみきり丸。横穴があんぞ！」

「む……！」

前衛の反応は速い。

「頼むぞ」

「え、ちょっと⁉　ああ、もう……！」

何匹目かの小鬼の首を粗雑な斧(おの)で無造作にへし折って、すぐに小鬼殺しが駆けて来る。

一人前衛を任された妖精弓手が、案の定抗議の声をあげるが、気にした風もない。

信頼と見るべきか無頓着(むとんちゃく)と見るべきか――……。まあ、前者と思うことにしよう。

鉱人道士は髭(ひげ)をしごいた。この鉄兜の若者は、ずいぶんと偏屈で変わり者だが。

「頼むつーたからにゃ、頼んだのよな」

「横穴か。小鬼はいるのか」

「さあてな」

ゴブリンスレイヤーは穴の中へ、ずいと手にした松明(たいまつ)を突き入れた。

照らし出されたその先は、穴というよりも亀裂、裂け目と言った方が良いだろう。

人が通るにはだいぶ難儀しそうだが、小鬼ならば容易に通り抜けられるに違いない。

「あ、これ……」

そしてゴブリンスレイヤーよりも早くそれに気づいたのは、女神官の方であった。

それは岩と岩の間に挟まっていた布切れで、引き裂かれ、赤黒い滲(にじ)みがあった。

彼女はそれをそっと拾い上げて、深刻な表情で見つめている。

ゴブリンスレイヤーは低く唸(うな)った。

「人が攫(さら)われたという依頼ではなかったはずだ」

定型的(テンプレート)な冒険だった。

村の近くに小鬼が出るようになった。被害は出ていないが、早めに何とかして欲しい。下手に無鉄砲な若者がちょっかいを出して刺激すると、厄介な事になりそうだから、と。

頷ける話であったし、実際に小鬼どもの数もそう多くはいない。

新米の冒険者が飛びつくような類の冒険で、騙して悪いがという事もあるまい。本来なら銀等級が四人、青玉等級が一人の一党が受ける仕事ではないのだが――……。

――ま、そこはそれ、かみきり丸だものな。

わざわざそれに付き合う辺り、大概自分らも人が良い。鉱人道士は頷いた。

「おおかた、巡礼か吟遊詩人か物売りってなとこだろな。一人旅せにゃならん者も多かろ」

誰もいないのかという女神官の問に、ゴブリンスレイヤーは鉄兜を横に振った。

「あちらの奥には――……？」

「何もなかった」

「ゴブリンだけ、今は死体だけ！　ああもう、やんなっちゃう！」

続けて、ひとしきり弓を射ってから駆けてきた妖精弓手が、憤然とした様子で言葉を紡ぐ。

彼女は言葉に加え態度でも不機嫌を主張していたが、ゴブリンスレイヤーには意味がない。

「何匹いた？」

「いちいち数えてるのはオルクボルグだけよ」

「そうか」

こっくりと鉄兜を揺らす様に、上の森人は実に優雅な仕草で鼻を鳴らした。

「それで、この先に潜るわけ？」

ひょいと彼女は身軽な仕草で亀裂の奥を覗き込む。

土の下は鉱人の領域だというのに、熟練の鉱人鉱夫にも劣らぬような慣れ具合。

神代の生き物の末裔とは、いやはや、まったく。

――上古の鉱人がざらにいりゃあ、また違うのかねえ。

鉱人道士は一口酒を口に含んだ後、妖精弓手の横から穴の中を確かめた。

「ちくと用心した方が良いかもしらんな」

言葉通りに用心しいしい、慎重な手つきで岩肌を撫で、砕けた小石を掌中で弄ぶ。

「ずいぶんと岩が脆くなっとるでな。下手打つと崩れっちまわぁ」

「となれば、拙僧はこちらに残って入口を確保した方が良さそうですな」

「もっと体操とかしときなさいよね」

重々しく頷いた蜥蜴僧侶の脇腹を肘で小突いて、妖精弓手がくすくすと笑った。

その瞳がちらりと悪戯っぽく煌めいて、鉱人道士の方を向く。

「鉱人が入ったらつっかえそうだし、あんたも待機してたら？」

「うっせえぞ。おまえさんが楽々入れるだけだろが、金床め」

背後で女神官が恐縮したように身じろぎしているが、鉱人道士は構わずに毒づく。

森人は長年の喧嘩仲間だ。こうして言い合わずに仲良くするなど、落ち着かぬものだった。

「片手が塞がるのは避けたいな」

ゴブリンスレイヤーはそんなやりとりに頓着する事もなく、常通りに淡々と呟く。

彼は手にした松明を足元に捨てると、空いた手をひらりと振って、女神官に合図を送った。

「《聖光》ですね」

彼女も心得たもので打てば響くように応じ、こくりと頷く。まったく、手慣れたものだ。

女神官はするりと両手で縋るように錫杖を手繰ると、朗々と地母神への聖句を唱えあげる。

「《いと慈悲深き地母神よ、闇に迷える私どもに、聖なる光をお恵みください》！」

――途端、悲鳴が上がった。

白光に照らし出された亀裂の奥には、醜悪な怪物どもが蠢いていた。

薄汚い襤褸を纏った緑肌の、小鬼。

それが黄ばんだ瞳を覆い隠すように腕を掲げ、眩い光にのたうち回っていたのだ。

「GOORGB!?」

「GOBORG!?　GOOROG!?」

「八。弓なし、術なし。やるぞ！」

「だから、早いって……！」

言うが早いかゴブリンスレイヤーは裂け目へ飛び込み、妖精弓手がそれを追い越す。

遅れて、鉱人道士は手斧を腰から抜いて、どかどかと二人へ続いて亀裂へ身を投じた。

「ったく、わしゃあ術士なんだがのう……！」

ともあれ蜥蜴僧侶が後に残るとならば、前衛を担うのはやぶさかでない。

女神官が掲げる聖光を背に受けて、鉱人道士はしゃにむに、その手斧を振り回した。

もとより先行する二人が小鬼を取り逃すとは思えなんだが、こちらへ抜かれては敵わない。

視界の先では飛び込むと同時、ゴブリンスレイヤーの投じた斧が宙を舞っていた。

空中で無数に円を描きながら飛んだ斧は、まさに薪を割るように小鬼の頭蓋を打ち砕く。

「GBBGBO⁉」

「一つ……！」

「に、たす三‼」

閉所だというのに小器用に大弓を引き絞って、妖精弓手が三条の矢を放つ。

木芽鏃の矢は渦を描くように洞窟の石筍の間を抜けて、次々にゴブリンどもを射抜いていく。

「GOBGR⁉」

「GGO⁉　GOBOGR⁉」

——こらあ、わしの出番はなさそうだのう。

そのまま距離を詰めて白兵戦に持ち込んだ小鬼殺しの剣戟音に、鉱人道士は目を細めた。

閉所で十匹かそこらのゴブリンどもを相手取って、まあ、早々手こずる事はない。

勝ったなと見物を決め込んだって良いのだが、そこは冒険者としての自負がある。

危険を冒すと書いて冒険だ。

ゴブリン退治は世に存在する怪物退治の中でも格段に楽な部類だが、それでも――……。

――あん？

鉱人道士はふと違和感を覚えて、目を見張った。

ゴブリンどもが寄ってたかって玩具にしていたと思わしき、人型の何か。

それはまあ良い。悪趣味で、反吐も出るが、まあ、致し方ない事ではある。

気になったのは先程までと異なり、煌々と白んだ光に照らされた小鬼どもの姿だ。

腕は太く、骨もしっかとしているように見える。さほど大柄ではない、が――……。

――肥えている？

のである。

良く喰い、寝て、遊んだ。そんな風情だ。

先だっての砂漠の要塞で見た手合にも似ているが、さて――……。

――ホブゴブリンの成り損ないって奴かんの？

この四方世界において、ゴブリンどもをまともに研究している者などいやしまい。

というより、目前で小鬼を殺しているかみきり丸が第一人者やもしれぬのだ。

ゴブリンからホブゴブリンへの変化など、鉱人道士は知る由もない。

知った所で、結局は殺すべき相手だ。大した事でもなかった。

――子竜から成竜への経過ならまだしも、のう。

なにしろ、今まさに運良く転げてこちらへ抜け出た小鬼の頭蓋は、手斧の一撃でかち割れるのだ。

「ＧＲＯＧＢ!?」

繰り返すが、小鬼一匹一匹について、詳細な対策など必要もないのだった。

「おう、こっちはまあ何とでもならぁな」

「助かる」

と、やはり短い一言。妖精弓手は何やら叫んでいるが、まあ問題もなさそうだ。

鉱人道士は慣れたもので肩を竦め、女神官と目配せを交わし、呵々と笑った。

そうしてもう数回ゴブリンどもの断末魔が響き渡れば、戦いも終わりだ。

「やはり拙僧は入れませぬな」

亀裂に長首を突っ込んで残念そうにのたまう蜥蜴僧侶の頭の下を、女神官がそっと潜る。

慣れてきたとはいえ「わ、と」と声を漏らしながら、岩肌に足を取られぬよう慎重な移動。

気が利くというか目敏いというか、いつの間にか、彼女は小さな手に松明を握っている。

ゆらゆらと踊る炎の橙色に照らし出された光景は――何とも惨たらしいものではあったが。

「……ひどい」

それは玩具にされたとしか言いようない惨たらしい有様で、息絶えているのは明らかだった。

同時に、事切れてからも弄ばれただろう事も、ひと目で判別がついた。

手足があって穴が二つ三つ、それに胡琴が一つあれば、残酷な事はいくらでもできるものだ。

女神官はそっと哀れな娘の傍に跪き、その辛うじて形の残った瞼を閉ざしてやった。

手を組んで地母神へ冥福を祈るのは、この娘のみならず、死んだ小鬼たちに対しても。

哀れみや慈悲もあろうが――亡者となって彷徨い出てこられては困る。

いや、あるいはこの娘なら、死ねばそれまでと、そう思えるのかもしれないが――……。

「相変わらず、ゴブリン退治はこれがあるから嫌よ」

壁際で腕を来んだ妖精弓手は「そうか」という返事に、面白くもなさそうに鼻を鳴らした。

「次はもっと別の冒険ね。面白くて、派手で、わくわくどきどきするようなやつ！」

「そうか」

「そうよ！」

ゴブリンスレイヤーはつんけんと投げかけられた声にも、こっくりと律儀に頷いた。

きっと誘われれば、やはり妖精弓手の言う冒険にもついていくのだろう。

この一党を組んだばかりの頃に比べれば、ゴブリン退治以外の冒険も増えてきたものだ。

「つーても、かみきり丸が絡むとゴブリンにかち合うこたぁ多いんだけんども」

「ホントよね。まったく、参っちゃうったら」

言葉ほどには毒もない声で、妖精弓手はくつくつと、喉奥で転がすような笑い声をあげた。

「で、どうなの？　奥って、まだ続いてそう？」

「まあ、待て」鉱人道士は短く言って、奥の暗闇に目を凝らした。「今、見てっからよ」

その時だった。

ぱらりとその禿頭に落ちた土埃に、鉱人道士の反応は素早かった。

彼は常になく真剣な目つきで右左と視線を動かすと、即座に振り返って声をあげた。

「とびだせ！　落ちっぞ‼」

「む……！」

「ひゃっ⁉」

「わあッ⁉」

ついで状況を把握したのはゴブリンスレイヤーだった。

彼は鉈を放り出して女神官を抱え、妖精弓手の腰帯をひっ摑むと、一気に走りだした。

二人があげる悲鳴や抗議なども無視して彼が次に行ったのは、鉱人道士への呼びかけだ。

「そちらを頼む！」

「おうとも！」

頼まれたならば否やはない。鉱人道士は哀れな娘の亡骸をひょいと担ぎ上げた。

いくらなんでも小鬼どもと同じ穴蔵で眠るというのでは、安息など得られまい。

そうしてどてどてと走る彼の前では、既にゴブリンスレイヤーが亀裂の外へ飛び出していた。

「どうなされましたかな？」

「崩れるそうだ」

「よもや！」

蜥蜴僧侶が叫ぶ頃には、既に天井から落ちる土や小石も小雨ほどの量になっている。

雨だれと違ってぱらぱらと落ちるそれには物理的な衝撃も伴い、尋常な事態ではない。

ようよう這い出た鉱人道士の体を蜥蜴僧侶の尾が絡め取り、後は洞窟の出口へ一直線。

「いえ、もう……何も言いませんけども……」

いい加減この運び方にも諦めた様子で、抱えられたまま溜息を吐く女神官はご愛嬌。

「ちょっと、降ろせ……！　走れるから！」

「騒ぐな、余計崩れっぞ!!」

喚く妖精弓手に一喝できる辺り、鉱人道士もまだまだ余裕があるらしい。

鉱人道士は尾っぽに絡まれ運ばれながらも、迷うことなく掌を上に掲げた。

「《土精や土精、バケツを降ろせ、ゆっくり降ろせ、降ろして置いてけ》！」

朗々と唱え上げた呪文に、目に見えざる小さき者たちが手を貸してくれた。

彼らがぐいと天井を押し上げる感触が伝わって、鉱人道士は頷いた。

「そら急げ！　そう長くは保たんぞ!!」

実際、鉱人道士の目は確かであった。

「出口です！」

女神官が叫び、飛び出した先はとっぷりと日が暮れた森の闇。

冬の夕暮れは足が早く、一党を迎えたのは寒々しい夜気と、星々、双月の輝きだ。

「こういう時は、太陽の白い光に飛び込んで……ってのが理想よね」

ようようゴブリンスレイヤーの手から腰を解放された妖精弓手が、猫めいて着地する。

ぶるりと身を震わせた彼女の、その背後で――……。

「う、ひゃッ⁉」

思わず長耳を塞ぐほどの轟音を伴って、小鬼どもがねぐらとしていた巣穴が崩れ落ちた。

もうもうと立ち煙る土埃は、視界を塗り潰し、女神官が思わずこほこほと咳き込んだ。

鉱人道士は用心深く腰の鞄に手をかけていたが、それはゴブリンスレイヤーとて同じこと。

彼は鎧の合間に固定してある鞘から短剣を抜いて、注意深く洞窟の方向を睨んでいた。

そして煙が晴れれば――それは洞窟のあった方角だという事が、明らかになる。

ゴブリンスレイヤーは、深々と息を吐いた。

「埋まった、か」

「だの」

鉱人道士は、担いでいた娘の亡骸をそっと地面へ降ろしてやった。

――まったく、術士に肉体労働をさせせんなっつーに。

そんな冗句も思い浮かぶが、まあ、これも人助けだ。致し方あるまい。

人は死ぬものだが、死んだ後にも他人へ迷惑をかけたなど、思いたくもないだろう。

死者に対してだって気遣いはすべきなのだ。

「……すみませんでした」

「なんの、気にすんな」

鉱人道士は、ぐいと火酒を呷ってから女神官にそう答えた。夜に飲む酒はやはり旨い。

女神官は屈み込むと、娘の手に、打ち壊された楽器の残骸を握らせてやっていた。

そうしながらもぽつりと零れた呟きは、不安か、悲しみか、それ以外の感情からか。

慰めになるかどうかはわかるまいが、その傍では蜥蜴僧侶も奇怪な合掌を行っている。

「聖職者二人に見送られるんだ。化けて出るってぇこたぁ、なかろうよ」

「天地を巡る、円環の中に戻られるのだ。いずれ竜の血肉となる事もありましょうぞ」

「……はい」

二人からの慰めを受けて、女神官はこくりと小さく頷いた。

「依頼は達成、でしょうか……？」

「ふむ」

不確かな声に、ゴブリンスレイヤーは低く唸った。

「どうだろうな」

彼はそう呟いて、ゆっくりと頭を横に振る。自分でも信じていないような口振りだった。

「ゴブリンはやっつけた。巣穴は潰れた。亡くなった人の魂は救えた。成功でしょ」

そんな曖昧な反応へ、妖精弓手が唇を尖らせる。

「ま、他に何かしら収穫がなかったっていうのは頂けないけど――……」

「あ、いえ……」

はたと女神官が手を打って、ごそごそと肩から下げた鞄をまさぐった。

「何かあったの？」

「どたばた走り回ってる最中だったので確かめてはいないのですが、袋を見つけまして……」

そうして彼女が取り出したのは、古びて朽ちかけた、しかしかつては上等だったろう革袋だ。

「どれどれ？」と妖精弓手がひょいと覗き込めば、中にはきらきらと輝く光。

小粒だが、青玉だ、翠玉だに、それにこれは――……。

「おお、金剛石ですなあ……！」

蜥蜴人だからか、あるいは竜に近づいているせいか、蜥蜴僧侶が目をぐるりと回して頷いた。

彼の長爪が摘まみ上げたそれが、順々に一党の手を巡り、鉱人道士のもとへと届く。

太い指で挟んで月に透かせば、良い職人が刻んだのだろう、きらきらと瞬く見事なものだ。

「ま、ちいとばかし小粒なのが頂けねえな。全部合わせても、そこまでの額にゃいかねえだろ」

「ゴブリンどもも気づかなかったのね。あいつら、目に入らないとホント気にしないから」

妖精弓手が上機嫌に長耳を振る横で、にこにこと女神官が取り出したのは、古い羊皮紙だ。

「ほら、他にも巻物とかも入ってました……！」

「ほう」

これに、ゴブリンスレイヤーが食いついた。

彼は女神官から不可思議な結び目で括られた羊皮紙の束を受け取り、丹念に眺める。

無論のこと《鑑定》の権能を持たず、知識もない彼には封じられた呪文などわからない。

だが、ゴブリンスレイヤーにとってはそれでも十分に満足だったのだろう。

彼は「よし」と頷いて巻物を雑嚢の中にしっかりと収納し、具合を確かめるよう軽く叩いた。

そんなささやかな動作を見るだけでも、この偏屈な冒険者の気持ちもわかろうものだ。

娘ら二人の顔に微笑が浮かぶのを認めて、鉱人道士はゆったりと髭をしごいた。

――まあ無理もないさな。

わざわざこんなゴブリン退治をして、失敗で終わったなんて納得もいかなかろう。

鉱人道士は火酒を呷り、気分直しを済ませると「そうだの」と頷いた。

鉱人が地下に築いた豪華絢爛たる城塞か、さもなくば闇人の都ならばともかくも――……。

「ゴブリンどものねぐらに乗り込んでりゃあ、気分も沈む、妙な考えも浮かぶってもんよ」

彼はそう言って、ばしりとゴブリンスレイヤーの背中を叩いた。

ゴブリンスレイヤーはしばし黙り込んだ後、「そうだな」と短く頷いた。

冒険者たちはその言葉を合図に各々(おのおの)の状態を確かめ、それからゆっくりと帰路についた。

村まで戻り、亡骸を村長に託(たく)し、ゴブリンスレイヤーは金貨を握らせて彼女の埋葬を頼んだ。

そうして翌朝、女神官の采配(さいはい)で葬式を行い、冒険者たちは街へと引き上げていった。

どこまでも定型的なゴブリン退治。

つまり——これはただそれだけの冒険だったのだ。

第2章 『迷宮支配者の手引き』

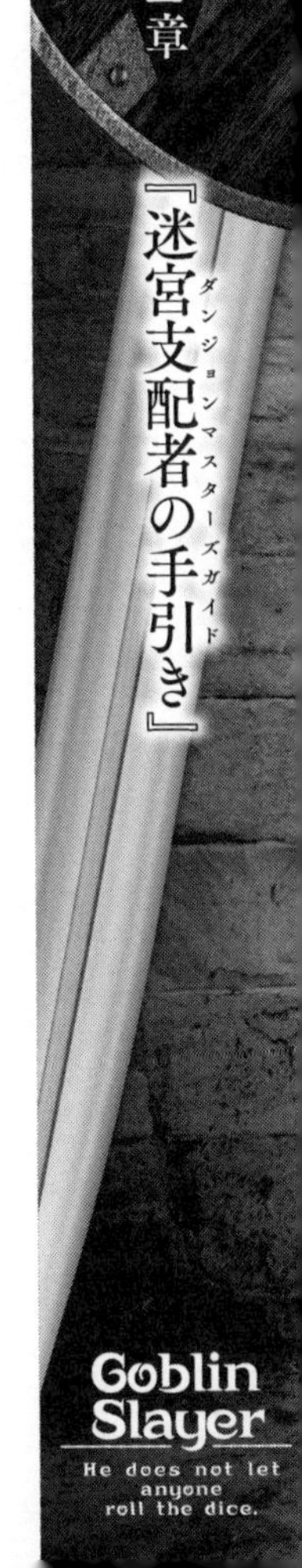

「迷宮探険競技をしようと思うんです！」

ばんと勢いよく受付嬢が言った提案に対する反応は、五者五様だった。

女神官は瞬きし、妖精弓手はきょとんとし、鉱人道士は酒を飲み、蜥蜴僧侶は目を回す。

そしてゴブリンスレイヤーはといえば「そうか」と短く頷いたのだった。

「それで、迷宮探険競技とは何だ？」

冒険者ギルドの二階――麗らかな昼前の陽射しが差し込む、応接室。

著名な冒険者たちの成果、怪物の頭骨や遺跡の産物が陳列される中、今六人が集っている。

受付嬢と、彼女に呼び出された五人の冒険者――小鬼殺しと、その仲間たち。

一党の中で唯一緊張した面持ちでいた女神官は、ふと、懐かしいなと頬を綻ばせた。

いや、懐かしいというと語弊がある。少なくともあの時、自分はこの部屋にはいなかった。

数年前の春――人喰鬼の拠点と化した遺跡へ赴くための、相談が行われた時には。

小鬼退治の専門家としてゴブリンスレイヤーが呼ばれ、自分は階下で居心地悪く立っていた。

同期の友人らに声をかけられ、先達の冒険者である魔女に窘められ、気持ちを整理していた。

だから厳密に言えば仲間たちがどのような会議をして、冒険を決定したかを彼女は知らない。

けれど今の一党が揃ったきっかけは、間違いなくあの日、あの時の、この場所なのだ。

──そこに、今はわたしも。

まだまだ拙く未熟なれどもちゃんといるのだという事実が、何とも嬉しくて心躍るのである。

そうして何だか緩みそうになる頰を頑張って引っ張っていると、妖精弓手の目がちらと向く。

上の森人の美しい瞳は、自分の幼稚な感情を見透かしているようで、女神官は顔を背けた。

だからこの年の離れた大事な友達が、にんまりと猫のように笑った事には気づかない。

きっとそんな顔をしているのだろうなとは思っても、だ。

「知らないで『そうか』とか言うのはどうかと思うのよねー」

からかいと、呆れと、慣れの混じり合った笑い声。鈴の鳴るように妖精弓手は笑った。

となれば当然のように言い返すのは鉱人道士で、今更女神官だとて慌てたりはしない。

「そういうお前さんはなんか知っとるのかい」

「知ってるけど──そうだなあ」

ここからいつものように言い争いが始まって、蜥蜴僧侶が諫めて、それで説明が始まる。

それを自分はにこにこと眺め、ゴブリンスレイヤーは我関せずと黙ったままで──……。

「じゃ、あなた説明！」

「え、あ、わ、わたしですか⁉」

だからこれは、不意打ちも良いところだ。

驚くほど俊敏な動きで肩をぽんと妖精弓手から叩かれて、女神官は声を上擦らせた。

もう逃げ場はない。仲間たちと、受付嬢からの視線が細い身体に向いたのがよくわかる。

女神官はむう、とふくれっ面をしたくなるのを何とか堪えた。それではあまりに子供っぽい。

文句を言うのもなしだ。駄々っ子のような振る舞いをしているとは思われたくない。

今、自分は銀の冒険者たちと共に、冒険者ギルドの一室に呼び出されている、仲間なのだ。

――それ相応の振る舞いをしませんと！

内心ぎゅっと拳を握るような心持ちで、女神官ははきはきと喋るよう、心がけた。

「十余年前の戦の折り、至高神の大司教様を始めとした、六英雄の方々の逸話――ですよね」

真実、それがどういったものだったのかは、様々な歌や物語が入り乱れて判別がつかない。

邪悪な冒険者との争い、否、友と切磋琢磨するその一環であった、あるいは――……。

全てを知っているのは立ち会った本人たちばかりだが、わかっている真実も一つある。

冒険者たちが、迷宮の踏破を競い、争うように探索に挑んだという事実だ。

「はい、その通りです」

だから受付嬢がにっこり微笑んで頷いてくれた時には思わず、ほっと息を吐く。

そしてそれがまるで神官長に問を与えられた侍祭のような仕草で、唇を結んだ。

あまりにも、子供じみている。

――気づかれてしまったでしょうか？

「でも、本当はもっと昔からあった競技なんだそうですよ？」

けれど受付嬢の表情からはそんな素振りは窺えず、女神官は「そうなんですか？」と問うた。

もっと以前の事となると、地母神の寺院では習わなかった。歴史とか神話の類だろうか。

「拙僧も聞いた事がありますなぁ」

こつこつと鉤爪で顎を叩きながら、蜥蜴僧侶がのんびりとした調子で口を開く。

背もたれのある椅子だと立っている方が楽なのか、彼はその巨軀を窓際に置いていた。

いや、尻尾のせいというよりも、単に陽射しを浴びているのが心地よいのやもしれない。

「……いやさ、なに、どこぞの街でやった催しだそうで」

女神官のそんな視線に、彼はその手を言い訳でもするように振ってから応じた。

「悪名高き、死の罠の地下迷宮にて開催された興業と聞きますが、いかに？」

「ほとんど博打のようなものだったそうですね」

「そらまた盛り上がるし、儲かりそうだの」

「そういった側面のある催しなのは否定しませんけど、真っ当な競技として考えております」

鉱人道士へ、受付嬢はきっぱりと断定的な口調で応じた。顔には、貼り付けたような笑み。

もちろん相応に付き合いがあって、わかりやすく振る舞っているからこそ、わかるのだが。

受付嬢はこほんと可愛らしく咳払いをすると、表情を曖昧に濁してから言葉を続けた。

「春先に新人の方が増えますから、その前に冒険者志望の方に冒険を体験して頂く、と」

「そのために訓練所があるんじゃないの？」

妖精弓手が、ついと指先を立てて言った。

「あれってできたのついこないだでしょ」

「森人(エルフ)の方には伝わりづらいかもしれませんが、二年ほど前になりますね」

ふうん。そんな気のない返事でさえ、上の森人がやると優雅なのだから不思議なものだ。

「あれは冒険者になった後の施設ですし、何より、訓練が必要だと思って頂かない事には」

受付嬢は無事に動き出したとはいえ、まだまだ軌道に乗ったとは言えぬ施設を思い浮かべる。

世の中、思っているほど、訓練や勉強を重要視する者は少ないものだ。

そして訓練所に赴いた上で、それをしっかり理解するところまで持っていける者は尚(なお)少ない。

――最初の訓練(チュートリアル)なんていうのは、それで良いという向きもあるそうですけど。

「一種の篩(ふる)い分けってわけ？」

「心構えは持って頂けるかなあ、とは。……まだ思いつき、お試(ため)しですしね」

――それに何より、冬に入る前にお祭りがあるのは楽しくて良い事だ。

長い冬。冒険者はなんやかや忙しくても、冬越しの人々は退屈なのだ。

祭りの時にああだったこうだったという話の種、春になったら冒険者になろうという期待。

それは冬の終わりを待つまでの間、日々の生活を温める事になるだろう。

何も知らぬ新人冒険者という単語には、女神官の薄い胸をちくりと刺すものがあったけれど。

「それで、それが俺に何の関係がある」

そんな感傷は、ゴブリンスレイヤーの無機質な声によって、苦笑いに変わってしまう。

あんまりにも端的で誤解されそうな言葉だが、字義通りの意味しかそこにはないのだろう。

「あのですね」

女神官はぴんと人差し指を立てて、一字一句丁寧に伝えるように唇を尖らせた。

「そういう言い方、あんまり良くないと思います」

「そうか？」

「きちんと言わないと、伝わらないことって多いですから」

「ふむ」

ゴブリンスレイヤーは鉄兜の奥で低く唸った。

「だが、少なくともゴブリン退治ではないように思うが」

女神官は溜息を吐いた。妖精弓手は呆れたように天を振り仰ぎ、他二人はにやついている。

ここ二年、三年と行動を共にした冒険者たちに対し、はっきりと言い募ったのは受付嬢だった。

「この間、今年の冬至のお祭りではお手伝いをお願いすると、お話したじゃありませんか」

お忘れですか？　なんて。彼女は恨みがましく、ほんの少し前に屈んで、上目遣いを向けた。

「ああ」ゴブリンスレイヤーは、こっくりと頷いた。「それなら、覚えている」

「それがこれ、です」

「それがこれか」

受付嬢はもう一度「です」と繰り返した。

それはつんと拗ねたようにも、彼を嗜めるようにも、あるいはからかうようにも見えた。

少女らしさと女性らしさとが、良い意味で渾然一体となった表情だった。

——このひとも、こういう振る舞いをするんだ。

女神官はそれが少しばかり嬉しかった。憧れる、綺麗な大人の一人なのだ。彼女は。

そんな女性にも可愛らしい一面があるというのは、やっぱり、心がふんわりとする。

「冒険者志望や下位等級の皆様向けの企画となりますと、やはり監修をして頂きたくてですね」

「俺がか」

「はい」

にっこりと、受付嬢は笑顔で微笑んだ。正確には「あなたたちに」なのだが、まあ些細な事だ。

「迷宮の主、してみませんか?」

§

冬に備えての支度は色々あって、とても忙しいのだけれど、それも冬至が間近になれば別だ。

冬至を境に冬越し、冬ごもりをしてしまうのだから、この時期に大慌てだと危ない危ない。それでももやっぱり諸々気になるもので、彼女は伯父と共に倉庫の中を覗き込んで確認をする。

「腸詰めとかの辺りは大丈夫そうだねえ」

「ベーコンもな」と伯父は額の汗を拭って、大きく息を吐いた。「まあ、何とかなると良いが」

農耕やら畜産やらに関わっていれば、どんな時だって絶対に大丈夫と言い切れはしまい。

地母神様のお慈悲と、空模様、神々の賽の目次第。

去年は長い冬だったから、今年もそうなったら困るのだ。

豚の類は放っておいたって一年で食べごろまで育つけれど、牛たちは手がかかる。

それに豚にしたって肥え太らせるための木の実だかが少なければ、やっぱり大変だ。

牛と豚が育てられないとなれば、こちらの生活にも直結する。

仮に何とか持ち堪えられたとして――立て直すのも、次へ進むのも、きっと難しくなろう。

――無事にお酒は捧げられたし、大丈夫だと良いんだけどな。

夏の終わりから秋頃にかけての騒動も、直接そこまで関わっていなければ、そんな程度の認識。

いや、まあ、なんだろう。縁談だなんだ、なんて。そういう話については置いておいてだが。

「うー……」

そういう事を思い出すと、顔が火照る。ぶるぶると牛飼娘は、顔を左右に振った。

とにかく、今は他のこと、優先すべきことを考えよう。

逃れるように視線を彷徨わせ、向かった先は倉庫の天井、梁だった。

「雪とか、どうなるかな」

「どうかな。屋根が重みで潰れる程には、降らんと良いが……」

そうなる前に補強をしておくべきか。

伯父は渋い顔をして、しっかり組まれた梁を見上げた。

修繕にしろ、補強にしろ、やるならば残された時間は今しかない。

この牧場に男手は少ない――いや、たぶん、彼ならば頼めばやってくれるだろうけれど。

――でも大変だろうし、それならあたしも他の事をやらないとなー……。

「今年は、冬場の仕事は私が行くからな」

「ええ？」

などと考えていたら伯父に機先を制されて、牛飼娘は困惑から裏返った声を漏らした。

くるりと振り返って見てみれば、伯父の顔に浮かんだ表情は苦い。

思い当たる節はなくもなかったので、牛飼娘はあははと笑って手を振った。

「大丈夫だって、心配しなくても。今年はそんな変な事にならないもん」

「わからんだろうが」

伯父は深々と息を吐いて、首を横に振った。

前の冬、ひどい目にあったのは――まあ、あまり思い出したくない記憶の一つだ。

だから心配されるのはわかるのだけれど、そこまでの事かなとも思う。

――大丈夫なのになあ。

気持ちはありがたくも、苦笑いが浮かんでしまう。

と、そんな時だ。不意に小屋の入口で足音がして、牛飼娘は頬を綻ばせた。

「戻りました」

逆光になった輪郭（りんかく）は、安っぽい鉄兜に薄汚れた革鎧（かわよろい）と、見慣れたほどに異様な姿。

牛飼娘は迷うことなく、ととと、と駆け寄って、にっこりと笑って声をかけた。

「おかえり！　早かったね、今日も冒険に行くのかと思ってたや」

「ゴブリン退治だと思ったが、そうではなかった」

そっか、と頷く。仕事があるのは良いことだが、ゴブリンはいない方が良い。

いつだったか、そんなやりとりを彼としたのを覚えている。

朝から出かけていったから、てっきりまた何日かは留守にするかと思っていた。

だからこうして早々に戻ってきてくれたのは、嬉しい誤算だ。

――まあ、うん。

もし一冬（ひとふゆ）彼が冒険に行けなくたって、大丈夫なくらいの蓄えはあるのだ。

繰り返しだが、何があるかわからないのは常の事。万一の備えをしておくものだろう。

――なんて、彼が休んで家にいるとこは、あんまり想像できないけどね。

「任されました」

「ああ」と彼はやはり、こっくりと頭を動かした。「それが良い」

「もう冬だもんねー。お昼も温かいものがいいかな。やっぱりシチューとかが良い？」

牛飼娘は「はぁい」と返事をしつつも、にこにことしたまま、樽の一つにひょいと腰掛けた。

伯父はもう一度息を吐いてから、先に戻っているぞと言って、倉庫を後にする。

それが何とも、牛飼娘には嬉しかった。

――伯父さんの気遣いかな？

言わなければ、きっと彼はすぐに取り掛かったろうから――……。

「はい」

「まあ、飯にしてからだ。その後にしなさい」

こっくりと上下する鉄兜を、伯父は何とも言えぬ様子で眺めてから、溜息を吐いた。

彼は、素直だ。

「わかりました」

「冬場に入れば、冒険者も多少は暇だろう。屋根の補強を手伝ってくれ」

それから少しぶっきらぼうな、ともすれば乱暴とも言える口振りと共に、天井を示す。

牛飼娘がそんな他愛のない事を考えている横で、伯父もまた彼に対して鷹揚に頷いた。

「戻ったか」

牛飼娘はくすくすと喉の奥で笑い、目を細める。些細なやりとりだが、楽しいものだ。

なにしろ彼ときたら忙しいし、牧場にいても働いてばかりだ。短い時間は、大事にしたい。

どうせご飯を食べたら早々に屋根の補強を始めちゃうのだろうし――……。

お昼の支度をしている間は、とても自分ものんびりお喋りをする余裕はないわけで。

だから黙って突っ立っている彼を見上げて、こうして言葉を投げかける時間は、貴重だった。

「ん－？」

「……ああ、そうだ」

だから不意に彼からぼそりと声が漏れると、牛飼娘は慎重に耳をそばだてて――……。

「今年の冬至は、付き合えんかもしれん」

「え、なんで⁉」

思わず、がたりと立ち上がった。

呆然――とまではしていないはずだ――が、声が大きく、彼女は慌てて口元を押さえた。

別に誰に聞かれるでもない。伯父だって、母屋に戻っているだろう。それでもだ。

「用事を頼まれた」

そんなこっちの気もしらず、彼は淡々と言う。まったくもう。牛飼娘は、頬を膨らませた。

「冬至のお祭りよりも、大事な用事？」

「いや……」

じっと見つめると、彼は鉄兜の奥で、たじろぐように言葉を濁した。低く唸る声。

「冬至の催しをやるのに、冒険者の意見だとか、手伝いだとかが、いるらしい」

そう訥々と言った後、それだけでは言葉が足りないかと思ったのか、短く付け加える。

「冒険者ギルドから、頼まれた」

――ふぅん。

なるほど。牛飼娘は合点が言ったように声を漏らす。

――去年あたしで、一昨年はあの子だったから――……。

なら、今年は冒険者ギルドの受付さん、彼女の手番というわけか。

――うーむ……。

まあ、ヨシとしましょう。牛飼娘は腕を組んで真剣に検討を重ねた上で、そう結論づけた。

彼が誰か他の人の頼みを受けて、小鬼退治以外のことに目を向けるのは良いことだ。

戸惑い、慌てて、焦り、言い訳がましく説明する彼の姿は珍しくて、だいたい許せるものだ。

「それで、どんなお手伝い？」

「よくはわからん」

彼はぼそぼそと呟いた。という事は、本当にわからないのだろう。

「だから、なるべく備えて行かねばならん。……と、思う」

「そだね。……うん、慎重なのは、きみらしいと思うよ」

大胆に無策で何かをするような人じゃあない。生真面目な言葉には、笑ってしまうけれど。

その笑みをどう受け取ったのかどうか、彼はむっつりと黙り込んで、牛飼娘はまた笑った。

「じゃ、まずはご飯を食べないとだね！」

「ああ」

彼はやはり、ぶっきらぼうな調子で頷いて、言った。

「頼む」

「まかせて！」

そう言われれば、手を抜けるわけもないのだ。

§

まず最初にやるべき事は、明かりに火を入れる事だ。

芯の焼けるじりじりという音と共に、納屋の中が橙色に照らし出される。

村に住んでいた頃は――いや、今もそうだが――蠟燭も油も高級品だった。

夜更かしをすると怒られたものだが、幸いにして金があれば、時間を気にする必要はない。

幼馴染に言わせれば雑然と、彼にしてみれば整理した品の並ぶ棚の間を通って、一番奥へ。

作業机に荷物を置き、腰を下ろし、息を吐く。次にやるべき事を考えるべきだ。

既に母屋の火は消えた。彼女も、牧場主も、早々に眠りについたのだろう。

冬越しの祭りについて、冒険者ギルドの手伝いをする――……。

思えば、何とも馬鹿馬鹿しい話だった。この自分がだ。冒険者ギルドの手伝い。

到底信じてもらえるわけもないと思ったが、二人の反応は意外だった。彼にとっては。

幼馴染の娘が作った夕餉を口にしながら、彼はなるべく丁寧に、端的に伝えたつもりだった。

彼女は「がんばってね」と微笑み、牧場主は「しっかりやりなさい」とぶっきらぼうに言う。

二人とも、自分が冒険者ギルドに頼まれて手伝う事を、欠片ほども疑ってはいなかった。

――しっかりやれ、とは。

どういう事なのだろう。

彼は低く唸った。慣れ親しんだはずの鉄兜が、いやに重かった。脱ぐ気もしなかったが。

今までに一度たりとて、しっかりやれた試しなどあるまい。

振り返ってみれば、常にそうだ。

その場その場で取り得る手段を即座に実行することは、後に出した名案より上回っている。

だがしかし、それはその場で選んだ手段が常に最善手である事を意味しない。

後になって思い返せば、選択の過ちがどれほど多いことか。

ああすれば良かった、こうすれば良かった。

もっとより良い方法はあったはずだ。もっと上手くやれたはずなのだ。

――より早く移動し、戦い、虜を助け、犠牲を出さず、小鬼を殺せたろう。

自分の行動はいつだって粗があり、穴があり、不完全だ。

それが上手く行って生きながらえてきたのは、《宿命》か《偶然》の賜物だろう。

決して、己の実力が優れているなどと思ってはならない。

あの場で虜となり、あるいは殺された者たちが劣っていたなどと思ってはならない。

姉は間違えなかった。村に住んでいた人々も。他の、犠牲者の誰一人としてそうだ。

自分が上手くやったと思うのは、とてつもない傲慢だ。

それを思えば「しっかりやる」というのは、何と凄まじい目標だろうか！

――だが、やらねばならぬ。

世の全てはやるか、やらないか。師の教えを繰り返し、彼は机の上を薙ぎ払って整理する。

先だってまで準備していた装備のあれこれを脇に寄せ、広げるのは地図が数枚。

冒険者ギルドの受付嬢から、今回の件に際して借り受けた遺跡の位置と内面図だった。

この辺りは神代の戦において多く合戦が繰り広げられた、つまり古戦場だ。

城址の類も、どれほど眠っているか知れない。

そうした遺跡の入口が、稀に良く――としか言いようがない――発見される。

埋もれていたものが掘り起こされたり、大岩喰いか何かに押し上げられたりして、だ。

そんな数多の遺跡のうち、この街にほど近い位置にある遺跡に、今回は白羽の矢が立った。

だいぶ前に発見され、冒険者が探索を終え――つまりは枯れ果てた遺跡だった。

珍しくもない。いつだか挑んだ《死の迷宮(ダンジョン・オブ・ザ・デッド)》とて、分類としては同様なのだから。

――覚えのない遺跡だ。

ゴブリンスレイヤーは丁寧な筆致で作図(マッピング)された地図を見下ろし、低く唸った。

もとより、訪れた全ての遺跡を覚えているわけもない。小鬼退治とて同様だ。

己の手で為(な)したゴブリン退治より、世の冒険者たちが行ったゴブリン退治の方が遥(はる)かに多い。

そしてそれ以外の怪物退治や冒険については言わずもがな、だ。

名もなき冒険者たちが挑み、戦い、探索し、地図を仕上げた。それがこの遺跡で――……。

――だからこそ、罠だ何だを設置して、冒険ごっこをするにちょうど良い、か。

ふと脳裏(のうり)に、棒切れを手にして村の近くの林に乗り込んだ日の記憶が過(よぎ)った。

あの娘はいただろうか。いた時もあったろう。曖昧で、滲(にじ)んで、ぼやけた思い出だ。

自分の姿を自分で認められる辺り、もはや思い出ではなく、それをもとにした空想だろう。

彼はそれを一笑に付し、地図に目を落とした。

ありふれた遺跡だ。

いくつかの通路と、玄室。隠し扉と隠し部屋があるのは良い。街からの距離も良い。

怪物のねぐらとして、探し当てるのに苦労はいるまい。足跡を消す知恵のある者は少ない。

――ゴブリンならば。

ゴブリンならば。入口を入るまで、いや、入っても即座に襲ってくる事はあるまい。

狙うならば少し後。獲物を引きずり込んで、行くも退くも困難な場で襲いかかる事が多い。

遺跡の壁は石だろうか。とすれば、簡単に回り込んで掘り抜くのも難しかろう。

ベーコンのフライ音を響かせるにも限度がある。とすれば、まずは罠。

小鬼の背丈では当たらず、只人ならば一撃を受けるような……例えば……。

――頭上からの振り子。

彼は鉄兜を頷かせ、押しのけた道具の中から砂盆を引き寄せる。

そして尖筆を手に取ると、思いつく端からがりがりと砂の上に覚え書きを記し始めた。

莎草紙だ羊皮紙だにまとめるのは後で良い。今はとにかく書き出すことだ。

丸太。石。奪い取った武器だ何だ。杭。鍋釜の類でも良い。それが振り子になる。

間抜け罠の定番だ。戦意を喪失させず、しかし消耗させる。

とはいえ、仕掛けるのは小鬼のことだ。

――鉱人や圃人のことなど勘定にも入れまい。

自分たちが「でかい奴」に一撃を見舞う様を妄想し、そこで思考が止まるだろう。

だから隙は足元にある。屈むか、匍匐するか、注意深ければ簡単に回避できる。

大した細工でもあるまいが、しかし新人の冒険者たちには想定外の一撃のはず。

怪物と死闘を演じることは考えても、這いつくばって糸を外す姿は想像できぬものだ。

万一見つけたとしても、罠の外し方など猟師でもなければ知りもすまい。

悩み、考える――その様を眺めて、小鬼は悦ぶ。嗤う。

そうして普段は小馬鹿にしている自分たちに、右往左往させられる間抜けな冒険者ども。

どちらが上で下かは、わかりきった話だ。

――殺すのはこちらで、殺されるのは奴らだ。

自分の巣穴にまで踏み込まれているという事態の危険に、小鬼どもは気づくまい。

だからこそ、こちらはそれを忘れてはなるまい。

自分は、ゴブリンを退治しに来たのだ。

――ここは小鬼の巣か？

砂盆にがりがり尖筆を走らせていたゴブリンスレイヤーは、はたと手を留めた。

あるいは、ここに潜むのは魔術師だとか、邪竜だとか、そういった手合なのではあるまいか。

ゴブリンスレイヤーはそんな事を一瞬考えようとして、やめた。

あまりにも馬鹿げたことだ。

世の中には無数に冒険があり、小鬼退治とそれ以外では、後者が多いのは当たり前のことだ。

――であれば、最初からゴブリン退治のつもりでいた方が良い。

自分はそれしか知らないのだ。知りもしないことを、大仰に喋る間抜けにはなりたくない。

そう、自分はゴブリンスレイヤーだ。

冒険者ではない――少なくとも、そのつもりはない。

冒険者の手本というのならば、それこそ他の者の方がよほど上手だ。

重戦士、槍使いら銀等級の面々。あるいは――……。

――噂に聞く、勇者。

そんな華々しい面々を思い浮かべるまでもない。

あの棍棒を振り回すのがやっとだった剣士たち、竜を倒すのだと息巻いた魔術師の少年ら。

何より、己に付き合ってくれる仲間たち――女神官。

そういった面々の方が、冒険者の手本としてはより相応しいだろう。

では何故自分が選ばれたのか。選んだのは、受付嬢だ。

――つまるところ、自分は彼女の贔屓で選ばれただけに過ぎないのだ。

そう思うと、少しだけ気が楽になった。

別に彼女の気持ちを軽んじたりはしない。誰かに期待されるというのは、慣れないものだ。

迷宮に潜って冒険を始めたばかりの少年の方が、よほど英雄であり、冒険者だろう。

であれば、自分が今陥っているこの思考の渦などというのは、取るに足らない。

未知へ挑むのとはわけが違う。自分は、これを知っている。

――これは、病気のようなものだ。

長いこと同じようなことばかり繰り返していると、不意にむくむくと起き上がるもの。

不安とも違う。自信がないのとも違う。

ただ己が、途方もなくどうしようもない、ろくでなしだと——そう囁く声。

あぶくが弾けるように、瞼の裏にひらめく閃光のように、不意に浮かび上がる者ども。

定期的に起こるのであれば、単なる発作だ。付き合い方もわかっている。

ようは小鬼だ。出てきたなら、叩いて潰す。小鬼は己の頭の中に巣食っている。

ならば。

——やるか、やらないかだ。

それに尽きる。というより、それより他あるまい。

ゴブリンスレイヤーは息を吸って、吐いた。油と、埃と、薄汚れた空気を肺に取り込んだ。

目の前には地図がある。おおよその想定はした。小鬼の巣だ。であれば。

「この目で見て、確かめる」

いつもと、何も変わるまい。

§

「道は果てなく、岩を乗り越え木を潜り、日差し届かぬ巌窟へ、海に至らぬ流れの先へ——」

妖精弓手はこの二千年来稀に見るほどの上機嫌だった。

まあ彼女の場合はここ数年、しょっちゅう稀に見ているのだが、まあ構うことはあるまい。

どうせ永劫に等しい生涯を思えば、骰子というのは何度も振れば出目も均されるのだし。

それよりは、上の森人が口ずさめば圃人の歌さえ典雅に聞こえるという方が重要だ。

「また古臭いのを歌いおる」と鉱人道士が唸った。「知っている者なんざ、もうおらんだろ」

「あら、良い歌はいつ歌ったって良いものじゃない？」

くるり。先頭を行く妖精弓手は長い後ろ髪を翻して振り返り、後ろ歩きに笑みを浮かべた。

陽射しは青く、広野は白い。一年の終わりも近い、夏と冬の狭間の、これは冒険だ。

やはり森人は石造りの街ではなく、自然の中の生き物なのだろう。

賑やかなざわめきは何とも心躍るが、心地よいのは風のそよぎに鳥の声。

重みもなく進む足元で、長靴をくすぐる草の感触。弱い日が肌を撫でる感触。

その全てを薄い胸いっぱいに吸い込んだ、妖精弓手は朗らかに笑うのだ。

「あなたも、歌の一つ二つ覚えなさいよね」

そしてその笑みのように、とんとんと軽く跳んで、するりと女神官のすぐ横へ。

「冒険者のならいよ。上手い下手はともかくも、歌を歌えないんじゃあねえ」

「そ、そうなのですか？」

不意に間近に迫った只人離れした美貌に、女神官は目を白黒させる。

彼女の戸惑いをよもや自分のせいとも思わぬ妖精弓手は「そうよー」と頷いた。

「冒険者でございなんて顔して、頭の中は小鬼退治のことだけとか、最悪なんだもの」

「一理あっのは認めっけんども、本気にゃあすんなよ」

先頭を行く誰かへの当てつけのような言葉に、鉱人道士がきしむような笑い声をあげた。

「この耳長の言うこった。歳ばっかくってるくせに見識っつーんが狭いんだかんの」

「穴の中に引きこもってる鉱人よりは世界ってものを見てるわよーだ」

「ばっきゃろうおめぇ、森ン中よか土ン下のが広ェってのな」

「ま、広い狭いでいえば、海に棲まうものが一番『世界』を知っておりましょうが」

喧々囂々のやりとりを余所に、のんびりと蜥蜴僧侶が結論をつけるのも含めて、いつも通り。

街を出てからしばらく、ずっとこんな、呑気な――あるいは和やかな――空気が漂っている。

なにしろ、今日の目的地は街からずいぶんと近い。ちょっとしたお出かけ、といっても良い距離。

――野掛、なんて言ってはいけないのでしょうけれど。

これで春先だったらもっと気分が良かったろうな、なんて。女神官も思ってしまうのだ。

もちろん、浮かれていてはいけない。

一歩街から外に出たら竜と遭遇の法則だってある。骰子の目は人には計れぬもの故に。

実際、うきうきとした妖精弓手だって、四方や上方へ細かく視線や耳を向けている。

他の仲間たちだとて、きっと周囲を警戒しているのだろう。

いけないいけない。気を引き締めんと女神官も自戒するが、でも、この緩み方は少し嬉しい。

冒険に赴く時はいつだって緊張してびくびくしていたというのに、今はそれがない。

というのも――……。

「でも、今日は本当に良いお日和(ひより)で何よりでした」

雨だと大変ですものね、なんて。にこにこ微笑む受付嬢が、一党(パーティ)に同伴しているからだった。

「それにしても、まさか引き受けてくださるとは思いませんでした」

「そうか」

返ってくるのは、実に無機質な低い声。鉄兜の奥から、くぐもった響き。

「だが、そういう約束だったように思うが」

「はい、そういう約束でしたので」

けれど受付嬢はうきうきといやに上機嫌で、女神官は「なるほどなぁ」等と思うのだ。

レースのついた瀟洒(しょうしゃ)なシャツ――ブラウスというのだろうか？――に、革の長襦袢(ズボン)。

肩からは革の鞄(かばん)を提(さ)げているが、きっと色々入り用なものが入っているのだろう。

厚手の外套(がいとう)を羽織(はお)って――髪もいつも通りに編んではいても、動きやすく纏(まと)めている。

普段から見慣れている冒険者ギルド職員の制服とは、がらっと雰囲気が違い、活発な印象。

流石(さすが)に遊びに出歩くような服装ではないけれど、洗練されていて、綺麗に思う。

貴族のご令嬢といえば、商人となった友達もそうだけれど、彼女ともまた違って――……。

――良いなぁ。

などと、女神官はひっそりと息を漏らした。

節制を重んじる教義や、自分の貯蓄では手が届かないという点をひとまず棚上げしたとして。

――もし着ても、似合わないですよね。

もちろん、冒険者となったばかりの頃は本当に子供で、今は少し成長したとは思うのだ。

それでもやっぱり、まだまだ幼いなと、そう思ってしまう。

「人によって似合う似合わないはありますから」

そんな内心を見透かされたわけではないだろうけれど、受付嬢はさらりとそんな事を言う。

くるりと後ろを振り向いた彼女は、余裕たっぷりといった笑顔で、それがまた羨ましい。

「私としては可愛らしいお洋服が似合いそうなのは、羨ましいんですよね。綺麗な金髪ですし」

「う、か、可愛らしくは……その」

ないと思うのだが。褒められて、それをまた殊更に謙遜するのも、何か違う気がする。

女神官はどぎまぎとした後、こくりと唾を飲んだ後、ようやっと言葉を紡いだ。

「あ、ありがとうございま、す……」

「こちらこそ？　それに、綺麗かどうかで言いますと、やはり上の森人の方がおられますから」

飄然と広野を進む後ろ姿、その長く伸びた耳がひくりと揺れた。妖精弓手は軽く手を振る。

「別に私なんてふつーよ、ふつー？」

「それが恐ろしいんですよねえ……」

溜息を吐く受付嬢と、女神官は顔を見合わせてくすくすと笑いあった。

まったくもって、神がかった美貌と比べられてはどうしようもないではないか。

あの年の離れた友人ならば何を着ても似合いそうだし、綺麗にも可愛くもなれそうだ。

そんな彼女は実に上機嫌に、歌でも口ずさむように唇を動かした。

「で、その迷宮探険競技だっけ。場所って、まだかかりそうなの？　もうすぐ？」

「ええと――……」

「じきだ」

受付嬢が何か答えるよりはやく、ばっさりと切り捨てるようにゴブリンスレイヤーが言った。

「じきって」と妖精弓手の長耳が揺れる。「どれくらい？　一時間？　二日？」

「二年かもしらんぞ」

鉱人道士がそっけない口調で茶々を入れて混ぜっ返し、妖精弓手が「うるっさい」と睨む。

とはいえ、少なくともゴブリンスレイヤーの言葉通り、確かに「じき」ではあった。

二人の喧々囂々とした賑やかなやりとりに耳を傾けるうち、女神官にもそれは認められた。

一つか二つほど丘を越えた向こう側に、ぽかりと開いた虚ろな入口。

恐らくは丘そのものが、一つの苔むした墳墓であったに違いない。

蔦や草の根の垣間見える四角い穴は、真新しい土の中、埋もれるようにその門を開いている。

汚れと長い歳月とで黄ばんでしまってはいるものの、かつては真白い石造りだったのだろう。

——神殿……でしょうか？

遠目にも、女神官にはそう思えた。近づけば、もう少し詳しく様式もわかるだろうか。

「あ！　あれです、あれです。見えました！」

そして女神官より少し遅れて、目をぎゅっと凝らしていた受付嬢の嬉々とした声。

彼女が自分よりも遅いことに女神官は少し驚き、そして数度ぱちぱちと瞬きをする。

妖精弓手や鉱人道士は騒ぎながらも周囲を見ている。二人はきっと、気づいている。

蜥蜴僧侶はもちろん、ゴブリンスレイヤーも、その索敵能力というか、目星の付け方は良い。

だから、あまり、普段は気にした事もなかったのだが——……いや、いや、偶々だろうか。

「なに、慣れというものでございましょう」

うっそりと蜥蜴僧侶がその長首をもたげ、女神官の内心を見透かしたかのように言った。

「見ると観るは違うとは良く申せ、何をどう観察するかを知っているかどうかは、大きいのだ」

——なる、ほど？

いまいちわからぬままに、女神官は内心でそう呟いて、もう一度遺跡の方へと目を向ける。

慣れていなければ、丘の一角が少し崩れただけのように見えてしまうのだろうか？

初めて冒険に出た頃の自分でも気づきそうに思えるが——きっと、思えるだけなのだろう。

——なら、少しは自信に思っても良いこと……なのでしょうね。

女神官は唇に指をあてがって少し考え込んだ後、うん、うん、と数度頷き、拳を握りしめた。

自信に思おう。そうしよう。そうなのだ。

自信不足は自分の悪いところで、先の謎掛け勝負でだってきちんと成果は上げたのだ。

少しずつでも着実に、上手くいったことを誇っていかねばなるまい。

――よし、頑張るぞ……！

そう心に決めて、女神官は力強くもう一度頷いた。

「入口は隠しておくべきかもしらん」

ずかずかと。そんな一党の様子をまるで気にした風なく、ゴブリンスレイヤーは歩いていた。

女神官は慣れたもので、ととと、と小鳥のようにその後を追い、慌てた受付嬢がそれに続く。

ゴブリンスレイヤーは遺跡――神殿の入口に近づくと、ゆっくりと跪く。

祈り――などではもちろんなく、丹念に観察するためであろうことは、ひと目で見て取れた。

女神官もまた手短に聖印を結んで祈ってから、見様見真似で、彼に倣って遺跡の様子を窺う。

ひっそりと静かで足跡もなく、嫌な――糞尿だ汚物だ、男女のまぐわいだのの臭いも、ない。

「ゴブリンは、いませんね」

「そのようだ」

女神官の呟きに、ゴブリンスレイヤーの鉄兜がこっくりと上下に揺れる。

これだもんね。背後で妖精弓手が処置なしと顔をしかめているのが、女神官にはわかった。

大事なことなのだから、そんなに不思議がられるものでもないと思うのだけれど。

「あの、入口を隠しちゃうというのは？」

そんな二人のやりとりの意図を把握しきれていないらしい受付嬢が、きょとりと声をかける。

服を汚すのを厭うてか、膝に手をついて、前のめりの中腰姿勢で遺跡の中を覗き込んでいる。

不安定な姿勢だがまるで揺るがない辺り、彼女の日頃の並々ならぬ努力の成果なのだろう。

美容に健康の維持には体操が大事なのだとは、いつか女神官も彼女から聞いた覚えがあった。

対してゴブリンスレイヤーは地面を探る姿勢のまま、当たり前の事のように言った。

「小鬼の巣なぞ、そう簡単に見つかるものでもあるまい」

「え、ダメです。ダーメです」

受付嬢はにこにこと柔らかな、けれど断定的な口調でそう言って、人差し指を振った。

「入口見つからずに終わりなんて、意味ないじゃありませんか」

「そういう事もあるだろう」

「あるかもしれませんけど、今回はあっちゃダメなんです」

そうか。短く言って、彼はゆっくりと立ち上がった。低く唸るような声。

「何にせよ、中に入ってからか」

「そういう事です」

それは別に受付嬢への返答ではなかったのだろうが、彼女は気にしていなかった。

腰に手を当て、生徒へ指導する教師のような仕草で満足そうに指を立てる。

受付嬢を前にしたゴブリンスレイヤーの姿に、女神官はくすりと僅かに笑みを零した。

「えと」と、女神官はそれを誤魔化すように言った。「じゃあ、斥候をお願いしないと」

「はあい、任せて！」

声が聞こえる頃には、ひゅるりとつむじ風のように妖精弓手の体が傍をすり抜けていた。

彼女はひょいひょいとスキップにも似た軽やかな足取りで、遺跡の入口から中へ躍り込む。

そしてずいぶんと遅れて——実際はさほどの差はないのだろうが——鉱人道士がどたどたと続いた。

「結構古い遺跡みたいねー。神殿かなにかかしらん？」

「古いっーたかて、下手すりゃ上の森人のが年上だろが」

「それはあなたの主観よね。客観の話をしてるのよ」

森人の鋭敏な感覚は索敵に向いているし、鉱人ほどに建物へ詳しい種族も他にはいない。

二人はぎゃいぎゃいと騒ぎながらも、きっと罠や怪物の痕跡を探り当ててくれるだろう。

「それにしても……でも、確かに、古いですよね」

女神官は安心して二人に任せながら、ほう、と溜息を漏らしてその遺跡を見やった。

丘の中腹にぽかりと穿たれた穴は、やはりこの丘そのものが神殿で、その入口らしかった。

真新しい土の中に埋まっていたのは、並んだ円柱によって支えられた門。

かつてあったろう扉は失われて久しく、中にはひび割れた白い敷石により道が続いている。

——下っている……？

とすれば、きっと縦に深く、見かけよりは広々とした神殿であったに違いあるまい。

もしかすると別にここも入口というわけではなく、大昔の窓だったのかもしれない。

かつては地上に建っていたものが、どうして地下の遺跡になるのか、女神官は不思議だった。

自分たちの暮らしているこの地面も、何百年かすると、地面の下になってしまうのだろうか。

――でも、何百年もずっと、地面の上にあるものもありますよね。

山とか、木とか、そういうものは。あと歴史あるお城とか、神殿とかもそうだ。

もしかすると知識神の神官なら知っているのだろうか。それとも、誰も気にしていないのか。

――四方世界には、つくづくと不思議が満ち溢(あふ)れているものなのだなぁ……。

ともあれ、まずは明かりの準備だ。他の仲間たちと違い、只人三人は暗闇(くらやみ)が見えないのだし。

「角灯(ランタン)出しますね！」

「あ、いえ、大丈夫ですよ？」

受付嬢がはりきって鞄を開けているその横で、女神官は手早く松明(たいまつ)へと火をつける。

松明と火打ち石を取り出しやすいよう、外側に備えておくのは、ちょっとした小細工だ。

別に自慢するほどの事でもなく、冒険の中で思いついた、創意工夫の一つなのだった。

「慣れていますねえ」

「はいっ」

と、応(こた)えた声は、あまり得意げにも自慢げにもならなかっただろうか？

早速努力する様を、蜥蜴僧侶が物言わずに見つめてくるのを感じる。

どう思われただろうか？　彼に、受付嬢に、そしてゴブリンスレイヤーに。

わからぬまま、何とも気恥ずかしくて、女神官は強引に話題を逸らす事にした。

「そ、そういえば角灯とか、壊しちゃったりしたらどうするんですか？」

「といいますと？」

「いえ、その、いろんな方が参加されるんですよね」

女神官は右手に錫杖、左手に松明を持ったまま、それを示すように両手を広げた。

「こういう装備とか、その、やっぱり壊れちゃったり落としちゃうこと、ありますから」

「あー……」

言われて気づいたのか、あるいは考えていて結論が出ていなかったのか。

一瞬難しい顔をした受付嬢は、しかし次の瞬間、実に美しい微笑と共に言い切った。

「自費で？」

「ええ……」

「実際何から何まで全部こちらでお膳立てしてしてなんて事に、慣れてもらいたくないですし？」

困惑する女神官へ、受付嬢はさも当然とばかりにそう続ける。

確かに、まあ、女神官としてもわからなくもない事だった。

何もかも手取り足取り、それが冒険の当然だなんて思われたくもなかった。

安全で、成功が確約されているものなんて、冒険だとは思えなかった。

——もちろん、だからといって、怪我して良いとか、死んで良いとか……。

そうは思えない辺り、匙加減がなかなか難しいところではあるのだけれど——……。

「とりあえず怪物の気配はなさそーね」

「なんともはや……」

「罠もねえだろ。まー、もっと奥にいきゃあどうかしらんが、枯れた遺跡じゃろ、ここ」

「仕掛ける事はできそうか」

肩を落とす蜥蜴僧侶の横で、戻ってきた仲間たちへ問う彼は、どこまで理解しているのやら。

「どんなもんかによるわいな」

鉱人道士の返答を横で聞いていた受付嬢が「そうですね」と少し考えてから言った。

「遺跡を壊さない程度にお願いしますね？」

「遺跡を壊さない程度のものだ」

ふと嫌な予感がした女神官は、そこに慌てて付け加える。

「そ、それとその、仕掛けてあるのがわかりやすいものが、良いかと……」

「ふむ……」

ゴブリンスレイヤーは低く唸った。女神官は、ほっとその薄い胸を撫で下ろす。

伝えておけば、彼は真剣に考えてくれるのだ。だから大丈夫のはずだ。たぶん。恐らく。

「曖昧だの」と鉱人道士は髭をしごいて、呟く。「もう一声、なんぞないか」

「ひとまず、簡単なところからやろうと思っている」

「具体例を出せ、具体例を」

「入口付近は、まだ床は土だな」

鉄兜の奥からの確認に、鉱人道士は「敷石ひっぺがしてもええしな」と肯定する。

ならばと、ゴブリンスレイヤーは言った。

「片足ほどの穴を掘り、上に釘を打った、二枚の板を被せる。踏むとこれが足首を挟み……」

「ダメです」

それ以上の説明を許さず、受付嬢がにこやかな表情のまま、ばっさりと切り捨てた。

ゴブリンスレイヤーの鉄兜が揺れた。

「毒を塗れば、虎や熊も捕れる罠だぞ」

「冒険者志望の方は虎でも熊でもありません」

「……毒は塗らんぞ？」

「塗らないから良いというわけではありません」

そうよねー、ダメよねー、何考えてるのかしらねーと、妖精弓手がうんうん頷く。

「そうか」と小さな声で応じたゴブリンスレイヤーは難しそうに唸り、遺跡の壁に手を当てる。

しばらく熟考の後、彼は名案であるかのように受付嬢の方へ鉄兜を向けた。

「では、釘を打たねばどうだ」

「ええと――……」

受付嬢は笑顔のまま、小首を傾げた。笑みが崩れていない。女神官は、流石だと思った。

――自分では、とても、とても。

とはいえ罠の専門家でもない受付嬢は、これ以上の抗弁を思いつかなかったらしい。

いや、思いついてはいても、それが正当なものかどうか判断ができなかったのだろう。

同行しておいて良かったですと溜息を吐いた彼女は、やむを得ずといった風に頷いた。

「まあ、それでしたら……？」

「よし」

よしじゃありませんよと、女神官は眉間を押さえた。

――でも、今の罠は……。

覚えておいて損はない。新人冒険者相手のささやかな競技で使うかどうかは別にしてだ。

熊罠。熊罠。ぶつぶつと口の中で数回作り方を繰り返した彼女は、ふと小首を傾げた。

「そういえば、以前の収穫祭のときに用意なさっていた、えーと……」

――なんといったか。

女神官は錫杖と松明をそれぞれ持った両手で、くるくると虚空をかき混ぜた。

「あの、杭が横からブンってなるのも……こういった罠の一種ですか？」

「あれは簡単だが手頃な仕掛けだ。狩りにも使える」

ゴブリンスレイヤーの答えは端的だった。

彼は少し考えた後に、「ふむ」と呼気を漏らした後、その鉄兜を女神官の方へ向ける。

「興味があるならば、作り方を教えよう」

「お願いします……っ」

妖精弓手が天を振り仰いだ。きっと地母神も顔を覆っているだろうから、祈りは届くまい。

ともあれ、そうした師弟のやりとりを、妖精弓手はげんなり、受付嬢は必死に聞いている。

興味がない――というより、面白がって見物しているのは、鉱人道士と蜥蜴僧侶だ。

「陰湿だのう」

「蜥蜴人も似たような手は使いますぞ」

「マジかよ」

思わずといった風に問うた鉱人道士に、蜥蜴僧侶は「無論無論」と舌を出した。

「沼地ですからな。歩いて渡河できる程度の川だ水溜りだのの底の泥に、杭を立てて……」

「迂闊に水溜りを踏めば靴ごとぶすりか？　やめい、やめい。気分が悪くならぁな」

「ふ、ふふ。いくさ場で気を抜く間抜けは生き残れませせなんだぞ？」

――そういえば、いつだかの雪山にも似たような罠があったなぁ……。

女神官はゴブリンスレイヤーの言葉を覚えながらも、聞こえてきた言葉にふと思い返す。

雪山の洞窟、ゴブリンたちの祭祀場があったあそこへ踏み込んだ時の、水溜りだ。

女神官は自分の足元、お気に入りの白い長靴へ、ちらりと目をやった。

――やはり冒険者たるもの、靴に気を配るべきなのでしょうか?

ゴブリンスレイヤーも、そうしている。この靴ももちろん、悪いものではないのだけれど。

そんな女神官の不安を察したわけでもあるまいが、蜥蜴僧侶が「とは申せ」と目を回した。

「これは冒険であり、怪物退治。加えて新人への訓練以前となると、いささか……」

「つか、小鬼ばらにそこまでの器用さはなかろうて」

「ない」

鉱人道士が続けた言葉に、ゴブリンスレイヤーはきっぱりと言い切るように断言した。

「が、あると想定して動くべきだ」

「実際、ありましたものね。罠」

考えてみれば――と女神官は、しみじみと頷いた。

自分の最初の冒険、あの悲惨な結果に終わったゴブリン退治でも、そうだ。

壁を抜いて襲いかかってくるのだって、罠の一種であることには間違いない。

そういうものがあるのだと、わかって赴くのと、知らないで赴くのとでは、大違いなのだ。

「他にも迂闊に紐を切れば振り子が襲う罠。その罠を避けた箇所に、落とし穴を仕掛ける」

そして連動する石弓でも置いておこう。ゴブリンスレイヤーはぶつぶつと呟いた。

できれば壁の間に仕掛けたくはあるが、適当に砂利山を作って、中に埋めても良い。

落とし穴――そう深くなくて構わない――で身動きが取れねば、十分に当たる。

それに落とし穴に落ちれば、味方も、当人も、穴から脱出する事に意識が向かう。

砂利山や不審な矢狭間を注意する確率は、そう高くはない。

「……敷石を引っ剝がして、落とし穴をこさえ、また石を被せておけばそうは気づくまい」

「……そんなに罠があったら、帰っちゃうんじゃないの？」

うんざりとした様子で「私だったらもう帰る！　ってなる」と、妖精弓手が茶々を入れた。

彼女にしてみればそんな罠ばかりの冒険など御免被ると言いたいところなのだろう。

もちろん、ゴブリンスレイヤーの「無論、そうだ」という言葉とは、意味が違うのだが。

「いかに接敵までに消耗させ、しかし逃さぬようにするかが重要だ。撤退させては意味がない」

ゴブリンスレイヤーが淡々と言葉を続けるにつれ、妖精弓手の長耳がげんなりと垂れ下がる。

ぴんと立っていた耳が徐々に角度を変えていくのは、女神官には少し可愛らしく見えた。

――確かに、まあ、少しひどいかもしれませんけれども。

それでも役に立つ事だし、聞いておいて損はないと思うのだが――……。

「単なる阻塞も効果的だ。罠と違い、単なる疲労は行軍続行を判断しがちだ。それで奥へ――」

「こう、私としてはですね？」

おずおずと。片手を上げて講釈を中断させたのは、受付嬢であった。

彼女は遠慮がちに、けれど真剣な様子で、どうにか理解してもらおうと口を開く。

「冒険者志望の方々に『ハラハラしたし危ないけど、面白かったな』と思って頂きたくて」

おっかながらせて痛い目を見させ悲惨な思いをさせて『教育した』などというのは——……。

「……ご遠慮いただきたいな、と。はい」

「ふむ……」

「もう少し、こう、手心というか、何というか……」

ゴブリンスレイヤーは低く唸った。そして、とても長々と黙り込んだ。

彼の記憶では溶けかけた氷柱の下で、師がげらげら笑いながら石入りの雪玉を投げていた。

今にして思えばアレは最初の頃であったから、師もずいぶんと手加減していたに違いあるまい。

——つまり手足をきつく縛り、雪解け水の中へ突き飛ばしてはいかんのだな。

彼はこっくりと鉄兜を上下させて頷いた。

「善処しよう」

「よろしくお願い致します」

受付嬢は深々と、貴族の令嬢としては考えられぬほど頭(こうべ)を垂れてお辞儀をした。

もしこれが他の冒険者——それこそ槍使いなどであれば、心底から必死に行動したであろう。

「ああ。……罠の他には、後は怪物だな」

しかし彼はゴブリンスレイヤーであり、常通り(つねどお)、淡々とした様子で頷いて言った。

「やはり、ゴブリンか?」

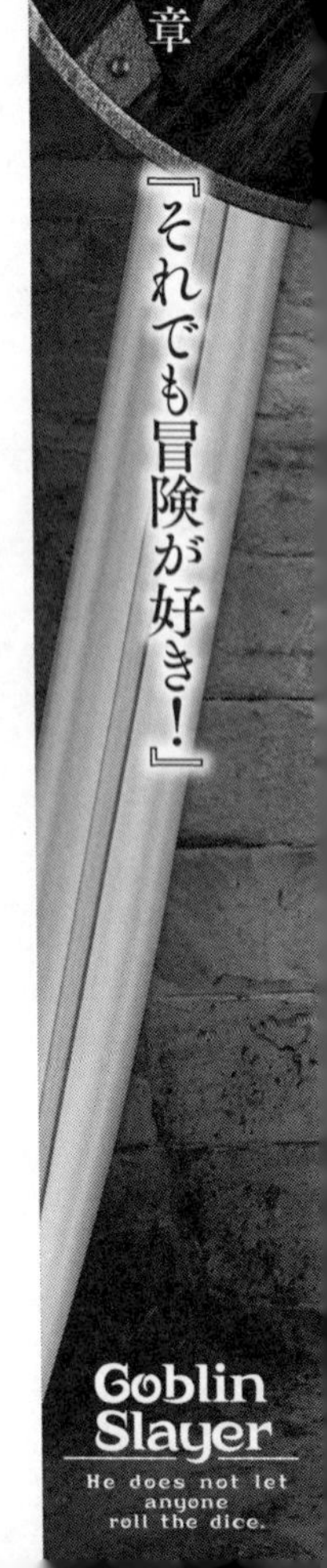

第3章 『それでも冒険が好き！』

「お前なんかが冒険者になれるわけないだろ！」

「そうかな」

「そうさ！」

雑踏の喧騒に埋もれるような声で、少年は目の前の少女に対して得意げに胸を反らした。

白んだ黒髪の、貧相で痩せっぽちな娘は、少年の言葉にもわかっていないような顔をする。

澄まし顔、お高く留まっている、きっと何もわかってないくせに。少年は笑った。

――きっかけは、ちょっとしたお使いだった。

一人で街に行くことを許されるなんて、辺境の村に暮らす身としては滅多にある事ではない。

その時点で彼は人生の絶頂を迎えたかのように大喜びで、半日かけて街までやって来たのだ。

そして、人生の絶頂は半日で終わったように彼には思えた。

何故だかしらないが、同郷の少女が街に来ている所にばったりでくわしてしまったのだ。

それだけでも腹立たしいのに、その子ときたら腰に剣を帯びているじゃあないか。

少年だって剣に触ったりするのは許されなかったのに。無性に腹が立ってきた。

こいつがそんなものを持ってるのは、納得がいかないのだ。体だって傾いてる。

——自分なら。

もっと立派にぴんと立って、堂々と胸を張ってやるのに。

「なんでお前がいるんだよ」と聞いてみれば「お父さんに頼まれて」と何でもないように言う。

「どうせ道に迷って困ってたんだろ」

そうに違いない。しかし彼女は「そうかな」と、やっぱり不思議そうに言うのだ。

とすると、彼女はもう使いを終えたのだろうか。少年は、何だか妙に苛立ちを覚えた。

「じゃあ、なんでこんなトコにぼーっと突っ立ってんだよ」

「こんなトコって」と、少女は不思議そうに小首を傾げた。「冒険者ギルドの前だよ」

その仕草が、まるで看板が読めないのかと言われているようで、ひどく腹がたった。

少年の口から思わず出た言葉は「お前なんかが冒険者になれるわけないだろ！」だった。

そして——最初のやりとりに戻る。

「あんなの、ちょっと体力があれば誰でもなれるんだぜ？」

「ふうん」

「そんで大体のヤツは食うや食わずさ。お前だって、すぐにどっかに売られっちまうんだ」

高値はつかないだろうけどな。少年は親から聞きかじったことをぺちゃくちゃと垂れ流した。

もちろんその正確な意味なんてわかっていないが、それでも彼女に高値がつかぬ事はわかる。

なにせ村外れに住んでる、傭兵あがりのごろつきの子だ。ちんちくりんだし、みすぼらしい。

何年か前の飢饉の時に身売りした年上の娘らとは、比べ物にならないだろう。

なんでこんな奴が村に住まわせてもらっているのか、少年には理解できなかった。

だから彼は自分の言っている事の矛盾にだって気づきもしない。

いや、体力があれば誰でもなれるけれど、この娘にはなれるわけがない、と。

そんな風に思っているのだから、矛盾しているとも思っていないのかもしれないが。

「だいたい、冒険者ってのはバケモノと戦うんだぞ？　わかってんのか？」

「うん」

「お前なんか、少し棒きれ振り回して、小鬼とか大鼠とか追い払うのも精一杯だろ」

「そうだけど」

少年は鼻で笑った。ゴブリンとか、ネズミなんて、自分だってやっつけられるのに。

そんな程度で彼女が威張って調子に乗ってるのが、何とも気に入らなかった。

いつだってこの娘はそうなのだ。

何を言っても、つんと澄ました顔をしていて、何も感じていないようだった。

父親が元傭兵だかなんだか知らないが、そんなごろつきめいた所の子供が何を偉そうに。

ひょろひょろとした体で日がな一日棒を振り回すか、村人たちの農具の手入れをするだけ。

そんなことは、誰にだってできる。遊んでいるようなものじゃあないか。

真面目に親の手伝いで畑仕事をしたり、こうして街まで使いに出る自分とは、わけが違う。

そんな彼女が冒険者？　調子に乗るのもいい加減にしろというものだ。

「盗賊とかドラゴンとか相手にできるわけないだろ。無理に決まってら」

少年は一歩前にでて、少女の貧相な胸元を小突いた。「あう」と彼女がよろめく。

その姿がみっともなくて、少年はにやにやと意地悪い笑みを浮かべる。

「だいたいお前、鎧とか兜とか買う金持ってるのかよ？」

少年はわかっていながらに聞いた。この娘の父親が、そんなに稼いでいるわけもない。

父親の装備――見たことはないが――を借りるにしたって、体格が違いすぎる。

剣は腰に下げているけれど、間抜けに体も傾いているではないか。

とても――自分ならともかく――振り回せるわけがない！

いや、そもそもそんな的確な比較などしていなかったのかもしれない。

「そんなにはないけど」

「そんなんで冒険者になれるわけないじゃん！」

無理に決まりきっているのだから、理屈は後からどうとでもついてくるのだ。

少年は彼女が何も言わないので、勝ち誇ったように笑った。

「何年か前に森ン中で道に迷って、泣きながら帰ってきたの覚えてるぞ」

「……」

「冒険者になったたって、また泣きべそかいて逃げ帰ってくるだろ、お前なんか」

そんな間抜けで馬鹿な奴は村になんか二度といれてやらない。

そう言ってやったら彼女はどんな顔をしたろうか。俯いてしまって、表情は見えなかった。

「そっか」

「そうさ！」

ぽつりと呟いた言葉を叩き伏せるように少年は言って、自分の賢さに満足して頷いた。

「じゃあな。俺はお前と違って忙しいんだ。ちゃんとお使いしなくっちゃいけないからな！」

そう言って、彼は少女を突き飛ばすようにして歩き出した。

背後で「あう」とまたよろめいた彼女が尻もちをついても、まったく気にしなかった。

どうせあいつは何を言ったって気にしないのだ。こっちが気をつけてやる必要はない。

自分は長男で、いずれは畑だってもらえる。あんなごろつきめいた所の娘とは格が違うのだ。

残された少女はしばらく尻もちをついて、俯いた後、ゆっくりと立ち上がった。

何も言わず、ぱたぱたと服の汚れを払った少女は、見上げるようにギルドの入口を見た。

そこには少年が気づきもしなかった、一枚の羊皮紙が張り出されている。

立派な装丁に、飾り文字が踊る。冒険者志望者のための催し。

少年は読めなかったのかもしれない。もちろん少女だって文字は読めない。

でも通りがかった誰かが口に出していた言葉は聞いていた。

「迷宮、探索競技」

少女は、ぽつりと小さくそう呟いた。

やはり誰に聞こえることもなく、その声は雑踏の中へ紛れて消えていった。

§

「私が参加してはいかんのか⁉」

「いかんだろ常識的に考えて」

冒険者ギルドの酒場では女騎士が絶望の声をあげ、重戦士がくたびれはてていた。

冒険前の腹ごしらえ。当然酒を頼むはずもないのだが、酔っているかのような風速だ。

「冒険者志望、初心者のための競技だろ。いわば勧誘だ。新米以外はお断り」

「何を言う。信仰の道は長く険しいのだから、私はまだ道半ばの新人ではないか」

そりゃあろくに奇跡も授かっていないからな。そう言わないだけの分別は重戦士にもある。

「姉ちゃん、奇跡もらえてねーもんな」

少年斥候の方にはなかった。

少女巫術師が無言のままに杖を振るって卓の下で脛を小突いたらしく、悲鳴があがる。

「でも冬場の催しに参加できないのは、少しさびしいですよね」

足を押さえて呻く仲間を完全に無視して、ちょこんと椅子に座った彼女はそう呟く。

当初の年齢詐称からいささか評価は落ちているものの、立派に一党の術士を務めているのだ。

彼女自身、自分が参加したくともできない事は十分に理解しているらしかった。

「参加はできなくとも、関わる事はできるかもしれませんよ」

その少女巫術師へ穏やかに、あるいは女騎士をなだめるように半森人の軽剣士が言った。

食卓の隅に帳簿を広げて一党の経理を行っていた彼は、ちらと帳面から目線を上げる。

「枯れた遺跡とはいえ、事故はおこるもの。後詰めの冒険者は熟練に依頼が出るそうですから」

「つまり救助という名目で奥まで一番乗りしても良いのだな！」

「良くないだろうよ」

重戦士は深々と息を吐いた。

女騎士の手綱を執っておかないと、兜でもかぶって新人のふりをして乗り込みかねない。

「冬越しの貯蓄はどんなもんだ」

「ま、お釣りは出ますよ」

軽剣士は平然と言った。

駆け出しの頃ならともかくも、歴戦の冒険者にとって貨幣の類は湯水の如くだ。

遺跡だ洞窟だ迷宮だに潜って怪物どもと戦えば、宝箱から好きなだけ稼げるというもの。

これが新人だと、今日明日の宿代にも事欠いて、魔法の装備を贖う金もないと嘆くのだが。

「ですが、一冬ずっと優雅な暮らしをすると体が鈍る方が心配ですね」

「仕方ないな」重戦士は獰猛に笑った。「少し小遣い稼ぎくらいしておくか」

それを聞けば女騎士はもちろんのこと、少年少女らもわっと声をあげている。

何にせよお祭りに関われるとあれば、それは楽しい冒険に他ならない――のだが。

「……良いなぁ」

などとぼんやり頬杖ついてぼやくのは、それを少し離れたところで聞いている棍棒剣士だ。

長剣と棍棒の二刀流もだいぶんと様になった彼は、もはや新人扱いされなくなっている。

かといって熟達の域かといえば、とてもとても、そんな力量には至っていない。

つまり――どうあがいても参加できない、という事なのである。

「ぼかぁ、ついこないだ登録したばっかですけん、やっても怒られんのですよな」

のんびりとした口調で――いつのまにか真白に毛の変わった白兎猟兵が、にへへと笑った。

「ずっけえ」

「ずるくないでしょ」

唇を尖らせる棍棒剣士にぴしゃりと裁きを下した至高神の聖女は、腕組みをして眉を立てた。

「つまり、あたしたちには遊んでる暇なんかないってわけじゃない。冬越しできないわよ」

「あー……うん、はい……」

そう言われてしまえば、まったくもって反論できない。

駆け出しから一つ二つ卵の殻が外れたからって、別に一気に稼げるようになるわけでもない。

もちろん食うや食わずだった頃に比べれば、だいぶんと贅沢はできるようになった。

女子二人のみならず彼だって簡易寝台を借りる事はできるし、食事も彩り豊かになった。

まあ、食事に関しては何でも美味しい美味しい言って食べる、新たな仲間のためでもあるが。

兎人でなくとも飲まず食わずに眠らず動けるわけもなしだ。魔法の剣とかも欲しくはあるが。

――とりあえず装備に不満はねえもんな。身体だよ身体。

ふと脳裏に過った細身の女肉と幼馴染のぬくもりを、若者は突っ伏すことで誤魔化した。

あんまり意識もしなかったのに、ふと気づいてしまうともうだめなのだ。

「なんなら、ぼくンちィ来ます？　おっかさん、きっと泊めてくれっと思いますけんども」

「それは流石に悪いもの。……ね、冬になんか狩れる動物とか知らない？」

「猪とか鹿なんかは獲れますなぁ。角ォ刺さっと一発で死んじまうけど、それはそれですやね」

「それはそれで済まないわよ。……ううん、トロル退治ならあるのかぁ」

「頭っからばりばり、つーて、喰われっちまうかもしれんですねぇ」

棍棒剣士の頭上では、件の女子二人が、おっかない話をきゃいきゃいと交わしている。

猪に太ももを貫かれて死んだ狩人は、たしか棍棒剣士の村にもいたはずだ。

それに恐るべき怪物、真っ白くて巨大なトロルに襲われた村の話なんかも聞く。

トロル退治。トロルというのは洞窟にいて欲しい。人里に出てこないでくれ。

ぶつぶつと愚痴めいた現実逃避を繰り返す棍棒剣士は、しみじみと呟いた。

「五年ぐらいのんびりしたいなぁ……」

「五年も冒険者やってないじゃないの……！」

なんとも賑やかな事であった。

ともあれ、中堅――つまり新人でもなく熟練でもない冒険者が、全員関われぬわけでもない。

重戦士らとも、棍棒剣士らとも離れた場所では、妖術師が至極あっさりとこう言っていた。

「私、しばらく冒険に行けないから」

「ああ⁉」と、決定事項のような物言いに目を剝いたのが、頭目の斧士だ。「なんでだよ？」

「だって、ゴブリン作らなきゃいけないし」

妖術師は開いた手元の呪文書から目もあげず、しれっと言う。

まったくもって苦々しいことだ。どういうわけか自分の扱える呪文が漏れているとは。

――だいたい国の連中が悪いんだ。

重要だ機密だ持ち出すなだのと厳しいくせに、うっかり流出させてるのだから世話がない。

いちいち回収して回る身にもなれというのだ。まったく。本当に。

おおかた闇人の色香に惑わされたのではないか。狒々めいた爺もあれで大概助平だしな。

「へえ、お前はそんな術の心得があるのか」

故郷への愚痴をぐちぐちと考えていると、不意に凜と涼し気な声がかかる。

ちらと目を向ければ、近頃仲間に加わった、やたら肌の白い森人の女が微笑を浮かべていた。

森人なんてのはただでさえ綺麗なのだから、わざわざ化粧だのしなくても良かろうに。

「伊達に触媒は集めてない」

妖術師は立ち込める白粉の匂いに閉口しながら、ぼそりと短く言った。

「小鬼なぞ召喚してどうするのだ？」

「召喚っていうか、作るんだけど。いやでも複製を呼び出してはいるのか……」

仲間の僧侶に対して、妖術師は、やはりぼそぼそと呟く。

どうせ事細かに説明したって理解しやしないのだ。そのくせ説明しろとうるさいのは困る。

魔法は魔法だ。不思議なことが起こるんだ。それで納得しろ。まったくみんな理屈っぽい。

「知らないけど、競技の敵でしょ。たぶん。体力使うけど、お金になるし」

妖術師はぶっきらぼうに言った。お金になる。それが何よりも大事だ。

「そうだな。金は私も好きだ。森人ときたら、アレをただの石扱いとは、理解できんね」

真銀以外は興味ないらしいと、森人の女は唇を尖らせて拗ねる。

妖術師はじろりと半眼になって白粉臭い森人を睨んだ。隠す気あるのかこの女は。

「何でも良いけど、つまりは冒険に出れねえってことかよ」

そして頭目は何故気づかないのか。妖術師は深々と溜息を吐いた。

どこの世界に朝な夕な、苦痛の神への祈りと称して自分の背を鞭で打つ森人がいるのか。

四方世界は広く、神々の懐は大きいとはいえ。いくらなんでも無理がなくないか。

「そりゃあ、私が教えたのはお前だけだからさ」

くすくすと耳元で囁くように笑う声がうざったいので、妖術師は無視を決め込んだ。

冒険中、紅一点なことを一切考慮されなかったのに、彼女が参加して以来は男女分けだ。

その事については多少なりとも感謝していなくもないのだから、多少は我慢しても良い。

それにあの圃人の斥候がどこへやら消えて以来、やっと獲得できた斥候役なのだ。

罠にかかってひどい目にあうことと天秤にかければ、絡まれる程度は良しとしなければ。

いやむしろ逃さないようこちらから絡むべきなのか？　それはそれで面倒くさいが。

「しかしまあ、つまり、我らが術士殿は今回は裏方ということだな」

金に縁のなさそうな御坊は、うんうんと何やら得心いったように頷き、さっぱりと言った。

「であればこれは、我らに裏方として金を稼いでこいという神の思し召しではあるまいか」

「それだ！」

「違いない」

「ええ……」

妖術師は、心底とげんなりした声をあげた。

つまりはあれか。自分がギルドに一党を紹介して、仕事を回せと頼まねばならないのか。

職員相手に等級相応の冒険者として振るまえというのか。身なりを整えて、礼儀正しく。

それだけで目眩がするような心地に襲われながら、きっと反論しても無意味だろうと思う。

こいつらは一度言い出したら聞かないし、金がないのは事実なのだ。

妖術師は呪文書に目を落としたが、皆が無言で自分を見ている事は嫌というほどわかった。

決定事項なのだろうか？　決定事項なのだろう、きっと。

——ああ、もう、まったく。……まったく！　まったく、もう！

§

「わかったわよ！」と声を荒らげた冒険者が、がたりと席を蹴って受付へと向かう。

そんな光景を、女神官はちょこんと待合室の椅子に座って眺めていた。

いや、正確に言えば座っていたというのも、眺めいたというのも違うだろう。

彼女はソワソワと立ち上がり、うろつき、また座るのを繰り返していた。

そして眺めるというよりも耳目に音と光が入っただけで、会話を理解してはいまい。

それどころでは、ないのだ。

「う、うー、うー……」

落ち着きなく、女神官はぺたりと薄い尻を椅子に降ろしては、金色の髪をいじくった。

今日は朝からずっとこんな調子で、もう少し水鏡を見ればよかったと後悔もする。

「身だしなみとか、大丈夫でしょうか……？」

「へーき、へーき。そんなに心配しなくっても大丈夫だよ」

何度目になるかわからぬ質問に、首から至高神の聖印を提げた監督官はにこやかに応じる。

奉ずる神こそ違えども、頑張って前に進んでいる前途有望な後輩の一人。

少年少女してる方の子共々、精一杯成長してもらいたいものである。

さりとてそれ以上励ましたり、逆に叱ったりもしないのが彼女のスタンスだ。

助けてくれと言われれば助けるけれど、それ以上は余計なおせっかいというものだ。

仮にも中級の冒険者となった以上、こうした事柄にも慣れていってもらわねば困る。

「都の地母神神殿から名指しでだもんねえ。緊張するのはわかるけど」

「はい……」

――とはいえ、いきなりとしてはいささか重たいかもしれないなぁ。

監督官は他人事のようにそう思う。

此度の催しの話が、どういうわけか都にまで伝わって、視察に人を送るから相手をしろ、と。

それで応対するべく白羽の矢が立ったのが、こちらの少女だった。

監督官としては大名のお相手など慣れたものだし、出迎えるのも日常業務。

むしろ座って書類仕事をしない分だけ気楽というものだが、冒険者にとっては違うようだ。

先だっての迷宮探険競技の話とあわせて、そろそろ女神官も重圧が限界だろうか。

「都にまで名前が知られていることを、素直に喜べば良いのに」

「とても、とても。……というか、それは流石にゴブリンスレイヤーさんのお名前でしょうし」

謙遜というよりも事実として、自分はそこまでの身分ではないはずだと女神官は言う。

まあ大体の場合、一党で名が挙がるのは戦士で、次に魔術師、その後に神官、最後が斥候だ。

伝説的な善き闇人の野伏、あるいは長脛彦なんかは、まあ戦士扱いとして……。

辺境から都にまで名の轟くような高位の司祭ではないと言われれば、その通りだった。

「でも、前にも都で冒険したでしょ？」

「はい……」

「だったらそれで名前を覚えてもらえたかもしれないじゃない」

きっかけはどうあれだ。少なくとも指名されたということは、悪名の類ではあるまい。

名前が知られているのなら、冒険者にとってこれほどの幸運はそうはないということになる。

「交易神に曰く、好機は絶対に摑んで離すなっていうし。舞い込んだものは摑んじゃうんだよ」

次の依頼、次の仕事、次の冒険。戦いと成長。さらなる飛躍。

監督官はぐっと拳を握って訴えるが、彼女の説教はどうにも女神官にはピンと来ないらしい。

「有名になるのが恥ずかしい？」

「というより、まだまだ中身が見合っていない気がしまして」

女神官はなんとも難しい顔をして、困ったようにその頰に笑みを浮かべた。

「自分のできることは、できる、できますって言おうとは、頑張っているのですけれど……」

「まあ、こればっかりはねえ」

自信を持つのは大事だ。謙遜ばかりで通る世の中ではない。

だがその一方で、天狗になってはいけないし、いつだって上には上がいるものだ。

そして事情を知らない手合は、やれ運良く上手くいっただ、いいや実力だ、などなど……。

「周りはみんな好き勝手言うから。ボロが出ないよう頑張っていくしかないんだよ」

「……難しいですね」

女神官の目が、ちら、ほらと重戦士──いや、女騎士の方へ向いた。

あるいはこの場にいない誰か。魔女や、それともゴブリンスレイヤーでも探したのだろうか。

「先達の方々は、みんな立派に見えてしまうんです。とてもわたしが、追いつけるかなって」

「逆逆。みんな『立派に見える』ようにしてるだけだよ」

見栄張ってるだけなのだと、監督官はけらけらと笑った。

なにしろ冒険者ギルドの職員ともなれば、英雄譚の裏側だって良く知っている。

名高き自由騎士が最初の冒険で死にかけたり、勇ましき聖女が剣を溶かして大泣きしたり。

怪物退治に繰り出した必殺の一撃が一太刀足りず、仲間の斥候が突いて仕留めたり、とか。

「中身は似たようなもんだよ。全員さ」

そう言えば、彼女──女神官とこんなに話す機会は、今まであまりなかったかもしれない。

友人の受付嬢や、酒場の獣人女給、妖精弓手やら、牧場の娘さんやらを交えてはあったが。

一対一で、となると――……これもまた神々の振った骰子の思し召しか。

四方世界は人の意思と因果、骰子の目で左右される。出会いと別れもまた同じ。

それならば、なるべく良き関係を築いていきたいものだが――……。

「……あ」

と、女神官が顔を上げたのは、まさにその時であった。

冒険者ギルドの扉が開いてベルが鳴り、二人組が入ってきた事に監督官もようよう気がつく。

片方は健康的な褐色の肌を修道衣に包んだ尼僧で、彼女はからからと笑って手を振った。

「やあ、おまたせ、おまたせ。久々に街に出てくるとやっぱり目移りしちゃってさぁ」

「あ、いえ、そんな……！」

その太陽を思わせるような朗らかな声に、女神官が頰を綻ばせながら立ち上がった。

「今日はありがとうございます。わざわざ――というか、先輩がご案内なさったんですか？」

「うん。や、ちょっと抜け出したかったからさ。退屈だったんだよ。たまの好機だもんね」

掴んだら離さないのは当然と、先程も聞いたような言葉に、女神官はくすくすと笑った。

監督官は二人のやりとりからおおよその関係を察すると、そっと背後で一礼するに留める。

わざわざ割って入るのは無粋というもので、尼僧の方も軽く目礼して応じてくれた。

「それにしても驚いちゃったよ。やあ、世の中ってのは広いんだか狭いんだか」

「と、言いますと？」

黒い巻毛を指で弄びながらの――修道衣は髪を全部頭巾にいれるものでは？――言葉。

女神官がきょとりと小首を傾げたのに、尼僧は「いやさあ」と、にんまり笑う。

「ま、ともあれまずはお客様のご紹介だ。はい、こちらが都の寺院からおいでなさった――」

思わず、女神官は息を呑んで目を瞬かせた。監督官も「おお」と声もなく呟く。

「こんにちは！　――来ちゃいました！」

にこりと尼僧の背後から顔を出したのは見目麗しい、女神官に瓜二つの少女であったのだ。

§

「え、あ、き、来ちゃいましたって……！」

「しー、しー、しーっ！」

思わず声をあげそうになった女神官が口元を押さえるのに、少女はがばりと飛びついた。

間近に迫った自分と瓜二つの顔や、体の柔らかさに、女神官の頬がさっと朱色に染まる。

「こ、今回は別に抜け出したとか遊びとか、そういうのじゃあないから。ないですから……！」

少女――王妹の訴えに、女神官はこくこくと何度か頷く事で理解を示す。

そうでなければ離れてもくれなさそうだし、ともすれば呼吸も危ういからだ。

「あ、とと。ごめん。……ごめんなさい」

やっと王妹が離れてくれたので、女神官はほっと息を吐いた。

「で、でも、どうなすったのですか？　皆さん、ご許可を――……」

「そりゃまあ、神殿のお仕事です。神官として地母神神殿からやって参りました」

えっへんと、王妹はその豊かな胸を誇示するように反らし、それから小さく舌を出した。

「まあ、まあ私が来る事になったのはへい――兄上には内緒なんですけどもね！」

「ああ……」

いや――……。

これを我儘だとか、反省がない、と見るのは早計だろう。

何も考えずに飛び出す事と、様々な事情を鑑みた上で動くことは、似て非なるだ。

悲惨な目にあった少女がしたたかに立ち直ったと見れば、女神官の顔にも笑みが浮かぶ。

あの若獅子の如き国王にはちょっと同情もしないでもないが、良いことには違いない。

「なんだ、やっぱり知り合いだったんだ？」

そうしてくすくすと笑いあう二人を見て、葡萄尼僧もまたにやにやと笑みを浮かべている。

彼女にしてみれば、格好の退屈しのぎなのだろう。あるいは、妹分の友人を見て嬉しいのか。

恐らくは両方の感情を湛えた瞳をそっと細めて、彼女はしみじみと呟いた。

「それにしても、こうして二人並ぶとホントに姉妹みたいだねえ」

「それでこないだも死人占い師の軍勢だなんだですし」

雪山に赴いての戦いや、御神酒の騒動では自分からあれこれ動いて、その後は東の異国へ。

思えばあっという間の一年であったけれど、それにしても色々とやったものだった。

女神官は、もうずいぶんと昔のことのように思える冒険に、ふと懐かしさを覚えた。

──ああ……。

「ほら、春が遅れる事件があったじゃないですか。その後も御神酒の奉納で騒動がおきたり」

王妹はこくこくと頷いた後に「ええと」と説明を考えるように思案して、もう一度頷いた。

「あ、はい。そうなんです」

「都の地母神神殿から、今回は視察……という事でよろしいのでしょうか？」

そうだった。女神官も慌てて居住まいを正すと、きちっと背筋を伸ばして王妹に相対する。

そんなきゃいきゃいとした姦しいやりとりを、ごほんと監督官の咳払いが断ち切った。

「ええと、それで……？」

まあでも似ていると言われるのは、そう悪い気はしないのだが。

女神官と王妹は顔を見合わせて、きょとりと首を傾げる。

色々と、似ていないと思うのだが。

「そんなことないと思いますけど」

「そうでしょうか？」

「ああ、結局あれ、そうだったんですよね。勇者様が退治なさったとかで」

王妹と監督官の話す国家の一大事にだって、自分は少しばかり関わっていた。

――こうして考えると、わたしも結構な冒険者なのでは……？

なんて。ほんの少しばかり自信が湧いてくるのだ。自慢になってはいけないとも、思うが。

女神官はこっそりと胸を張り、葡萄尼僧に気づいて「いけないいけない」と首を振った。

「それで冬にも何かまた起こるんじゃないかと思い、地母神神殿から参りました！」

まあ見るだけで何ができるわけでもないんですけど。王妹はてれてれとそんなことを言う。

――確かに、そうだ。

神官一人がきて何がどう変わるわけでもない。けれど、一人も来ないのとは意味がまったく違う。

ましてや彼女だ。当人はあくまで神官としてと言うが、王の妹君がやって来たのだ。

軽々しく扱っているわけではないという意思表示としては、この上なく明白だろう。

西方辺境――女神官としても、きちっと応対をしなければなるまい。

「ええと、それじゃあご案内すれば、宜しいのでしょうか？」

女神官がおずおずと提案した言葉に、王妹は「そうですね！」と元気よく応じた。

「いろいろと見てみたいです。えっと、遺跡の中で迷宮探険競技、でしたよね？」

「そうなります。詳しくは書類にまとめてありますが」

監督官も事前にまとめておいた羊皮紙の束を、そっと王妹へと差し出した。

「ご自分の目でお確かめになった方が宜しいでしょう？」

「そうですねー。うん、やっぱり自分の目で見なくちゃですね」

王妹は受け取った書類をぎゅっと胸元で抱きしめるようにして、実感のこもった声を漏らす。

何も知らないままで好き勝手に言うだけは容易いし、知らないままに飛び出すのも簡単だ。

見ると観察するとは大きく違うということを、彼女は十二分に学んだようだった。

「じゃ、あたしはそろそろ帰らないと怒られそうだから。後は任せたよ」

女神官と王妹のやりとりを楽しげに見守っていた葡萄尼僧が、不意にそう言って手を振った。

そうですね。監督官もこくりと頷く。仲も良さそうだし、きっと大丈夫だろう。

「では、会場……で良いのかな？」

たぶんそうだろう。監督官は少し考えて、何でも意味が通じれば良いやと結論を出した。

「会場までのご案内、お願いしても良いですか？」

「はい」女神官は、にこりと微笑んでから頷いた。「任せてくださいっ」

§

――悪辣だ……。

ずり落ちてくる鉄鉢を持ち上げて顎紐を締め直しながら、受付嬢はげんなりとそう思った。

橙色の小さな炎の明かりだけで照らされた、太古の遺跡。

石造りの柱や壁には不可思議な文様、彫刻、あるいは絵物語が刻まれている。

その意味を理解するにはあまりにも歳月が経ちすぎていて、只人の身ではわからないけれど。

揺らめく影が壁の彫刻を踊らせるさまは、まるで生きているかのようにも思えてくる。

――鉱人の方々の地下都市ですと、まさにそういった仕組みがあると聞きますけれど……。

働く鉱夫や、鍛冶師の彫刻が生き生きと動き、門の上では来客を出迎えお辞儀する、とか。

世に名高き鉱人の都には彼女も行った事がないため、あくまでも伝聞によるものだ。

そういえば、森人の都には彼や、友人たちと共に訪れたものだったが――……。

「只人の目というのは、利目というものがある。どうしても左右どちらかに偏りが出るものだ」

そんな受付嬢が思い出に浸っているのをまったく無視して、ゴブリンスレイヤーは言った。

彼は遺跡の地べたに這いずるようにして、そこかしこに白墨で印を刻んでいる。

迷宮の中に小鬼を配置するための道標だ。

角灯――珍しいこともあるものだ――を片手に、四方を警戒しながらの事前準備。

受付嬢としてはその後をちょこちょこと、転ばぬよう気をつけて進むだけなのだが。

「おおよその場合は右手利き、右目利きだ。つまり左側に配置した方が戦いづらくなる」

「な、なるほど……？」

会話の内容がどうにも物騒なのは、どうなのだろうか。

いや、もちろん今に始まった事ではないし、これもお仕事の一つ。

小鬼、小鬼、小鬼、小鬼、小鬼、なども、やっぱり毎度の事ではあるのだし。

――――そ、それに、普段より話せていますから、これはこれで……！

そう思えば、一瞬差した嫌気もどこへやらだ。

「確かに、冒険者さんの多くも……右手で武器を振り回しますものね」

「魔術師も右手で杖を持ち、右手で狙いをつける。左側には術も投射しづらい」

もっとも左手に盾を構えている者もいようから、それだけで有利という事もあるまいが。

ゴブリンスレイヤーはそう言いながら、印をつけ終えたのか立ち上がった。

「それに左手法を使う者もいるからな。左手を空けている斥候を、まずは叩く」

「左手法。――――ああ」

受付嬢はちょこちょこと、足元の瓦礫を飛び越えながら、頷いた。

先を行く彼が立ち止まって待っていてくれた事に気がつけば、足取りも軽くなろうものだ。

「壁に左手をつけて歩く探索方法ですね」

それなら、知っている。

別にこれほど本格的な、というより本当の遺跡ではないが、貴族の間でも迷路遊戯は人気だ。

庭園に生け垣を張り巡らせて、庭師に刈らせて、迷路をこしらえてのお茶会は、娯楽の一つ。

受付嬢も実家にいた頃は、何度か呼ばれて遊びにお邪魔させてもらったものだった。

「でも、あれは確か出口が違う壁と繋がってたら通じなかったような……？」

「廻廊などがあると通じんな。だが、今回の相手は不慣れな連中だろう」

つまりは単純に左手をつけていればいつかは最奥まで辿り着けると、信じている手合。

今回の催しのような相手ならまず引っかかるだろうと、彼は言う。

「左側の壁に何かしら、罠の発動要因を仕掛けても良いな。盾が引っかかる事もあろう」

「……ほどほどでお願いしますね？」

「そのつもりだ」

ゴブリンスレイヤーはこっくりと頷いた。

「まずは罠で消耗させる。警戒させない程度に体力を減らし、奥に引きずり込み、襲撃だ」

それは前にも聞いたのだけれど、冒険者を苛むにはとことん悪辣だなあ、と受付嬢は思う。

いや、もちろん冒険とはそういうものなのかもしれない。

楽しくて、簡単で、確実に勝てて、宝物が手に入る。わかりきったような茶番ではない。

予想外の事は起こるし、困難も多く、苦難の果てに手に入るものは微々たるもの。

本当に骨折り損のくたびれ儲けのような冒険だって、珍しくもない。

ましてや成功は確約されておらず、失敗することもある。本人の行動に関わらずだ。

ついに洞窟の入口を見つけて「やっほう！」と浮かれて飛び込んで落盤事故で死ぬ、とか。

笑い話だけれど、笑い話ではない。実際にあった事で、これは単に極端だから目立つだけ。

そんな事は冒険者ギルドに勤めていれば、嫌というほど思い知らされているのだが――……。

――でも、楽しい、嬉しいがあるから、冒険者の方々は続けられるんですよね。

「常に街へ戻ったり、道中、小休止を取れるとも限らんからな」

前を行く彼の後ろ姿を、ちょこちょこと追いかけながら、受付嬢はぼんやりと考える。

このひとは、こんな風にして冒険の手順を教わってきたのだろうか？

いや、きっとそう聞いたら、教わったのは小鬼退治の手順だと答えそうではあるのだけれど。

それはとても予想できる答えで、けれど、聞いてしまうのは――なんとも寂しかった。

彼が小鬼退治のことしか知らないだなんて。そう思っているのは、当人だけだろうに。

「ゴブリンスレイヤーさんは」

「うむ？」

「そんな風にして教わったんです？」

だから受付嬢からの問いかけは、そっと静かに息を吐くようで、闇の中に溶けていく。

返事は、少し遅れた。

拒絶ではなく思案だ。それくらいのことは、受付嬢にだって良くわかっていた。

「……姉から狩りのやり方を教わった時は、どうだったか……」

彼はぽつりと、短く呟いた。

「先生からは、洞窟の中での問答だった」

そしてゆっくりとした調子で、訥々と言葉が続く。

「早く答えんと、雪玉が飛んでくる」

「へえ……。じゃあ、今の間は、きっと怒られちゃいそうですね」

くすりと笑って意地悪っぽく囁くと「む」と低い唸り声に、「かもしれん」と言葉が続く。

それがなんだかおかしくって、受付嬢はころころと鈴のように笑い声を転がした。

思い描く小さな彼はどうしてか鎧兜を纏っていたけれど、雪合戦をする様は可愛く思えた。

「それはまた、厳しいお師匠様だったんですねえ」

「厳しい人だった」

間髪入れずの返事に、受付嬢はまた笑う。彼は、あまり気にしていないようだった。

「だが、色々と教えてくれた。後は泳ぎの仕方だとか。……実に色々だ」

教える義理もなかったろうに。短な呟きに、受付嬢は「そうですか」と穏やかに返した。

彼の事情は――まあ、察している。知っていると言うほど、直接に聞いたわけではない。

だから幼い頃の話を聞くのは憚られるし、別に、知らなくても良いかな、とは思う。

何もかも知らなければ人を好きになれないなんて、そんな事はないのだ。

嬉しいのは、彼がこうして話してくれる事、そのものだった。

「戦い方とかは、どうなんです？」

おとぎ話に出てくる英雄の類は、幼い頃に伝説的な師匠からあれこれ奥義を習うものだ。

秘剣だとか、必殺剣だとか、封じ手だとか、門外不出に一子相伝、色々だ。

斬撃を飛ばしたり、指の一突きで相手を爆発四散せしめるなんて、荒唐無稽な話も聞く。

――ああいや、森人の英雄さんは本当に斬撃を飛ばせるとか聞きますけども。

とすれば、指先一つで相手を殺すという技も本当にあるのかしらん？

「あまり」

ゴブリンスレイヤーは、やはり短い言葉で返事をくれた。

また屈み込み、白墨で印をつけている。今度は右側。

――ずっと左側からだと慣れてくるから、なんでしょうねえ。

なんとなく想像がつくので、受付嬢はあえて聞かなかった。それよりも、他の事だ。

「小鬼の急所だとかは、他の者から教わった」

彼は喋りながらも、手を動かすのを止めない。

屈んだゴブリンスレイヤーの傍に立った受付嬢は、そっと角灯を上に掲げた。

鉄兜がちらと動いて、上下に揺れるのがわかった。

取るに足らない、そんな細やかな感謝の仕草に、胸の中が暖かくなる。

「お前も知っているだろう？」

「ああ、あの人」

受付嬢も覚えている。町外れに住んでいた、変わり者の魔術師。

そう何度も話したわけではないが、印象深い女性だ。いつのまにか消えてしまったけれど。

「どこかへ旅立たれたとは、ちらりと伺いましたけれども」

「もう、戻ってはこんだろうな」

「寂しかったり、しちゃいます？」

「どうだろうな」

ゴブリンスレイヤーの手は、やはり止まらない。白墨を動かし終えて、立ち上がる。

「そう思わん程度の仲だった」

「……私もです」

取るに足らない、細やかな。そういう意味では、あの魔術師の面影についても同じだ。

その存在をどれほどの人が知っていて、覚えているかなどというのは些末な事だ。

大事なのは、彼と自分が、共に覚えていることの一つである点。

牧場の娘にはもっといっぱいあるのだろうが、受付嬢にとっては貴重な一つだ。

——もっとも、あの娘もあのひとのことは覚えているのでしょうけれどね。

自分だけの特別なんて、そんなにない事を、受付嬢はよくわかっているつもりだった。

なんといったって、彼はゴブリンスレイヤーなのだ。

ゴブリン退治をしにでかけているか、そうでない時は牧場に帰ってしまう。

冒険者ギルドを訪れるのは、その狭間だ。

——つまり、今こそが特別。

そう思うと、これを役得だと喜んでしまう自分に、ちょっと恥ずかしくもなるのだが。

——いえいえ、ちゃんとお仕事、お仕事です。

不正はなかった。権限の濫用でもなし。だから大丈夫。大丈夫のはずだ。

「しかし」

そう言い聞かせる受付嬢は、だからこそ不意に問われた言葉に、問題なく応じる事ができた。

「なんです？」

「俺で良いのか」

「はい、もちろんです」

何を今さら、だ。受付嬢はそう思って、苦笑する。

——あの子に自信がないのは、先生の影響かもしれない……なんて。

微笑ましいというか、悪いところも似て困ったものだというか。

とはいえ——……。

——ゴブリン退治以外のこととなると、初めての事ばかりなのでしょうか。

唇に指をあてがってそう考えれば、なるほど、そういう意味では彼も初心者ということか。

いや、もちろん自分だってこういう事に一家言あるわけではないのだけれど。

受付嬢は遺跡に佇む彼の足元、適当な瓦礫を見繕って、ひょいと腰を下ろした。

角灯の朧（おぼろ）な光に照らされる姿が、少しでも魅力的に見えてくれれば良いのだけれど。

「だって新人さんの面倒、ばっちり見てくださったじゃないですか」

「ふむ」

対して、暗闇（くらやみ）に輪郭（りんかく）を浮かび上がらせた鉄兜の奥からは、低い唸り声。

「それで言えば――……」

重戦士の一党（パーティ）の方がよほど良いのでは。

なるほど、そんなことかと受付嬢は頷いた。わからなくもない。……が。

「あの方々は、ちょっぴり過保護なんですよね」

彼女は立てた人差し指を振って、決して貶（おとし）める事にならないよう、慎重な物言いをした。

年齢詐称の問題はさておき、年少の冒険者二人を、重戦士一党（パーティ）はじっくりと育てている。

あの子ら――圃人巫術師は年上だが、種族的には――はきっと良い冒険者になるだろう。

だが、それはもっと先の事だ。

「それがダメというわけではないのですけれど。冒険て、良い事ばかりではありませんから」

「そうか」

「あ、だからと言って、嫌な思いをさせる事だけが目的ではありませんからね！」

受付嬢は慌てて付け加えて、つんと澄ました顔を取り繕った。

公私混同はいけない。そう自分に繰り返し言い聞かせて、なるべく事務的な態度を保つのだ。

これは自分にとって特別な時間だけれど――それでもやっぱり、お仕事なのだから。

「そういうのはダメです。だーめでーす」

「そうか」

「そうですとも」

「難しいな」

そう小さく呟く彼の仕草は、それこそ難しい課題を出された子供のようですらあった。

腕を組んで唸ったきり、ゴブリンスレイヤーはむっつりと黙り込む。

ともすればそれは、それ以上の会話を拒絶するような仕草にも見えるかもしれない。

けれども、単に考え込んでいるだけだということを、受付嬢は良く知っている。

あの牧場の娘もそうだろう。きっと、彼と行動を共にする冒険者たちもそのはずだ。

――つくづく、特別なことは減ってしまったなぁ。

それは嬉しくもあるし、寂しくもある。

きっと迷宮の中や、洞窟の中で、彼はこうして小鬼退治の合間合間に考え込むのだろう。

こうして角灯の灯に照らされた姿を見る機会は、受付嬢にはまずない事だった。

だから膝の上に肘を突き、そっと彼女は口元を緩めた。

「では、冒険は楽しくありません？」

「それは、わかる」

「……そうだと思いました」

だって、もうずいぶんと色々な冒険をしているのだもの。

古代遺跡のオーガ退治、下水道の名状しがたき怪物、かの名高き《死の迷宮（ダンジョン・オブ・ザ・デッド）》にも挑んだ。

彼はゴブリンについて以外はろくに説明もしてくれないから、細かく聞き出すのは大変だ。

とはいえ、ついこないだの件については、そんな複雑なやりとりは必要ない。

なんといったって――……。

「竜を倒した時とか、どうでした？」

受付嬢は抱きしめるようにした膝の上に頭を乗せて、からかうようにそう問いかける。

そう、竜だ。赤い竜。冒険者を志した事があるなら、誰しも一度は夢見る存在。

いくらゴブリンスレイヤーと呼ばれる彼だって、ドラゴンの事くらいは知っていたのだ。

「倒したわけではない」

きっぱりと言い切って否定（ひてい）するのは、少しむきになっているようで、やはり笑ってしまう。

「眠らせて、撤退しただけだ」

「はいはい、そうでしたね。眠らせただけ、と。それで？」

「報告したと思ったが」

「良いじゃありませんか」受付嬢は唇を尖らせた。「小休止ですよ」

「ふむ……」

受付嬢が促したからというわけでもないだろうが、彼は無造作にその場へ腰を下ろした。武器や盾から手を遠ざけない辺りは、冒険者としての習性か、彼自身の習慣なのか。

きっと、冒険の中では――こうした姿も、並んで腰を下ろす事も、きっと頻繁にあるのだ。

それを目にする事ができるのなら、やっぱりこれは役得だ。

「それで？」

受付嬢は、くすりと笑って、会話と会話を繋ぎ合わせようとする。

「お姉さんから教わった、狩りのやり方はどんなのがあるんですか？」

「正確には父の知識だ」と彼は言った。「槍の投げ方とか。紐を使った工夫で、驚くほど――」

些細な会話。些細なやりとり。だけれど、それが何よりも嬉しい。

――さて、そうなりますと、次は――……。

どうやって鞄に入れた弁当を出そうかと、受付嬢は思案を巡らせるのだった。

§

「って、感じみたい」

「お前さん、ほんっとその耳をろくな使い方せんのう」

「しかたないじゃない。だってエルフの耳は長いんだもん」

「もんって……」

遺跡の中、数区画離れたところで、石畳をひっくり返しながら鉱人道士は顔をしかめた。

そんな歳かと言ってやりたいが、残念ながら、上の森人にしてみれば二千歳など若造だ。

子供を相手に子供かと言うのも大人気ないと結論づけて、彼は腰の酒を呷る。まあ良かろう。

「それで、何仕掛けるの？」

「なに、ちょいと簡単な仕掛けさな」

ひっくり返した石の下に、ちょいと木っ端を削って紐を括った鉱人仕掛けを挟み込む。

元通りに石を戻せば、それは壁際の位置で、そして石壁にはちょうど良い高さの穴が二つ。

「おう、鱗の。そっちはどうかんの？」

「紐はしっかと張りましたぞ」

応じる声は石壁の向こう側から。蜥蜴僧侶が回り込んでいたのを、妖精弓手は今さら知った。

なにしろこの遺跡ときたら――いやここに限らないが――あれこれ見て回るのが楽しいのだ。

鉱人に言うと調子に乗るから言う気もないが、建物造りに関しては森人は不得手だ。

――だから石を削ってその上に乗って並ぼうとするのよね、鉱人は。

そんなことをしたって意味もなかろうにとは、森の年寄連中の言葉だったたっけか。

とはいえ、実際こんな真新しい細工を手早く作れるのは、実際見事なものだと思うのだが。

「ね、それでどうなるの？」

「ここに乗って、穴を覗いてみ」と鉱人道士は場所を譲った。「あんま穴に目、近づけんなよ」

「どれどれ……？　宝物でもあるのかな、っと……」

いかにも向こう側に何かありそうな塩梅だが、さてはて。

ひょいっと身軽に敷石の上に飛び乗って、只人の高さに身を屈めて穴の向こうへ目を凝らす。

――……？

妖精弓手は、その美しい瞳を瞬かせた。

向こう側には相変わらずの朽ち果てた遺跡が広がっていて、特に財宝らしいものもない。

「何ともないけど？」

「あー……」と鉱人道士は呆れたような顔をして、溜息を一つ。「床を踏め、床を」

ひくりと長耳を揺らした妖精弓手は、えいっと軽い動きで足元の床を蹴った。

途端にがしゃりと音がして、覗き穴から飛び出るようにして木の棒が飛び出してくる。

妖精弓手は、上の森人ならではの優雅な動きで飛び退き、眉をひそめた。

「うっわ、陰険。これだから鉱人は……」

「財宝に目が眩んで覗き込む手合にゃ、良いクスリになっからの」

つんつんと木の棒をつつく妖精弓手に、鉱人道士はにやにやと意地悪く笑って髭をしごいた。

これが木の棒だから――そして勢いが遅いからまだ良いものの、針だ剣だなら一大事だ。

「もちっと反応敏感にしとかんといかんな。軽過ぎっとなんともならんわ」

「鉱人基準だからでしょー？」

「霞しか喰わんから、お前さんは金床なんじゃろが」

失礼ね！　妖精弓手の長耳がぴんと逆立ち、その口から典雅な響きの罵詈雑言が飛び出した。

森人語に習熟していなければ歌とも思えたろうが、聞けば彼女の姉と義兄は顔を覆ったろう。

到底上の森人の姫君ともあろう者が言うべき言葉ではないのだが、鉱人道士はどこ吹く風だ。

わからぬだろうと思って短く鉱人語で言い返してやれば、妖精弓手はむきになって吠え返す。

「やれ、上手く行ったようですな」

そんな喧々囂々としたいつも通りのやりとりへ、のっそりと蜥蜴僧侶が首を突っ込んだ。

壁向こうの区画から戻ってきた彼は、太い指先と鉤爪で仕掛けの手伝いをしていたのだろう。

妖精弓手にしてみれば、よくもまあその指でそんな小器用な事ができるものだと思うのだが。

「ま、心得がそうあるわけではありませぬが」

彼女の目線に気づいたのだろう。蜥蜴僧侶はぐるりと目を回し、牙を剝いて笑ってみせた。

「密林で遊撃戦をやるならば間抜け罠の一つ二つは、と。時に、これは小鬼殺し殿の発案で？」

「んんや。やつぁ、ゴブリンが仕掛けっような罠しか拵えとらんでな」

わしだ、と。自分の腹を軽く叩いて鉱人道士は頷いた。

「ゴブリンじゃなくたって、これも洞窟の巨人が考えそうな罠だけど」

妖精弓手はくすくすと笑った。

またそれに続けて陰険だなんだと言ってくるかと思えば、彼女は素直に「そうよね」と一言。

「遺跡の中にあれこれ仕掛け残ってた方が、楽しいし」

オルクボルグはその辺気にしないもんなあ、と言うのである。

無理もない話で、ゴブリンどもは教われば多少なり罠も扱えるが、そうでなければ、だ。

あの偏屈な冒険者はあれこれと知識を溜め込んでいるが、方向性が大きく偏っている。

幸いにして、当人もそれを自覚しているから――……。

――かえって性質が悪いのかしらん？

あれが増上慢に自分が正しいと言い張る男なら、早々に放り出していただろう。

くすくすと笑みを転がす彼女を、二人の男は不審げに見やり、妖精弓手はひらと手を振った。

「何でもないわよ。で、えーっと、これで終わり？」

「んにゃ。どうも都だかどっかだかから、見物に来るてぇお客がおるそうでな」

鉱人道士は朝方に女神官から聞いた言葉を思い返した。森人にとっては一瞬前の事だろうに。

――いや、そういやこいつ寝とったな。

彼は髭の奥からじろりと上の森人を睨みつけた。

「……失礼なことすんじゃねえぞ」

「それこそ失礼よね。するわけないじゃないの、鉱人じゃないんだから」

「わしらの王族を牢屋に放り込んだンは森人じゃろがい」

「鉱人は失礼なんだから良いのよ、別に」

こんにゃろうと言い返す鉱人道士を放って、妖精弓手は猫が風を嗅ぐように首を動かした。

「それにしても、ここって何の遺跡なのかしらん」

「さて、拙僧にはとんと見当がつきませぬな」

蜥蜴僧侶は、その鱗に覆われた手で遺跡の壁をざらりと撫でた。

長い歳月を経てきた壁は、ただそれだけで一部がぼろぼろと剥がれてこぼれ落ちていく。

かつてはなにかの壁画でも描かれていたのだろうが、もはやその内容はわかるまい。

「砦ではなかろうと思うのですが……」

「わしの見立てじゃ、神殿の類でもねえな……」

鉱人道士はぐいと酒を呷って、その崩れた壁の欠片を摘まみ上げ、ためつすがめつ眺めた。

石に慣れ親しんだ鉱人の指先を以てすら、触れただけで塵へと還っていってしまう。

「慌てて建てたように見えっけども、まあ、この辺りは昔の古戦場も多いかんの」

「つまり結局は何もわからないってことじゃない」

「少なくとも、神代の頃のもんじゃあねえってこたあわかるな」

妖精弓手のちゃちゃ入れも意に介さず、鉱人の口調は真剣そのものだった。

こと職人としての仕事ぶりにおいて、鉱人は嘘偽りを言うことを好かぬものだ。

「そン頃のもんだったら、もっとしっかとしとるかんの。こいつァ人の手によるもんだわ」

ふん。妖精弓手が鼻を鳴らすのを、蜥蜴僧侶は愉快そうに聞いて、牙を剝いた。

「そんな事はないわよ」

「お前さんなら、生まれてたって覚えちゃおらんだろ」

「私も生まれるずっと前だもんな。……謎ね。謎」

神代の合戦を生き延びた、上古の竜や森人ならば記憶に留めているやもしれないが――……。

魔術師ならざる者たちにとっては、生きることすら過酷な冬の時代であった。

そんな長くもあり、短くもあった――冒険が始まるまでの、黄昏の頃。

界渡りとなった彼らは、一人、また一人と四方世界から姿を消したのだ。

そんな魔法の時代は、やはりいつのまにか、魔術師たちが立ち去った事で終わりを告げる。

人の自由意志を尊ぶことを決めた以上、それを捻じ曲げる事は決して許されない。

彼らの札遊びを、神々ですら止めることは叶わなかった。

偉大な秘術を身に付けた魔術師たちの呪文合戦が、世界を覆い尽くしたのだ。

四方世界に恐るべき魔力の奔流が飛び交い、呪術が世の理を捻じ曲げ、盤面は大いに乱れた。

神々が冒険の楽しみに気が付き、四方世界から天の星卓へと引き上げた途端の事。

神々の戦の後、冒険者の時代の前、その狭間に、そう呼ばれる時代があった。

「かもしらんなぁ」

「ふぅん……。じゃあ、魔法の時代のものかしら」

「拙僧も、その頃に生きていたなら、魔術師となっていたやもしれませんな」

「そうなってたら、竜じゃなくって盤の外に行こうとしてたかもね」

「否、否。それもまた偉大な竜へ至るための一歩に他なりませぬぞ」

なにしろ界渡りともなれば、その命は敗れ去るまで永劫というのだから。

「いずれは野伏殿とも、大魔道士としてお目にかかっていたでしょうぞ」

「チーズが好きな、ね」

妖精弓手は目を細めてその姿を想像し、札を操ってチーズを取り出す様にくすくすと笑った。

と――……その長耳が、ひくりと揺れた。

「す、すみません……！」

ぱたぱたと、駆けてくる音。足音、息遣い。それが二つ。

「やっと来たわね」

「ほれ」と鉱人道士がにかりと歯を見せた。「早速失礼が一つだ」

「こんなのは失礼に入らないわよ」

遠く、入口の方からやって来る影――けれどそれを認めた時、妖精弓手は目を瞬かせた。

なにしろ見知った装束を纏った、見知った顔立ちが、なんと二人揃ってやってくるのだ。

――ん。でも片方は足音が重いかな？

ああ、いや。思い出したと、唇が音を立てずに動いた。同時に、頬が緩む。

《死の迷宮(ダンジョン・オブ・ザ・デッド)》より助け出されたあの娘は、立派に神官となって、たしかに歩んでいるのだから。

「その節は——本当にお世話になりました！」

開口一番、ぺこりと頭を下げた少女は、陰りを感じさせないはつらつとした表情だった。

「今回は、えーっと、こちらの視察で、あれこれ見させて頂く事になりますっ」

「えっと、こちらでは今罠の設置をなさっている、で良いのですよね？」

女神官が几帳面(きちょうめん)な態度で確認をしてくるのに、妖精弓手はぴんと長耳を立てて頷いた。

「そうよ。とりあえずまずは、その穴の向こうから見てもらおうかな」

「こちらですね？」

鉱人道士がおいとか何とか言うよりも早く、小鳥が駆けるように王妹の少女は動いていた。

彼女は好奇心で目をきらきらと輝かせながらそっと穴の向こうを覗き込み——……。

「うきゃあっ!?」

と、悲鳴をあげて尻もちをついて、きょとんと呆けたあと、けらけらと声をあげて笑い出す。

鉱人道士がしかめっ面(つら)をして脇腹(わきばら)を肘で突くのをひらりと避けて、妖精弓手は勝ち誇った。

やはり、これは失礼になんか当たらないのだ。

§

祭りが間近となれば、街の夜もにわかに活気づく。

西の辺境としては、水の街にこそ劣るものの、なかなかに栄えているのがこの街だ。

冬が近づいて減っていた人出も増えて、通りもどこか熱気を孕んでいて暖かい。

重戦士――といっても、だんびらも鎧も纏っていない彼は、その巨漢で人混みをかき分ける。

無闇矢鱈と人に当たる歩き方はしない。それではごろつきだ。

だが、だからといって迷宮で罠を警戒するような歩き方もしない。今日は休暇だ。

　つまり彼は祭りの前の賑やかさを、ごくごく人並みに楽しんでいたわけだ。

もちろんまだまだ間はある。出店もなければ、飾り付けも疎らだ。

だが、徐々に徐々に空気が温まっていく瞬間というのは、そう悪い気はしない。

そんな街をのんびりと抜けた彼は、目当ての酒場の扉を押し開く。

『親しき友の斧』亭は、そう何度も訪れたわけではないが、こういう時には馴染みの店だ。

扉を潜った途端、橙色の滲む灯がぱっと視界を一色に染め上げ、喧騒が耳に押し寄せる。

店の賑わいは上々で、一歩踏み入るだけで世界がさっと切り替わるようだった。

ちょこちょこと駆け寄ってきた兎人の女給に「連れが先に来ている」と重戦士は言う。

なに、そう探さずともすぐに見つかるのだ。なんといったって、自分も連中も目立つ。

　――そら、そこの円卓だ。

「悪いな、待たせた」

「構わねぇよ」

「問題はない」

ひらりと手を振る美丈夫、槍使いもいつもの魔槍は傍になく、腰に剣を帯びたのみ。

――ま、こんな時にも装備を着込んでいるのは……。

今晩の座を設けた、薄汚れた革鎧と鉄兜の偏屈な友人くらいのものだ。

ぎしりと椅子をきしませながら腰を下ろせば、円卓には既に酒と肴が並んでいる。

こちらを待たずに既に始めていたらしい。文句を言う気は、重戦士にはなかった。

「良いのか、今日はさっさと家に帰らなくても」

「家」と鎧兜の男はぎこちなく呟いた後、首を横に振った。「話してある。問題はない」

「そうかい」

なら良い。重戦士は女給を――今度は豊満な馬人だ――呼び止め、酒と肉を頼んだ。

何にせよ、食って飲まねば話も始まらん。

蹄の音を見送って、彼はゆったりと体をくつろがせた。と、槍使いがにやついた。

「尻か」

「阿呆か」

この友人は腕っこきの戦士だが、どうにもちょいと軽薄なところがある。

それが好きという女もいれば、嫌いだという女もいて、総じて前者の方が数が多い。

別に良し悪しの問題ではない。ただ、重戦士にはできない生き方をしているという事だ。振るう槍で敵を薙ぎ払い、美しい女を共に連れ、行く手には古代の遺跡か伝説の怪物か。吟遊詩人の歌もあながち嘘ではない。彼奴に憧れて冒険者になる者も出るだろう。

——自分も、まあ。

自画自賛ではないが、重戦士とて吟遊詩人が歌う己の詩を聞いた事はある。

黒い甲冑を着て暴れまわる呪われた戦士だのなんだの、好き勝手なものではあったけれど。一党を組む女騎士は何やら百面相をしていたが、なかなかに愉快だったように思う。

初めて自分たちの一党の歌を聞いた時の感動というのは、今にして思えば凄まじいものだ。歌の出来を鼻で笑う者などもいたし、気にせず通り過ぎていく者もいたが、だから何だ。己の冒険は歌として十年百年、語り継がれるのだぞ、と——そう思ったものだ。

目前でむっつりと黙り込んでいる——恐らく重戦士の料理を待っている——男もそうだ。

辺境勇士、小鬼殺し。

その字名の通り、歌の中でも小鬼退治。まことの銀の剣などというのはお笑い草だ。

しかし上の森人の娘が自慢することにゃ、砂漠では赤の竜と出会ったとかなんとか。

もっとも竜退治の話を聞かせろよと鉄兜を小突いても、殺してはいないと言うばかりだが。

——何にせよ、一番派手なのは、こいつか。

三者三様。まったく在り方は違えども、一番名を売っているのは槍使いで間違いあるまい。

もう何歳か若ければ羨ましいとか、対抗心、敵愾心も湧いただろうが——今は違う。

結局のところ、他人がどうであれ、自分の事は自分で結果を出していくしかないのだ。

仮に槍使いが失脚しようが、あるいは無名であろうが、重戦士の実績には一切関係ない。

その一点、黙々と目の前の事をこなし続けるという意味では、この小鬼殺しが長けている。

まあ、美点、美徳だろう。そして他人の評価を気にしない結果が、ご覧の通りの格好だ。

「お前はいい加減、街の中でぐらい鎧兜を脱いだらどうだ？」

「そうはいかん」

いやにきっぱりとした返事もいつも通り。重戦士は呆れ笑いを浮かべ、槍使いが顔をしかめる。

「いいか、テメエだって銀等級だろうが。もっとこう、魔法の装備とか使えよな」

「いくつかは持っている」

「見栄えの問題だ、見栄えの。それと利便性。人様の見る目ってもんがあるだろうが」

「前も似たような事を言われたな」

「言われて直さねえって事は、聞く気がねえってことだぞ」

「ふむ……」

槍使いとゴブリンスレイヤーがわちゃわちゃと——というより一方的に騒ぎ立てる。

各々の冒険者には各々のやり方があるのだから、別に気にするものでもないだろうに。

——単にアイツがおせっかいなだけか。

「……と、来たな」

そんな益体(やくたい)もない事を考えていると、重戦士の眼の前にゴトゴトと杯と料理が並んだ。

とりあえずと三人で酒を取って乾杯と揃って声をあげ、がぶりと一口。

外は寒いが中は暖かく、冷たい麦酒は殊(こと)の外旨(ほかうま)い。いや、酒も料理もいつだって旨いのだ。

「で、何の用だ、ゴブリンスレイヤー」

「まあたゴブリン退治か？」と槍使いが鼻を鳴らした。「いっとくが、俺は忙しいぜ」

「うむ」ゴブリンスレイヤーはこっくりと鉄兜を揺らし、左右に振った。「いや、違う」

「あん？」

「卓上演習に付き合ってもらいたい」

そう言ってその安っぽい装備の冒険者は、卓の上に衝立(ついたて)と羊皮紙の束を持ち出した。

衝立の向こうを見れば地図らしい盤や、駒(こま)、骰子なども見て取れる。

槍使いが驚いたようにこちらを見るのを無視して、重戦士は「はん」と呟いた。

「例の迷宮探険競技のか」

「そうだ」

鉄兜がまた縦に揺れる。ゴブリンスレイヤーの言葉は端的であり、つまりは試験という事だ。

「罠と怪物……ゴブリンは配置したが、修正が利くうちに確かめておきたい」

「なんでえ、受付さんから色々意見もらってんだろ。受付さんから。受付さんから！」

それが信じられないのかと、槍使いが気色ばむ。食って掛かる。目が据わっている。

「酔ってんじゃねえぞ」

「酔ってねえよ」と槍使いは吠えた。「怒ってんだよ、俺ァ！」

「そうかい」

「そうか」

重戦士は受け流し、ゴブリンスレイヤーは真面目に受け止めた。

「だが、最終的に決定したのは俺だ。であれば、責任は俺にあるのが道理だ」

「……ケッ」

円卓に行儀悪く頬杖をついて、槍使いは舌打ちをした。

他人の――まして女のせいにしないのは、この男からすれば美徳なのだろう。

かといって素直に褒めるのも癪に違いないし、それを突いても話が前に進むまい。

重戦士はいずれからかう口実の一つとして覚えておきつつ、ぐびりと酒を一口呷る。

「ま、ようは遊びだろ。俺は構わねえぞ」

「……そりゃあ、俺だって文句はねえがよ」

しぶしぶと言った様子で槍使いも頷き、ゴブリンスレイヤーが「そうか」と息を吐いた。

この男でも緊張することがあるのだな。重戦士は片眉を僅かに動かしつつ、手を差し出す。

「となら、冒険記録用紙寄越せ。冒険者を作らなきゃ話にならん」

「ああ」

大きめの円卓を選んだのはそのためだろう。冒険者三人は料理を端へと寄せた。

それにこの喧騒だ。聞き耳を立てたところで、探索競技の内容は盗み取れまい。

下手に冒険者ギルドの一画を借りて試(ため)すとなれば、かえって注目も集めよう。

となれば――……。

――時々、仕掛人みてえな手口を使いやがる。

都市での冒険(シティアドベンチャー)などもやってみりゃあ良かろうに。

重戦士はそう考えてから口の端を吊り上げた。この男、どうせ向いていないと言うだろうな。

――さて、どうしたものか。

卓上演習なぞ久しぶりだ。

――けどよくよく考えにゃあならんぞ。

戦士、斥候、神官、魔術師。基本は四つ。他にも様々な技能、職業が世の中にはある。

一党(パーティ)を組むとなれば全体の構成を考える必要がある。ましてや今回は二人きりだ。

相手がどんな冒険者で来るのかにもよるが、やはり術者と斥候は必要だろうが……。

――とすれば交易神の神官にして斥候。いや……。

魔法を使う盗賊といえば、かの有名な灰色猫(グレイ・マウザー)もいるではないか。それに倣(なら)っても良い。

今の自分とは違う、また別の自分を考えるのは悩ましく、愉快でもあった。

種族も違えば技能も違う。性別や年齢だって違う、しかしやはり冒険者である自分だ。

それを面白がっているのは隣の槍使いも同様で、彼は嬉々としてこう言い放った。

「じゃあ、俺はせっかくだしな。鉱人の……斥候でもやってみっかね」

「おいおい」重戦士は苦笑いをした。「そらあ、向いてなくないか？」

有利不利でいえば、まあ不利だ。鉱人は手先が器用だが、あまり身軽な種族ではない。

しかし返ってきた言葉はたった一言「馬鹿野郎」であった。

「『完璧な冒険者』以外お断りとか、そんなふざけた話があるもんかよ」

「ま、それもそうだな」

鼻白む槍使いの言葉は至極もっともで、重戦士は素直にそれを受け入れた。

当たり前の話だ。

有利だとか不利だとか、向いてるとか向いてないとか、そんなのは全て他人の基準だ。

たかだかそんな小さな物差しで、冒険者になれるかどうかを決められて堪るものか。

「術者に斥候、前衛、火力、奇跡。何もかも揃った『完璧な一党』も、紙の上にしかないしな」

「そういう事」

槍使いがかりかりと尖筆を羊皮紙の上に走らせるのを横目に、重戦士は考える。

――じゃあ、自分は、そうだな。

好きにやって良い。そうなれば、良し、こうだ。

重戦士は骰子を一つ摑んで卓にほおって、生まれだなんだを決めながら言った。

「俺は森人の剣士でいく。光るし回るぞ」

「……言ってることとやってることが違うんじゃねえの？」

「強い弱いを追求すんのも人の勝手だろ？」

今度は槍使いが「それもそうだ」と頷く番だった。

重戦士はそれに満足したように笑みを浮かべ、尖筆を動かし、じろと対面の鉄兜を見やった。

「おい、ゴブリンスレイヤー。まさか術者や斥候がいないと死ぬような迷宮じゃあるまいな」

「わからん」

冒険者たちの能力査定(ステータス)に、一切口を挟まぬ男だ。

彼の言葉は嘘偽りがないらしく、これからどうなるのか、必死に頭を巡らせているらしい。

「だから、試してもらいたい」

「よしきた」

素直に頼まれれば、こちらとて素直に引き受けられるものだ。

そして手慣れた冒険者たちにかかれば、冒険記録用紙の空白を埋めるのに時間もかからない。

「本日は良い全滅日和(びより)です、とくらぁ」

先に書き上げた槍使いが、顔をしかめてぶつくさと文句を垂れた。

「絶対陰険だよなあ、テメエの作った迷宮なんてのは」

「ま、何度かこなしてみよう。存外、手抜きであっさり奥まで行けるかもしらんぜ?」

なにしろ、ようは試験のようなものだ。色々な構成で挑む必要もあろう。

それよりも、気をつけねばならないことが一つ。

重戦士は自分の書き上げた用紙を確認して満足気に頷きながら、槍使いを肘で突いた。

「それと、新人らしい行動(ロール)をしろよな」

「一歩歩くごとにフィート棒を振ったりゃしねぇよ」

槍使いは「ふん」と鼻を鳴らした後「それよりもだ」と骰子を掴みながら言った。

「良いか、ゴブリンスレイヤー。てめえこそ怪物どもを変に小賢(こざか)しく動かすんじゃねえぞ」

「ゴブリンらしい動きをさせるつもりでいるが」

「それが信用できねえんだよなあ……」

二人のやりとりに重戦士は声をあげて笑い、酒を呷り、ふかした芋を口に放り込む。

「さあて、やっちまおうぜ、兄弟」

「種族が違う。良いとこイトコかハトコってとこだろ」

かくて新たに生み出された二人の戦友(バトルブラザーズ)は、意気揚々(いきようよう)と迷宮探険競技に挑んだ。

散々にひどい目にあうわけだが――それにしても、重戦士にとっては愉快だった。

祭りの前というのは、やはりこれくらいでちょうど良いものだ。

間章　「最初の能力値はあまり関係ないというお話」

頬杖をついてうつらうつらしていた工房の店主は、微かな物音に帳場から薄目をあけた。

――いけねぇな。俺ももう歳かね。

すわ盗人か。あるいは、丁稚の坊主が女給の娘でも連れ込んでよろしくやっているのか。

後者ならまあ、もうしばらく寝た振りを続けてやっても良い。

うるさい親方の目を盗んでなんて事は、彼の若い時分にだってあったものだ。

修行をさぼるのは頂けないが、多少のはしっこさと小ずるさは必要であろうよ。

鉄とて熱して叩いて冷まさなければなるまいし、鋼の秘密ときたら――……。

「え、と……」

さて、聞こえてきたのはか細い声。初めて聞く声だが、似たような声は五万と聞いている。

自信なさげで、落ち着かず、でもどこか浮き足立ったようなそれは、新米の声だ。

親に黙ってこっそりと、あるいは家を飛び出して、そっと武器屋を訪れる。

冒険者ギルドへの登録の前か、後かなどというのは、些細な問題だ。

どれほどの金を持っているかどうか。そしてそれをどれほど装備につぎ込むかどうか。

武術の心得はあるのか。体格はどうか。そのうえでどんな武具を買いに来たのか。

職人であり商人である彼が気にする点はそこだけだ。

その上で――……。

――中の下、てとこかねぇ。

小柄で痩せっぽちな小娘だった。

物静かな雰囲気で、おっかなびっくりと店内をうろつく様は迷子になった子供も同然。

腰には古びた鞘に納まった、長ぞろい剣を下げていて、重みで体が傾いている。

それどころかガツガツいう度、しきりに腰を気にしている辺り、先が地面に擦っているのか。

だが、それでも中の下だ。下ではない。

少女は難しそうに唸り、品物と値札を見比べ、指を折って数字を数えては目を丸くする。

困り果てた顔で右に動き、左に動き、あれこれと触って見ては、また考え込む。

――さて、どの辺りで声をかけてやろうか――……。

と、不意にベルの鳴る音が響いて、少女はびくりと身を強ばらせた。

「あ、ら――……」

しずしずと工房へまず入ってきたのは、その嫋やかな声。

遅れてすらりと伸びた肉付きの良い足が入り、そしてその美貌が続く。

鍔広の三角帽子を被って杖を携えた女は、物珍しげに目を瞬かせ、少女をじっと見つめる。

その視線は邪眼でもなかろうに、彼女はまるで魅了にでもかかったかのよう。

もっとも、初心な娘にそれを耐えろというのも酷だ。辺境の男どもは、大概あれで参る。

かの魔女から秋波を送られて微動だにしない者といえば、ほんの一握りで、例えば――……。

「おう、どうした？」

魔女の肩越しからひょいっと音もなく――豹か虎のように――現れた、この美丈夫だろう。

名高き名槍を肩にかけて鎧具足を纏っている辺り、冒険に赴く前か、その後か。

彼は店内をざっと見回し、圃人のように小さな子供を認めると、にかりと牙を剝いて笑った。

「なんだ、新米か？」

少女は哀れにも息苦しそうにぱくぱくと口を開閉させた後、やっと一言ぽつりと呟いた。

「まだ……」

「登録してねえけど、するつもりなんだろ？　んなら後輩だな。よろしく頼むぜ」

少女は今度こそ言葉も出せず、こくこくと頷くことに命を懸けたようだった。

首に下がるは銀の認識票。店内の薄暗がりを朧に照らす魔槍の輝き。その立ち居振る舞い。

彼女の出身がどこかは知らぬが、西方辺境ならばその名くらいは知っているだろう英傑だ。

勇者にこそ武名で劣るものの、この界隈で怪物相手に負け知らずといえば、この男である。

魑魅魍魎に無法者どもを狩り立てて、積み重ねた首級と尊敬こそが銀の輝きの証であろう。

ただの腕自慢の荒くれ者では、こうはいかぬ。ただのお人好しでもまた同じ。

嘘か真か、近衛騎士へのお呼びもかかったというが――この男ならば、それも頷ける。

まさにおとぎ話や吟遊詩人の歌に出てくるような英雄が、にかりと笑って「よろしく」と来た。

初心な娘が、こうなるのも無理はない。魔女がやれやれと頬を緩めたのも気づかぬ様子。

「さて、っと。大将はどこかね……」

とはいえ、槍使いはそれっきり少女への興味を失ったらしかった。

いや、失ってはいないが、それ以上彼女から何か言われない限り、関わる気はないのだろう。

するすると狭苦しい陳列棚の合間を、完全装備とも思えぬ動きで進む、その間際。

「あ、あの……」

彼の足を止めさせたのは、ほんのか細い、まるで吐息のような小さな囁き声だった。

少女はぎゅっと拳を握って、声を出したのも後悔したような様子で、けれど視線だけは前に。

魔女がくすりと微笑んで、そっと視線を合わせるようにしゃがみ込む。

思わず少女は一歩よろめいて、武具棚に背をぶつけた音に、怯えたように身を竦めた。

「ど……した、の……？」

「か、ぶと……」

少女は、ごくりと唾を飲み込んだ。虫の鳴くような声を、自分でも恥じらっていた。

「兜を、買おう……と、思っているんです」

魔女は何も言わなかった。槍使いもそうだった。沈黙が続きを促すこともあるのだ。

「必要だと思う、んです。でも、誰かに言われたからって思われたく……なくて。けど……」

買えば自分の意見を聞いたと思われ、買わずに失敗すればそれ見たことかと笑われる。

この娘の姿を見れば、ここへ来る前にさんざんからかわれて来ただろう事は見て取れる。

──まあ、無理もねえな。

こんなひょろくて細い小娘が冒険者になるのだと言ったら、十中八九の者は笑う。

是非の問題ではない。声をあげれば、笑われるものだ。

──それでもここまで来てんだから、まあ、中の下よ。

笑われて、諦めないだけでも、冒険者としてはずいぶんと見どころがある。

だいたいの者は、その時点でもう諦めてしまうだろう。そして、それは賢明だ。

たかだか笑われた程度で諦めてしまう者は、やはり十中八九、生き延びる事はできまい。

「好きにしろよ」

だから槍使いがぶっきらぼうな口調で言ったのは、恐らくは彼なりの親切だったのだろう。

「お前さんが命を預ける装備だ。誰が責任取るって、そりゃあ自分で取るしかないぜ？」

兜を被っていなかったせいで、小鬼かトロルか山賊に頭をかち割られて死ぬかもしれない。

兜を被っていたせいで、無害なはずの鉄錆喰らいに頭から貪り食われて死ぬかもしれない。

兜を被っていなかったせいで、頭上から落ちてきた粘菌に顔を溶かされ死ぬかもしれない。

兜を被っていたせいで、落ちてきた粘菌が兜の中に入り込んで窒息して死ぬかもしれない。

そして兜を被っていようがいまいが、赤き竜の吐き出す瘴毒と熱風の息吹を浴びれば死ぬ。

いずれにしても、死ぬのはこの娘であって、断じて彼女を指差して笑う者ではない。

「連中は好き勝手言うだけで責任なんか取らねえし、責任取らねえから好き勝手言うんだ」

なにやったってな。槍使いはそれだけ言って、短く鼻を鳴らす。

少女はしばらく押し黙った後、何かを咀嚼するかのように、うん、うん、と頷いた。

「あの……」

「な、あに……？」

魔女が薄く微笑んで、少女の顔を覗き込む。今度は、彼女もしっかりと前を見返した。

「あり、がとう……ございました」

もう少し考えてみます。痩せっぽちの小娘はそう言って、ぺこりと頭を下げた。

そして長剣の重みに引きずられてずいぶんと危なっかしかったが、ひょこりと頭を上げる。

彼女はもう一度真剣な眼差しを兜に向けると、また右往左往と工房の中を歩き出した。

あちらの棚、こちらの棚、小さな影がその向こうに隠れた頃――――……。

「……歳食うと、ついうたた寝しちまうわな」

店主は、小さく欠伸を嚙み殺しながら片目をじろりと、二人の冒険者へ向けた。

「俺はてっきり死んじまったかと思ったぜ」

「くたばるかよ。死の真上でだって俺ァ商売したし、まだ鋼の秘密も解けてねえ」

槍使いが吐いた毒を素っ気なく受け流す。冗句は冒険者の友だ。それよりも商売だ。

「で、今日はどうしたい」

今さら店売りの武器防具に用がある手合でもあるまい。

銀等級になってもそんなものを買うのは、あの偏屈な変わり者くらいのものだろう。

となれば他の装備だろうと見当はついているが――……。

「遠出、する……から。外套……を、ね」

「ま、せっかくだしな。新調したって構わねえだろ」

寒さを防ぎ、氷を踏めるという、魔法のかかった長靴も世の中にはある。

が、それはそれとして――見栄えの良い格好だとか、そういうのを気にするのも冒険者だ。

加えて言えば、ごてごてと魔法の装備で飾り立て、冬至の木みたいな有様を嫌う者もいる。

なにしろちょっとした術者が目を凝らせば、魔力の輝きなど簡単に見て取れるものなのだ。

隠密だ潜入だを考えるなら、魔法の装備も良し悪しなのは、冒険の玄人には常識だ。

「こっちに入って来ンのは、都の流行りからちょいと遅れてるぞ」

「流行り廃りじゃねえのよ。こいつが気に入るかどうかだ」

「ま、なに着たって似合いそうなべっぴんだものな」

魔女が嬉しそうに目を細める様は、まったく目の毒だ。つい値段を安くしたくなる。

ちょいと待ってろと言い置いて、工房の主は外套の類を倉庫から引っ張り出す。

毛皮から何から素材も様々。柄も違えば大きさも違う。

それを店主は、魔女が選ぶに任せて帳場の上に広げた。

女の服装に男があれこれと注文をつけるのは、野暮というものだろう。

――聞かれた時に答えりゃあ良いのだ。

「遠出ってこたぁ、あんたらは例の探険競技にゃ出ねえのか」

「新人相手に見せつけてイキがるほどガキじゃねえし、新人指導するほど年喰ってもいねえよ」

ひらひらと槍使いは手を振って、その話題を払い除けた。

「だいたい、あの野郎の迷宮はもう飽きるほど潜ったわ」

「ふ、ふ……」

外套を手にとって豊かな胸元にあてがって、時に羽織るようにしながら魔女が微笑む。

槍使いはその笑みにちらと目を向けると「黒も良いが白も似合うし悪くねえだろ」と言った。

そんな二人のやりとりを見て、ふと、工房の主はしかめっ面をして問いかけた。

「おう、うちン坊主はどうしてる」

「ああ、酒場の子に引っ張られて連れてかれてたぜ。新作の味見しろだか残飯食えだかで」

「見かけたら俺がカンカンになってたって伝えとくれや」

「見かけたらな」

「ああ、見かけたら」

槍使いは意味深な様子で、にやりと歯を見せて笑った。

無論のこと工房の主は取り合わない。見透かしたなんて思うのは、若造には十年早い。

「じゃ……。こ、れ……に、するわ……ね？」

ややあって、魔女が白い毛皮の外套を、その胸に掻き抱くようにして選び取った。

槍使いは頷いて金貨を帳場台に放って、「じゃ、俺たちゃ冒険だ」と颯爽と歩き出す。

「……なぁにがデートだ」

気取った言い回しだ。ベルを鳴らして去りゆく熟達の冒険者を見送って、老爺は息を吐いた。

まったく、年は取りたくないものだ。

ふと——何年も前に、この店を訪れた若者たちの姿を思い出す。

読み書き計算もろくにできず、何も知らず田舎から槍一つで飛び出した、情けない若造。

あるいは澄ました顔で取り繕い、気取った風に歩きながら、緊張に杖を握りしめる小娘。

——ありゃあ、中の下だったな。

そして彼は、兜を選び取った娘にも気づかれぬよう、短く鼻を鳴らした。

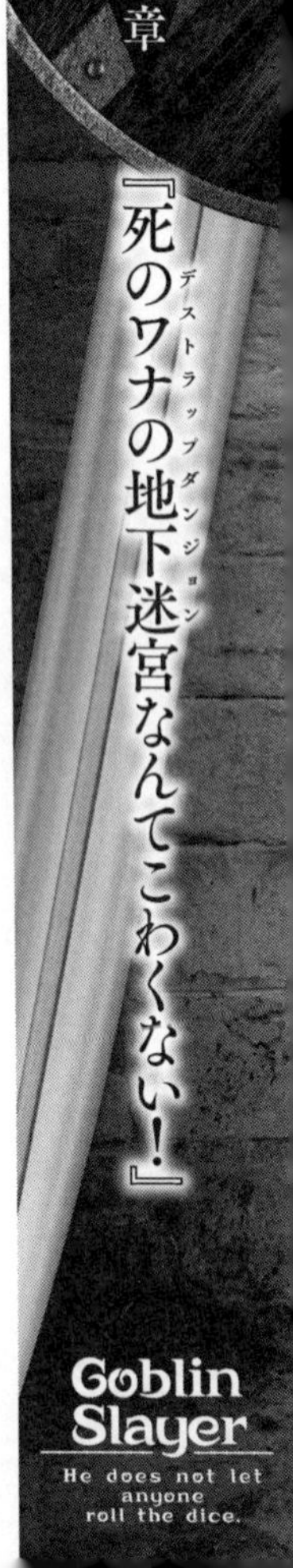

第4章 『死のワナの地下迷宮(デストラップダンジョン)なんてこわくない！』

そうして、時間は風に舞う木の葉のように進んだ。

遺跡の中には迷宮が作り上げられ、近隣の村々へは報せが走り、商人たちが出店を用意する。

長い冬、多くの村人は家の中に籠もって過ごさねばならぬ。暗く、静かで、厳しい季節だ。

早足で訪れるその季節の前に、少しでも愉快な出来事があれば、飛びつくのは当然だろう。

いよいよその日が来たなら、朝の染み入るような冷気さえ、どこか愉快に思うから不思議だ。

「まあ、寒いは寒いんだけどねえ……」

牛飼娘は寒い寒いと身体を抱きしめて、寝台から滑り出た。

――今年の冬は、そんなに冷えないと良いなあ。

去年の冬は異常に長かったし、あれこれ自分も巻き込まれたが、とにかく寒かったものだ。

寒い中で動くのはやはり堪えるので、早々に着替えてしまうことにしよう。

編んだばかりの胴衣に作業着、それにお守りを首から提げて、落とさないよう襟から内へ。

赤い鱗はきらきらと燃えるように輝いていて、ほのかに温かい気がするのは気のせいか。

そうして、窓を開けて光と風を取り入れれば――……。

「……おや？」

彼の姿がない。いや、正確に言うなら気配がないというべきか、もう行った後というべきか。

霜の降りた地面には、もうくっきりと足跡がついている。ずかずかと無造作な歩調の。

――ふむん。

さては霜柱を踏むのが楽しみで早起きしたか、なんて。

もちろん自分たちは大人になったけれど、小さい頃は、そんな彼だったのを覚えている。

「と、いうことは……」

牛飼娘は長靴に足を突っ込むと、そろそろと足音を立てぬよう忍び足で表へ向かう。

食堂では金糸雀が眠たげに小さく鳴いていたけれど、朝食はちょっと我慢してもらおう。

家畜たちは――まあ、まだ大丈夫のはずだ。

おかしな話で、人の住処より厩舎の中の方が暖かかったり、食事も揃っていたりするのだ。

冬の朝特有の白い空気に身を晒し、牛飼娘は立ち上る吐息に手を当てて空を見やる。

そうしてから、さくさくと、彼がまだ踏んでいない霜柱を楽しみながら、その跡を辿った。

辿らなくたって先はわかっているのだけれど、それはそれ。追いかけるのは面白いのだ。

行き着く先は、彼が借りている納屋の扉。崩れた霜柱は、そこから始まって、そこへ戻る。

牛飼娘は扉を、そっと押し開く。ぎ、と木のきしむ音。冷えているから、仕方ない。

「ほら、やっぱりね」

そして腰に手を当てると、わざとらしいほどに溜息を吐いて、つんけんとした声を出した。

「……む」

案の定というべきか予想通りというべきか。納屋の一番奥、作業机の前に彼はいた。

すっかり装備も全部着込んだ格好は、この冷え込みの中ではずいぶんと寒々しい。

「おはよう」と、牛飼娘は、少し嫌味っぽく言った。「眠れなかったんでしょ？」

「いや」という彼の返事は早い。彼女は、笑いを噛み殺した。「一応は寝た」

「君の場合、本当に一応だよね」

言い訳がましい言葉には、呆れたように溜息を一つ。そして、後ろ手に扉を閉める。

理由は一から十までわかっているのに、誤魔化す気なら、これくらいは許されるだろう。

冬の災難で思いがけず寝食を共にしたわけだが、それを思い返す限り、ホントに一応だ。

――そりゃあ、あれは緊急時だったっていうのも、あるんだけれどさ。

今回の理由は、もちろん違う。

手にとるように、わかるものだ。

ふわふわとして、頭蓋骨の中で脳髄が揺蕩っているような心持ち。

あるいは寝付けなかった日の朝に食べた朝食の味。眠らずに見た夜明けの青のような気分。

頭が冴えていて、目は鋭く、思考は早く、けれどその全てが取り留めもないのだ。

何かやらねばならない。丁寧に、素早い動きで。なのに、行動がどこか粗い。

彼が冒険から帰ってくるだろう日の朝の、自分と同じ。

つまり――――楽しみだったのだろう。

「で、今日の君は何をするの？」

「迷宮の中での、指揮だな」

話が決まってから何度聞いたかわからない質問を、牛飼娘は繰り返した。彼は律儀に答えた。

それに彼女は幾度目かの「ふぅん」を投げてから、そっと彼のすぐ傍まで歩み寄る。

隣に腰を下ろすと、鎧兜からひんやりとした冷たさが、毛糸の胴衣を越して感じられた。

牛飼娘はその冷たさが、それほど嫌いではなかった。

「正確には進行役といった方が良いかもしれん。迷宮の主……競技の主」

「責任重大だねえ」

「そう思う」

なるほど、そこか。こっくりと鉄兜を揺らす彼の姿に、牛飼娘は原因を認める。

珍しいこともあるものだけれど、誰だってそうなってしまうのは仕方がない。初めての事だ。

「緊張するのは、無理ないよね」

牛飼娘がくすりと笑って囁くと、彼は一瞬押し黙った後、渋々と言った様子で言葉を続けた。

「……正直なところ、できる事があまりなくてな」

「急な話だったもんね」

「いや……」と、彼は唸った。そして鉄兜が左右に動く。「いや、そうではない」

そして、また沈黙。困っているのか、考えているのか。

——きっと、両方だね。

彼女は冷たい納屋の床上で、自分の膝を抱きしめるように腕を回した。

そのまま体を、体重を横へ預けるように傾ける。鎧が微かに震え、けれど受け止めてくれた。

やや、あって。

「俺が培ってきた技術というのは、これっぽっちのものかと思っている」

彼はようやく、そんな事をぽつりと呟くように言った。

小鬼の戦い方を考え、それにならって小鬼を配置し、罠を仕掛ける。

それが全てだ。遺跡の地図を前に頭を捻り、考えて、出した結論は一つ。

「俺が積み重ねてきたもの全ては、やはり、そう大したものではないのだろう」

——見せかけだけだ。

そんな本音に、牛飼娘は「うーん」と困ってしまって、結局こう呟くよりほかない。

「悪い癖だなぁ」

——本当に。変なところで自信がないよね。

彼にもたれかかったまま、ぼんやりと、小さな窓越しに遅い朝焼けを臨む。

できると思うことは迷わない癖に。いや、迷っていないふりをしているのか。

意地っ張りなのは、本当に変わらない。頼もしいなと思う所も多いのに。

だけど結局、彼の中に、上手く行く自信は欠片もないのだろう。

彼女は寒さに少し身じろぎをして、もう少しだけ彼に体を擦り寄せた。

「卓上演習だっけ」確か、そうだったはずだ。「それで何度か試したんでしょう？」

「だからといって、本番も上手く行くとは限らん」

彼は、いやにきっぱりと言い切った。

「常にそうだ」

「不安なときは何を言っても意味ないもんね」

だからちょっと突き放したように意地悪を言うと、彼はやっぱり押し黙ってしまう。

それが何だかとても懐かしくて、嬉しくて、牛飼娘は目を細めた。

昔と同じで――でも、もちろん違うところもたくさんある。

例えば今の彼女は「ごめん、ごめん」と、ちゃんとすぐに言える所とか、だ。

「だったらさ。やっぱり、今できることをやってくしかないんじゃない？」

「できることか」

「そ。できることを、ありったけ」

「……」彼は、低く唸った。「例えば、何だ」

「そうだなぁ……」

牛飼娘は唇を尖らせて、細く、長く息を吐いた。

白い煙が薄く天に上って霞み、朝日に透き通って消えていく。

その行き先を見届けてから、彼女は「うん」と力強く頷いた。

「とりあえず、朝ごはんを食べよう!」

「食事か」

「ご飯も食べずに暗い内からゴソゴソ動いてるので、暗い考えばかり浮かぶのです」

えっへんと、その豊かな胸を誇らしげに反らして言い切る。

――今日は少しくらい、強気に行こう。

なんてったって、せっかくの日なのだ。かつては自分が青いドレスを着たように。

牛飼娘はぐいと身を前に出すようにして、彼の鉄兜を下から覗き込んだ。

「それと、鎧とか兜とか綺麗にしないとね!」

「む……」

低い唸り声。困っている、困っている。牛飼娘は悪戯っぽく頬を緩める。

庇に隠れてその奥の瞳は見えないけれど、こちらを見ているのはお見通しなのだ。

「だって今日はゴブリン退治の依頼じゃないんでしょ?」

「……そうだが」

「だったら、立派な銀等級の冒険者さんだもの」

――立派な格好をしてもらわなくっちゃ、あたしだって困るのです。

彼の装備が安っぽいのはもう仕方ないにしても、薄汚れているのはダメダメだ。

作業机の上に放ってあった布切れを手に取った彼女は「えい」とそのまま腕を伸ばす。

ごしごしと横から抱きつくようにして兜を拭いてやると、鉄兜がぐらぐら左右に揺れた。

それは大きな犬が子供に構われるままにしているようで、なんだか楽しくなってくる。

遠慮なんて放り出し、牛飼娘はニコニコと上機嫌で、得体の知れぬ黒い汚れを拭き取った。

そういえば、昔被っていた角のある兜とかはどうだろう？　角を折ってしまう前のやつだ。

「兜は変えん」彼の答えは即座に返ってきた。「が、見栄えについての意見は、聞こう」

ゴブリン退治の時以外は。そんな答えがまたおかしくて、牛飼娘はくすくすと笑った。

今日は朝早いといったって、あれこれと仕事もあるし、用事もある。

伯父はきっと、今日の催しにあわせてまた何かお店を出すだろう。例の駱駝の乳で何かとか。

上手くいくかどうかなんて誰にもわからないけれど、やってみなくちゃ始まらない。

そんな事は――彼と再び会ってからの数年で、彼女は嫌というほど思い知っているのだ。

「……ゴブリンは」

「んー？」

そうして彼にじゃれついていると、不意にぼそりと彼が低い声で呟いた。

「ゴブリンは、出ると思うか？」

奇妙な声だった。疲れ切ったようでもあって、子供が大人へ尋ねるような口振りでもあった。

彼女が答えた言葉が、きっと真実になると、そう信じているような問いかけだった。

だったら、彼女が幼馴染(おさななじみ)へかけてあげられる言葉は、一つだけだ。

「出ないと、良いね」

そうして呟いて、彼女は鈍い銀色を取り戻した鉄兜を、そっと掌(てのひら)で撫(な)でた。

彼はしばらくの間押し黙っていたけれど、それでもやっと、一言だけを呟いた。

「……そうだな」

§

身繕いを整えるだけで気合は入るものだというのが、受付嬢の持論だった。

夜遅くまであれこれ確認したくなる気持ちをぐっと抑えて早めの就寝、早めの起床。

石造りの建物を通して忍び寄る冷気に肌をぶるりと震わせながら、寝台から抜け出る。

素足を上靴(スリッパ)に滑り込ませ、そっと窓の覆(おお)いに指先を差し入れて隙間(すきま)を作る。

見ればまだ空は夜明けの黒い青色で、なるほどこれが群青(ぐんじょう)というものかと受付嬢は頷いた。

寺院の鐘の音はまだ聞こえないが、この空の色合いからして予定通りの目覚めに拳(こぶし)を握る。

やるべき事は食事、身支度、着替え、出発で四つ。そして荷物の確認。つまり五つ。

――まさかの時の食堂ですねえ。

昨夜のうちにあらかじめ朝食を買っておいた、先見の明ある自分を少し褒めておく。

些細なことでも自分で褒めるのが大事なのだ。そうでなくちゃ、自信なんて出てこない。

着替えてから食べたのでは服を汚しかねないと、受付嬢は夜着のまま食卓に料理を並べた。

「ええと蜂蜜入りのパンに、茹で卵に焼き菓子……それと少し葡萄酒を頂いて、と」

そして焼き菓子だけを別の皿に載せた受付嬢は、椅子に座ると両手を組んで目を閉じる。

「甕の星卓におわします指し手の方々よ……」

至高神から交易神から地母神から知識神、ありったけの神様と、そして何よりも戦女神様。

日々の糧を得られ、今日の目覚めを迎えることができたことへの感謝。それから――……。

――どうぞ今日の催しが上手く行きますように……。

普段は忙しいからとあまり祈りもしない不信心者だが、実家できちんと躾けられてきた身だ。

生憎と奇跡を授かるような光栄に浴した事はないけれど、祈りの作法くらいは心得ている。

《宿命》と《偶然》への祈りが無意味だとは、彼女は思わない。

それに左右されない人生などあるわけもなく、左右されるからこそ思いがけない事が起こる。

神々へは、敬意を払うべきだ。

だからこそ彼女は祈るし、彼女たちは祈りし者なのだ。

「よし。それじゃあ、いただいちゃいましょう……！」

――朝からがっつくのもはしたないですけれども……。

余裕があるという事は、別にのんびりして良いというわけでもなし。

受付嬢は誰も見ていなくとも神の前であるとして、なるべく礼儀正しく手早く食事を終えた。

となればもう祈りの儀式は終わりだ。後は急いで、けれど丁寧にやっていくとしよう。

彼女はさっと夜着を脱ぎ捨て、その美しい稜線を描く尻に滑らせてするりと下着を足へ抜く。

そして爪先に引っ掛けたそれを籠に放りつつ、水差しから琺瑯の洗面器へ水を注ぎ入れる。

ぱしゃりと手を入れれば冷たくてぶるりと震えるけれど、我慢、我慢と言い聞かせ、洗顔。

ついでに手拭いを浸して濡らしたら、肌から寝汗の名残を丹念に拭き取って……。

「次は、こーれ……っ」

ぽいと手拭いを適当に洋服掛けに引っ掛けると、化粧台に並ぶ香油瓶へと手を伸ばす。

「ふふ……。良い香りですね」

いくつかある中からお気に入りを選び、栓を抜いて香りを楽しむ。それだけで気分も高揚する。

親から祝いの品として送られた高価な姿見に体を写し、とろっと重みのある香油を掌に流す。

「ん……っ」

それを肌へと触れさせると、ひやりした感触に声が漏れた。我慢して、手足へと擦り込む。

瀉血いらずの白い肌、整った肢体とはいえ、これを保つには相応の努力がいるものだ。

日々せっせと節制に体操にと励んで磨き上げた、自慢の体だ。手入れをするのは、楽しい。

「んー……」

――飾帯と、美女花の目薬はどうしましょうかねえ……。

目もぱっちり開いて綺麗になるのだけれど、どうにもしょぼしょぼしてしまうのは頂けない。

潤んだ瞳を好きな男性は多いと聞くが、仕事に支障が出るのも頂けない。

目の雰囲気だけで、お気に入りの飾帯、どちらをつけるかは変わってくるものだが……。

とかく今日一緒に作業する相手ときたら、他人の見目なんかあまり気にしない人なのだし。

「ま、お守り……としておきましょうね」

飾帯と小瓶を忘れないように台の上に並べ、細々した道具を使って手早く丁寧に化粧を施す。

といっても、気持ち程度だ。頬に白粉、口に紅をうっすらと。唇を動かし、これで良し。

そして、やはり昨日のうちに選んでおいた服を衣装棚から取り出して、袖を通していく。

下着はレースのついた新しいものを、今日おろす。もちろん意味はないけれど。

――誰に見られるものでなくとも、と。

ずいぶんと前に、あの上の森人の友人とそんな会話をしたものだ。くすりと笑いが零れ落ちた。

下着を身に着け、ブラウスとズボン、長靴でピタリと体を覆う。いつもと違う、外行きの服。

どうせ汚れるのだけれど、化粧をつけてしまわないよう気をつけて身に纏う。

そして最後に眠る前に解いて緩く波打ちながら広がっていた髪を、丁寧に梳いて、編む。

髪と化粧と着替えの順番は人によって違うそうだし、正解がどうかは彼女にもわからない。

ただ、身を清めて化粧をし、着替えて髪を整えるのが、ボタンを留めていくようで……。

――きちっとする感じが、するんですよね。

全て終われば姿見の前に立って、くるりと一回転。髪の具合を、少し直す。

結局、目薬はさしてないから、こっちの飾帯をつけたけど悪くはない――でしょう、うん。

「――よし……！」

受付嬢は、鏡に向かってにこりと頬を動かしてみる。

冒険者ではなく、けれどギルドの職員でもなく、迷宮探険競技の進行役が鏡の中で微笑(ほほえ)んだ。

うん、ばっちりだ。

自画自賛だって必要だもの。今日の自分に自信がなくて、どうして仕事ができるだろう。

「帳面に、尖筆(せんぴつ)に……」

そうそう、今日は外で書き物をするから、頑丈な金属の尖筆にしたのだったっけ。

書類や細々した道具やらをまとめていれた鞄(かばん)を肩に下げた受付嬢は、戸口へ向かい――……。

「おっと、いけないいけない……」

とととっと小走りに戻って、飾帯と美人花の小瓶を鞄の中に滑り込ませた。

お守りだ。役に立つかどうかはわからないけれど。

そして受付嬢は足取りも軽く家を出て、扉を閉めて鍵(かぎ)をかけ、往来へと駆けていく。

街は既に賑(にぎ)わい始めていて――――つまりはもう、誰にとっても、祭りの朝なのだ。

§

だというのにもかかわらず、闇の奥深くで呪術を編み上げねばならないとは！

真に力ある言葉を重ねて三文字。指印を結び、妖術師はぶつくさと愚痴めいた思考を紡ぐ。

途端、洞窟の床にばら撒かれた薄汚い歯がぶくぶくと煮え立ち、膨れ上がる。

骨になり肉と血管が繋がり内臓を吊るして皮が張る、胸の悪くなるような光景。

それがひとしきり終われば、現れ出るのは緑色の肌をした小汚い怪物が十体ばかり。

「《ファキオ……ミニステルアリス……ゴブリン》……と」

ぎらついた黄色い瞳を光らせる小鬼どもは、全てが妖術師に付き従っている。

まったく悪い魔術師さながらの光景だが――実際のところ、このゴブリンどもは見た目だけ。

ようは蜥蜴人たちの作り上げる竜牙兵と大差ない、自我なき見せかけだけの造り物だ。

とはいえ、だからといって便利に好き勝手使って良いというわけでもあるまい。

生命への尊敬を欠けば、巻き起こる出来事はいつだって悲惨なものだ。

全ては釣り合いが取れている。魔術においてもまた同じ。大賢人も言っていたではないか。

もっとも『お前たち只人には信じられないようなものを私は見てきた』と言うには――……。

――小鬼の頭は賢くもなければ、詩的でもないか。

そもそも命の価値などというものを理解できるならば、小鬼は小鬼たりえない。

妖術師は気力体力がやや削られた事で覚えた倦怠感を、隠そうともせず石壁にもたれた。

周囲を見回せば同じ術を覚えている魔術師たちが、各々ゴブリンを作り出していた。

「見事なものだな」

不意にそよ風が耳をくすぐるような、間近からの甘やかな声に妖術師の背筋が震えた。

じろりと目線を横に向ければ、嫌になるほど様になる仕草で森人の女が腕を組んでいる。

やたらと白粉臭いのを何とかしろと文句を垂れても、どうしてかこの女は笑うばかり。

まったく、嫌になる。こっちの気もしらないで、楽しそうにしてばかりで。まったく。

「荒れ地の大魔王、その城塞とてもこうはいくまい」

「……見てきたように言うのね」

「見てきたのかもしれないぞ？」

妖術師は一瞬押し黙った後、呆れたように言い返した。

「良いとこ、廃鉱山の穴蔵ってとこでしょ。ゴブリンなんて」

どだい、小鬼なんていうのは十把一絡げに雑兵なのだ。妖術師は足元の怪物を見下ろす。

真の脅威と呼ぶべきは、小鬼を使役する首魁、先の言でいえば大魔王だか大魔法使いだ。

小鬼はちいともすごくない。偉大でもなければ、脅威でもない。

――……てことは、さっきのは褒め言葉か？

「これを使えば、そこそこに金も稼げそうなものだがな」

妖術師がその疑問を口に出すよりも早く、森人の女は下衆な言葉をぽつりと漏らす。

つくづく本当に、こいつは隠す気があるのだろうか。妖術師は溜息を吐いた。

「やろうとは思わないのか？」

「思わないし、できない」

妖術師は聞き分けのない子供に対し、言い聞かせるのを諦めたような乱暴さで言葉を投げる。

魔術に携わるものとして言葉をぞんざいに扱うなどとは思うのだが、これぱかりは仕方ない。

言って聞かせたってわからない手合に対して、言い聞かせる労力など考えたくもない。

体力は節約すべきなのだ。こと魔術師においては、特に。

「何故？」

にもかかわらず、森人の女は子供が母親の言葉に耳を澄ませるように目を光らせる。

こういうところが、嫌いだった。

「何故って？」妖術師は嘲るように鼻を鳴らした。「それが魔法というものよ」

魔法とはそういうものだ。知らぬ者ほど、ことさらに理屈と理論を並べ立てるけれど。

闇の中で象を撫でるように、あるいは蟻が象の足音に怯えるように。

知っている何かに当てはめねば、きっと安心できぬのだろう。

当てはめて、理解したと思って、そして理解した自分を高い位置に置くのだ。

到底付き合いきれぬ。妖術師は苦々しげに舌を鳴らす。

賢しい馬鹿と、愚かしい馬鹿なら、まだ愚かしいとわかっている方がよほど良い。

——付き合うのは、疲れるけれどね。

「他の馬鹿は？」妖術師は胡乱げに言った。「仕事放り出すほど馬鹿とは思わないけど」

「お前と私のための朝食を調達するついでに、祭りを見て回ると言っていたな」

「大義名分を得た馬鹿は無敵よね」

気遣い？　まあそうだろう。今日は一日ここで小鬼を出しては配置するのが仕事だ。

それで給金をいただく以上、愚痴は言っても文句は言うまいが……。

——でもあいつら、絶対に自分たちが屋台の食い物食べたかっただけよね。

あの斧士も坊主も。問題は、この隣にいる変な女のことだ。

「で、あんたは何で外にいかないの？」

「地面の下が好きなのさ」

「あ、そ」

妖術師はその適当な返事に興味もなく、やはり適当な相槌を返して目線を動かした。

古びた遺跡だか洞窟だかの中に、大量の小鬼を従えた、魔術師ども。

——こりゃまあ、たしかにどこかの城塞だか影の砦だかみたいなもんか。

やたらとぞろぞろと蠢きながら、洞窟の奥、割り当てられた配置へと赴く小鬼たち。

あの中に本物のゴブリンが紛れていたところで、誰も気づきやしないだろう。

自分もそうだ。所詮、知恵者だなんだといっても、そんなものだ。

そういうのは専門家に任せておくべきで、部外者が当て推量をするものじゃない。

なにしろ、今回の案件は小鬼殺しが発起人なのだし、疲れ切った魔術師は役に立たぬ。

――だいたい、騒動がおきても私の管轄じゃあない。ないったらない。ないのだ。

「ついでに一つ言っておくとな」

なによ。妖術師は声も出さず、目線だけを同じ一党の仲間へと向けた。

「白粉は趣味だ」

何を言うのかと妖術師は目を細めた。

肌が何色であろうが、何色を塗ろうが、妖術師にとってはどうでも良いことだった。

そんな事は気にした事もなかった。四方世界に生きる者は多すぎて、気にする余裕などない。

むしろこちらにまであしろこうしろと言ってくる方が、よほど面倒だし、関わりたくもない。

別に好きでやっているのだから、好きにすれば良いのだ。本当に、心底どうでも良かった。

「……そ」

だから妖術師が深々と吐いた息は、言葉と共に闇の奥へ流れて消えた。

§

遺跡の前に、これほどの人が集まる事が果たしてあっただろうか。

女神官と王妹は、早朝の薄靄に包まれた青白い光景を前に、手を繋いで立ち尽くしていた。

まだ肌寒い中を風が吹くけれど、それでも払う事ができないほどの人いきれ。

といっても、平民——およそ冒険に関わりのない、物見遊山の者はほぼいない。

犬肉猫肉鶏肉だのの炙り焼きやら、菓子だ酒だを売る商人を除けば、他は全て冒険者。

いや——冒険者志望者、とでも言うべき、駆け出し未満の者たちが大半であった。

思い思いの武装に身を包み、どこか浮足立った雰囲気で、あちらこちらを歩き回る彼ら。

もちろん、食い詰めて冒険者となるような貧民、孤児だのの方が世の中は多い。

遊び気分で冒険をできるものではないのだが——まあ、これもまた物の見方の一つ。

冒険者とはなんぞやという啓蒙を広め、より多くの冒険者を募るのは、常に必要なことだ。

——というのも、昔は思いもよらなかったのでしょうけれど。

王妹はこっそりと笑みを噛み殺した。宮廷や寺院の贅沢なんてと昔は思ったものだ。

立派であるというのは人に話を聞いてもらうのに大事なことだ。

楽しく面白いというのは人を集めるのに大事なことだ。

小汚くて貧相な者の語る、小難しくてつまらない話など、誰も興味を持たないだろうから。

「都のお祭りなんかとは比べ物にならないでしょうけれども……」

「そこは比べるところじゃないですし！」

だから照れたように笑う女神官、尊敬する彼女の言葉にも王妹ははきはきと応じた。

ぐっと力強い仕草にあわせて、手にした錫杖がしゃらんと涼やかに音を立てる。

いつぞやの時と違って、きちんと自分の装束を纏って彼女の隣にいることが、やはり嬉しい。

過ちは過ちとして、その上で前に進めている――それを誇らしいと思って、良いはずだ。

「でも、やっぱり冒険者になりたがる人は多いんですね」

「そうですね」と女神官が頷いた。「毎年、結構な数の方が登録に参られますから」

「兄様が仰るには、ひところはほとんど新人がいなかった時代もあったらしいけど――……」

王妹は話でしか聞いたことのない、はるか昔の時代のことを思い返す。

伝説的な死の迷宮、膨れ上がる泡沫の如き財貨と、それに群がる冒険者たちの逸話は例外だ。

それを思えば冒険に、冒険者に興味を持たぬ者も、やはり四方世界には未だいるのだろう。

となれば、こういう催しは絶対に必要で――……。

――きちんと見聞して、無事に滞りなく行われるよう、見届けなくっちゃ。

王妹は決意も新たに頷いて、ふと目にした屋台の氷菓子に気を惹かれて足を留めた。

牛の乳を用いたものは献上されたことがあって味も知っているが、少し香りが違う気がする。

不思議に思って聞けば、なんでも異国の獣の乳で拵えたものだとか。

――新しいものができるのは、良いことだ。

「一つくださいな」

「はいよ」

年かさの店主は見た目通りの無骨さで頷いた後、焼き菓子に載せた氷菓子を彼女へ差し出す。

銀貨と引き換えにそれを受け取った王妹は、とことこと女神官の元へと駆け戻った。

どうやら女神官は店主と知り合いらしく、軽く会釈をしている横で、まずは一口。

ひやりとして、甘い。コクがある――コクとはなんだろう？――のに、あっさりとしている。

羊の乳やら牛の乳やらとはまた違う、不可思議な甘さで、つまるところ感想は一言。

「……美味しいです！」

「それは良かったです」

隣を行く女神官がくすりと微笑む。

王妹は、ともすれば極めて貴重な買い食いに舌鼓を打ちつつ、ふと思い立って首を傾げた。

「一口どうです？」

王妹が木の匙を差し出せば、女神官は「えと」と視線をさ迷わせて、こくりと頭を動かした。

「では、せっかくですし……」

照れたような女神官は、王妹が差し出した木匙、そこに掬われた氷菓子を一口。

「ん……」

と、舌で舐めるようにしてその甘味を楽しみ、薄く染めた頬をそっと緩める。

姉妹のように似た、けれど姉妹のように違う二人は、顔を見合わせてくすくすと笑いあった。

冬場の氷菓子というのも、また乙なものだ。

ひどく寒いし冷たくて、暖かいものも欲しくなるから――つまり他の屋台にも寄りたくなる。

夏は夏の暑さを、冬は冬の寒さを楽しむべきだ、とは。さて、どこの詩人の言葉だったろう。

「それにしても意外ですねー」

視察、視察と言い訳を内心で繰り返しつつ、二人は連れ立ってぶらぶら遺跡の前を練り歩く。

冬越しの前の催しということもあって、開拓村やらから腕自慢の若者がやはり目立った。

傷一つないか、倉庫から引っ張り出した装備をぼんやり見ていた女神官が、小首を傾げる。

「何がです？」

「あの、えっと」と王妹は言葉を宙に探した。「ゴブリンスレイヤーさん、なんですけど」

彼女には冒険者の装備の良し悪しなんて見当もつかないけれど、それでもわかる。

参加者たちの装備よりも見すぼらしい格好をした、あの冒険者。

「あのひとがゴブリン、魔法で作り出して標的にしてー、とか。よく通したなあって」

「え」と女神官は目をぱちくりさせた。「だってそれ、ゴブリンじゃありませんよね？」

何を言っているんだと、心底不思議がる口ぶりだった。

「ゴブリンじゃないんですか……？」

「ゴブリンじゃないですよ？」

女神官の言葉には一点の曇りもなく、どこまでも真っ直ぐだった。

それはまったくもって正しいような、間違っているような。いや、そうではなく。

——このひと、こんな感じだったっけ……？

王妹は目眩のようなものを覚えた。たぶん、きっと、さっき食べた氷菓子のせいだ。

自分が神殿に入った、その直接的動機となる人物の想像外の側面を見たせいではあるまい。

——うん。

彼女はこくりと頷いて、異なる話題を探すために周囲の競技参加者たちへと目を向けた。

繰り返しになるが、長らくを宮廷で過ごした王妹に冒険者、装備の良し悪しなどわからない。

だが、それでも目に留まる者はいる。

例えば、そう。あそこにいる冒険者三人の一党などは、どうだろうか。

「しかし……私が頭目として参加するというのは、どうにも。良いのでしょうか？」

「……魔術師が頭目というのは珍しいし、こちらを立てていくのは論外」

「ねえ、ちょっと言い方ひどくない？」

「いや、目立つといえばこの上なく目立つでしょう、貴方は」

「……素行というよりも、立ち居振る舞いの問題」

「うーん、納得いかないけど、まあ良いや。ね、開始前にボクはなんか食べたいけど——……」

青い革鎧に剣を背負った戦士、薄桃の外套を纏った魔術師、緑の衣に鉄の槍を携えた——。

「あっ」

「うぇっ」

どちらがどちらの声を発したかは、この際さておくとしよう。

王妹と、緑の衣の戦士――黒い髪の少女は、ばたりと顔を合わせた後に身動きが止まった。

おや。女神官が小首を傾げて振り返るが、彼女の目には奇妙な光景が映っていたに違いない。

なにしろ自分が案内すべき相手である王妹と、見知らぬ冒険者ら三人が固まっていたのだ。

「どうかしましたか……？」

さて、何か自分が粗相でもしてしまったか。困惑げな問いに、反応を見せたのは黒髪の娘だ。

「お、おひ――」

と、何事か言いかけた黒髪の少女の脇腹を、魔術師が遠慮なく杖で小突いた。

「――……さ、し、ぶりです……ね⁉」

「え、あ――……」

女神官は戸惑いに視線をさ迷わせた。久しぶり。以前に会った事がある。いつ？　どなた？

冒険者となる以前から彼女は寺院で奉仕の勤めを果たしてきたから、出会った人は多い。

ましてや冒険者となって以後は俗世におりて、もっと多くの人々と交わってきたのだ。

記憶力が良い彼女でも一瞬の空白があり――それでも即座に、はたと女神官は手を打った。

「以前の、収穫祭の時にいらした……！」

そう、そうだ。あの時は祭りに合わせて派手な装束を着ていたし、出会ったのは彼女一人。

それに何より、黒髪の彼女だってあれから少し成長して、どこか大人びている。

だからすぐに思い浮かばなかったけれども、間違いない。

女神官はぱっと顔を輝かせて、その少女の手を取って、しっかかと握りしめた。

「ご無事で何よりでした……！　そちらの方々が、仰っていたお友達の……？」

「うん！」ぱっと黒髪の娘は、太陽のように眩い笑みを浮かべた。「大事な友達だよ！」

あまりにも真っ直ぐな、言われた側の方が照れくさくなるような言葉だった。

少女の背後では、魔術師がフードを深く被り、戦士の方が面映ゆい様子で頬を掻いている。

それが何とも微笑ましく、女神官は頬を緩めた。自分も仲間へ、はっきり言えたら良いな。

「では、今回は皆さんで探険競技に？」

「う、うん。うん！　そうなの、そうなんだ！　今回はちょっとほら、腕試しって感じで！」

「なるほどー……！」

どこか勢いに任せたような返事を、女神官は緊張からかと解釈してこくこくと頷いた。

今の目の前の少女の等級がどれほどのものかは知らないが、人の歩みはそれぞれだ。

女神官は、自分が銀等級に囲まれた恵まれた境遇なのを理解している。

であればこそ、余計にそれを他の誰かと比較しようとは思わなかった。

最初の仲間たちと同じ時を歩んでいたら、今の自分はどこに辿り着いただろう、なんて。

誰に対しても、それは軽々に弄んで良いような想像ではないはずだった。

折に触れてふと思い、落ち込んでしまう事はあるにしても――……。

「それにしても」

女神官は己の内に深く残る、暗く重い気持ちを振り払うよう、努めて明るく言った。

「まさか、お知り合いだとは思いませんでした」

「え、あ、そ、そうね！」王妹はこくこくと頷いた。そして言い直す。「そうですね！」

その仕草はどこか緊張していて、けれど気安い様子で、女神官もふと安心する。

小鬼に拐かされるという不幸に晒されて尚、明るく振る舞えるのは、尊いことだ。

大事な友人である女商人のこともある。前を向いての歩みの速さも、やはりそれぞれ異なる。

だが、進んでいるのなら、それは絶対に良いことに他ならない。そのはずだった。

「……まさか勝手にということはない？」

だって、ほら。じろりと魔術師に見られた王妹の様子を見ると良い。

「違う違う、違いますってば！」

わたわたと慌てて手を振る様は、例えるなら盗み食いを友達に見つかった子供のよう。

――そう、友達だ。

「まあ、それなら良いのですけれど」

いつのまにか背負った銅の剣に手をかけていた戦士が、半信半疑と言った様子で息を吐く。

「あまり心配をさせないで頂きたい」

「今回はちゃんとしたお仕事です。おーしーごーとーでーすー」

無駄に疑われた王妹が文句をつける様も、年上の友達に甘えているようではないか。

──わたしも、そう見えるのでしょうか。

ふと女神官は自分と、あの上の森人の友達を思い返し、少し自重(じちょう)しようと苦笑い。

「それに貴女(あなた)が小さい頃迷子になった話、私ちゃーんとお姉さんから聞いてるんですからね！」

「聞いているなら、それで勝ち誇らずに我が身を省(かえり)みて、自重してください」

「ぐぬぬ……」

やり込められた王妹が悔しげに唸る段に至って、女神官はとうとう堪(こら)えきれなくなった。

くすりと漏れた笑い声は、そのまま波紋のように一同の間に広がっていく。

一瞬きょとんとした彼女らだったけれど、すぐ漣(さざなみ)に浸るようにして笑い声があがる。

だから続く言葉を女神官が発するのに、さほどの勇気は必要なかった。

「あの、よろしければ皆さんでご一緒されてはいかがでしょうか？」

「良いんです？」

きょとりと王妹が問いかけるのに、「はい」と女神官は頷いた。

「実際、後は催しが開かれて、皆さんが探索されて、上手くいくかどうかだけですから」

「じゃなくって」と王妹が手を振った。「私、色々と裏側も見ちゃっているのに」

「全部は見せてないですよ？」

それに見たからといって上手くいくものでもなし。女神官は何の疑問もなくそう言った。

だから王妹が少し顔を強(こわ)ばらせたのは、やはり懸念(けねん)があるのだろうと判断し、言葉を重ねる。

「不正とか、そういうのとかではないですし。気になさらないでください」

「え、あー……うん。それなら、良い……んでしょうか。うん。たぶん」

「あ、もちろん、皆さんが宜(よろ)しければですけども」

心配はなさそうだけれど、それが一番重要だと、女神官は三人組の冒険者へと問いかけた。

いくら迷宮探険競技とはいえ、いきなり新たな人員が加わっては一党(パーティ)の連携にも関わる。

多くの熟達冒険者が、わざわざ報酬もなしに新人への指導をしないのも同じ理由だ。

足手まとい一人、二人を連れて、危険な探索へ赴く勇気ある者は少ない。

「……私は構わない」

だから他の二人よりも早く魔術師が決断的に言った時は、女神官もほっと息を吐いた。

「むしろその方が良い。渦中に飛び込むが、ある意味では一番安全」

「うむむ。私としては前に出て戦うだけですから、何ともですけれども」

戦士は難しい顔をしていたけれど、どうやら否(いな)やはないらしい。

となれば決定権は残りの一人に委(ゆだ)ねられるわけで――……。

「んじゃ、決まりだね！」

鉄の槍を担いだ少女は、そういってにかりと歯を見せて笑った。

「今日はボクと一緒に冒険だ！」

「え、あー……」

王妹は、どんな表情をして良いものか困ったようだった。

しばらくあっけに取られたようだった彼女は、けれど最後に、どこか楽しげな笑顔を選んだ。

「……じゃあ、よろしくお願いします！」

「うんっ！」

二人が仲睦まじく会話をするのを確かめて、女神官はもう一度、ほっと息を吐いた。

――これなら、大丈夫。

なんとなく、そんな予感がするのだ。きっと上手くいく。この催しも、何もかも。

自分は今回ゴブリンスレイヤーの一党として、裏方に回って、それは楽しいのだけれど……。

――やっぱり競技に参加する側も、楽しいですものね。

王妹は見学という立場で、直接の運営に関与するわけではない。

眺めているだけというのは、いくら面白くたって、飛び込むよりは退屈だろう。

だからきっと、これで良いのだ。

「では、たしかにお預かりします」

きゃいきゃい盛り上がる二人へ優しげに目を細めた女戦士が、居住まいを正してそう言った。

その仕草は凛としていて麗しく、女神官は絵物語で見た、凛々しい騎士の姿を思い出す。

女騎士といえば親しくしてもらっている人が一人いるけれど、あの人とはまた違う麗しさ。

一瞬どぎまぎとしたものを覚えた女神官だが、だからこそ恥ずかしくないよう背筋を伸ばす。

「はいっ」女神官はぺこりと深く頭を下げて、帽子を押さえた。「よろしくお願いします！」

そうして挨拶と、細々したやりとりをいくつか、事務的なあれこれの再確認。

最後に登録の受付の場所を教えた後、女神官はふと誰かに呼ばれた気がして顔を上げた。

見れば遠くで、妖精弓手が元気よく手を振りながら声をあげている。

──わたしも、そろそろ行かなくっちゃ。

「では」と女神官は暇を告げて、「また後でね！」と王妹が元気よく応じた。

友人の元へ向かい、たっと駆け出した女神官は、ふと頬に当たる空気の暖かさに気がついた。

冬の冷たさが和らいでいる。きっと日が昇ったおかげで、太陽の光が注いだからだろう。

それが何故だかとても嬉しくて──……だから、というわけでもないが。

女神官は、くるりと冒険者たちへ向き直った王妹の言葉を、まったく聞いていなかった。

「ええと……それで」

王妹は腰に手を当てて、呆れたような、困ったような顔をして、こう言ったのだ。

「今度はどんな世界の危機なんですか、勇者さま？」

§

「今日は綺麗ですね！」

「……そうか？」

「はい、そうですよ！」

うきうきと受付嬢はそう言った。寒風吹きさらしの受付だろうと、まるで気にならない。

なにしろ目の前に立つ冒険者は安っぽい鉄兜もぴかぴかで、革鎧だってきちんと磨かれている。中途半端な剣と小振りな円盾も、こうなると実戦的な装備に見えてくるから不思議だ。

ところどころに残った赤黒い染みについては――……。

――まあ、ご愛嬌……ですね！

何より受付嬢の機嫌を良くしたのは、開始刻限が近づくにつれ集まる参加者たちの視線だ。

「見ろよ、あれ」

「……銀等級の冒険者かぁ」

「装備、ちょっと地味じゃあない？」

「いや、実戦的ってヤツなんじゃないの？」

「なんで兜被りっぱなしなんだろ」

「聞いたことあるぜ、確か、小鬼殺しって――……」

そこには、確かな尊敬があった。

もちろん、そこには多少の侮りもあろう。思い描いていた理想的な冒険者との違いもあろう。

だけれども、間違いなく尊敬があり、信頼があった。

ちょっと身綺麗にして、功績の証である認識票を見せれば、あっさりと人の態度は変わるもの。

それは良い事でも悪い事でもあるのだろうが、今、受付嬢にとっては間違いなく良い事だ。

なにしろ、何年か前までの彼に対する周囲の評価ときたら！

――いえ、まあ、今もちょっと『何か変なの』扱いなところはありますが……。

少なくとも迷宮探険競技の責任者を務める冒険者としては、及第点と言って良いだろう！

「どうです？　見た目一つで、こんなに人の態度は変わるんですよ？」

ふふんと得意げに、受付嬢はその整った胸元を反らしてみせた。

もちろんゴブリンスレイヤーが「そうか」なんて淡白な返事をするのは、わかりきっている。

別に彼がどうこうではない。自分が嬉しいのだから良い、のだけれど。

「私だってここ最近はちょっと制服から変えてますし、印象違いませんか？」

なんて。手元で書類の確認、準備の確認をしながら、ちらりと隣に立つ彼に聞いてみる。

幸い周囲は露店の人々や、参加者などでざわめいている。余所へ聞こえる事もないだろう。

彼は「む……」と低く唸った後、「動きやすいだろうとは思うが」と短く言った。

「であれば、問題はあるまい」

「まあ、そりゃあ、そうですけども？」

だからそんな素っ気ない返事だって想定内。受付嬢はつんと澄まし顔で、視線を外へ向ける。

思い思いの装備に身を包み、期待に顔を輝かせ、失敗なんて考えもしない少年少女たち。

それを愚かと笑う者もいるだろうけれど、第一歩を踏み出すのは、誰もが持つ絶対の権利だ。

勇気を持って前に進もうとする彼らを見るのは、受付嬢は好きだった。

ましてや――今回は彼女が考案した、迷宮探険競技の参加者たちなのだ。

絶対に満足させて返してやろうと、ぐっと拳を握るのも無理はない。

「それにしても、いっぱい集まってくれましたね！」

「ああ」

「これでゴブリン退治のこととか、少しは覚えて、頑張ってくれる方がいれば――……」

「学ばんだろう」

やはり、淡々とした言葉。う、と受付嬢は小さく声を漏らした。

大丈夫、大丈夫。想定内。想定内。

「参加せん新人も多い。参加しても、適当に済ませる者も多い。そこまでの効果はあるまい」

導入教育（チュートリアル）というのは、そういうものだ。

真剣に参加しようとしている者が、果たしてどれだけいようか。

真剣に参加したとして、真剣だからより多くを学べるというものでもない。

──ええと、つまり──……。

彼は真剣に考えて、応えてくれている、という事だ。

受付嬢は唇に指をあてがって、ん、と考え込みながら、ふと古い逸話を口に出す。

「昔、三日間かけて希望者を殺しあわせ、競技選手を選抜した領主もいたそうですけど……」

「そのくらいせねば、身につかんという事だろうな」

少なくとも短期間で骨身に染みるまで、覚えさせるには。

──そして恐らくは、覚えたからとて生き残れる者でもないのだ。

ゴブリンスレイヤーは冷たく言いおいて、過去の自分の戦い、最初の小鬼退治を思い返す。

武具と装備の両立もできず、閉所で武器を引っ掛け、奇襲され、毒を受け、薬瓶を割った。

それで得たものは確かに後に繋がったが、あの一回の経験だけで生き延びたわけではない。

──つくづくと、運が良かった。

ここまで自分が歩んでこられた理由を考えるに、それしかないように彼には思えた。

自分が一度この競技を開いた程度で、彼ら全員を成功させられるなどとは──……。

──おこがましいにも、ほどがある。

この催しがあろうが、なかろうが、彼らの成否にはさほど関わるまい。

むしろこの程度で、彼らの成功は己のおかげなどと誇るような恥知らずには、なりたくもない。

「あ、あのぅ……」

と、そんな思索から二人を引き戻したのは、おずおずとした遠慮がちな小さい声だった。

見れば設置された書物机の向こうに、小さな影。

茶色の革の帽子を被った、こじんまりとした黒髪の娘だった。

腰に帯びた長剣は体躯に比べると大きくて、少し傾いて見えるのはご愛嬌か。

緊張して声が上擦っているのも、何とも微笑ましい――が、ここで笑ってはいけない。

「どうなさいました？」

受付嬢が一人前の冒険者へするのと同じように柔らかく声をかけると、少女は押し黙った。

それからやはりおずおずと「参加、したいのですけど……」と呟いた。

受付嬢はにっこりと微笑んで、用意してある白紙の登録用紙と尖筆を準備する。

「文字は書けますか？」

「書け、ます」と少女は言った。「名前、だけ。……だけど……」

どうぞと差し出した尖筆を、少女は剣か何かを持つようにぎゅっと握った。

そして登録用紙に、たった一文字。嵐か竜巻が渦を描くように書かれた、稚拙な字だった。

それが彼女の名前だった。

少女はちらちらと、受付嬢の隣に立つ鎧姿の冒険者へ視線を向けながら、登録用紙を返す。

受け取った受付嬢は笑みを崩さぬまま、丁寧に、少女に対して説明を始めていく。

「迷宮の中には色々な障害が、試験として設置されています。敵だったり、罠だったり」

こくりと少女は頷いた。とりあえずではなく、しっかりと考えた様子で。

「それを突破したら、競技監督の人から証をもらって、それを集めてくださいね」

「わかり、ました」

あかし、あかし。ぶつぶつと繰り返す少女の表情は、真剣そのものだ。

「こちらが参加者の印になります。認識票のかわりですから、なくさないよう気をつけて」

受付嬢が差し出したのは、色鮮やかな菫色をした薄布だ。

受け取った少女は緊張の面持ちで、もたもたとおぼつかない手つきでそれを腕に巻き、結ぶ。

ふとゴブリンスレイヤーは、彼女の背負った背嚢に、銀の光が揺れるのを認めた。

「角灯か」

「あ……」

ぎくり、と。少女が体を強ばらせた。狼狽えたのだろう。怒られたと思ったのかもしれない。

すかさず受付嬢は「あら」と、今気づいた様子で声をあげ、まじまじと覗き込んだ。

「素敵な装備ですね。どうなさったんです?」

「道具屋さんで、買いました」ぼそぼそと、少女は言った。「……真鍮の角灯、です」

「探索中、手が開くのは良い」

ゴブリンスレイヤーが、低い声で言った。

「悪くはない」

「あ……」

少女は羞恥と喜色の混じった表情を隠すように、ぐいと革帽子を引き下げた。

そしてもじもじとその場に立ち尽くした後、ぺこりと頭を下げ、脱兎のように走りだす。

帽子から溢れている黒髪を目で追いかけて、ようやっと、受付嬢はくすりと微笑んだ。

「きっと、褒められるのに慣れていないのでしょうね」

「そういうものだ」

こっくりと鉄兜が揺れ動く。その庇の奥で、彼もまた、少女の背を追ったのだろうか。

「寒村の子供は、農家の跡取りでもなければ……そういうものだ」

「ゴブリンスレイヤーさんは、どうでした？」

「俺か？」

彼はしばらく押し黙った。

会話が途切れ、集まった参加者たちの声が、無意味な音の波となって周囲に漂う。

ややあって、ゴブリンスレイヤーは低く唸った。

「あまり、出来の良い子供では……なかったように思う」

「あの子もきっと、そう思われていますよ」

そうだろうか。

受付嬢の言葉に、小さな呟き。だから彼女は、にっこりと微笑んで、頷いた。

「ええ、そうでしょうとも」

さあ、そろそろ——迷宮探索競技が、始まる刻限だ。

§

地鳴りのように唸る太鼓の音が鳴り響き、ついでわっと参加者たちの歓声があがった。

今か今かと待つ時間は楽しいものだが、同時に精神を焦らし、高ぶらせるものでもある。

それは解放の瞬間になれば興奮へと繋がって、彼らは声を出さずにはいられなかったのだ。

遺跡の入口に据え付けられた壇上に受付嬢が上がって尚、彼らの興奮は収まらない。

無理もない。これから危険な——と少なくとも彼らは思っている——迷宮に挑むのだから。

受付嬢はそうした彼らの様子をじっくりと眺めながら、微笑を壊さずに沈黙する。

沈黙は何よりも雄弁であることは、貴族として育ってきたなら教わっているものだ。

地母神像が謎めいた微笑みを湛えている事が多いのも、それこそが最も相応しいからだろう。

だからその沈黙と笑顔を前にすれば、ほどなく、さざなみのように沈黙が広がるのも当然。

寒空の下に集まった冒険者たちはやがて居心地悪く顔を見合わせ、その口を閉ざす。

それを見計らい、受付嬢は淡々と——隣に立つ鈍色の冒険者のように口を開いた。

「誰であれ、この毒牙の迷宮から生還した者には金貨一万枚と開拓村の永久統治権を——」

2021年
3月15日頃
発売

大人気焦れ甘ラブストーリーに

GA文庫

お隣の天使様にいつの間にか駄目人間にされていた件4

アクリルキーホルダー付き特装版

著:佐伯さん　イラスト:はねこと

予約締切　**11月24日(火)**

2021年
2月15日頃
発売

今度の『りゅうおうのおしごと!14 ドラマCD付き特装版』に

なんと

銀子の抱き枕カバー付き特装版も登場!!!

りゅうおうのおしごと!14

ドラマCD付き特装版／
ドラマCD&抱き枕カバー付き特装版

著:白鳥士郎　イラスト:しらび

予約締切　**12月4日(金**

今回のドラマCDは「九頭竜先生、女子小学生になる(仮)」！

タイトルどおり、主人公の九頭竜八一が目を覚ますと、なぜか女子小学生になっていて……!? というお話です。さらに『空銀子の添い寝ボーナストラック』も収録!!

予約必須の特装版をお見逃しなく!!!

※抱き枕カバーは約160cm×50cmの標準サイズで、素材はアクアプレミア、枕の中身は付属しませんのでご注意ください

記入して、お近くの書店へお申し込みください。

予約注文書

書店印

客様からの注文書を弊社、営業までご送付ください。
番号03−5549−1211）
日は商品によって異なりますのでご注意ください。
頂かりした個人情報は、予約集計のために使用し、
途では使用いたしません。

電話番号

りゅうおうのおしごと!14 ドラマCD付き特装版 著：白鳥士郎　イラスト：しらび ISBN:978-4-8156-0660-2　価格(2,400円+税) **2020年12月4日(金曜日)** **2020年12月7日(月曜日)**	部
りゅうおうのおしごと!14 ドラマCD&抱き枕カバー付き特装版 著：白鳥士郎　イラスト：しらび ISBN:978-4-8156-0788-3　価格(13,600円+税) **2020年12月4日(金曜日)** **2020年12月7日(月曜日)**	部

特装版は書籍扱いの買取商品です。
返品はお受けできませんのでご注意ください。

キリトリ

この注文書に記入して、お近くの書店へお申し込みください。

書籍扱い（買切）

予約注文書

書店印

【書店様へ】お客様からの注文書を弊社、営業までご送付ください。
（FAX可：FAX番号03−5549−1211）
注文書の必着日は商品によって異なりますのでご注意ください。
お客様よりお預かりした個人情報は、予約集計のために使用し、
それ以外の用途では使用いたしません。

住所

氏名　　電話番号

2021年 3/15 頃発売	**お隣の天使様にいつの間にか駄目人間にされていた件4** **アクリルキーホルダー付き特装版** 著：佐伯さん　イラスト：はねこと ISBN:978-4-8156-0826-2　価格(1,680円+税)	部
お客様締切	**2020年11月24日(火曜日)**	
弊社締切	**2020年11月25日(水曜日)**	

特装版は書籍扱いの買取商品です。
返品はお受けできませんのでご注意ください。

おお、と。注目する冒険者たちの視線。それを受け止めて、受付嬢は続けた。

「――与える、というわけには参りませんが」

くすり、と笑み。

不意を突かれた競技参加者たちの間から、ふ、と張り詰めた空気が抜ける。

それで良い、と思う。緊張は大事。だけれど、気を抜くことも大事だ。冒険においては。

「ですが、無事攻略された方には賞品がありますので、ぜひ頑張ってくださいね！」

そう言って彼らにやる気と興味を持ってもらった後は、簡単な事務的な説明だ。

なにしろ重要な説明というのは、重要だ大事だと言ったところで聞いてもらえるものでもない。

興味を抱かせて、自ずから聞くように仕向けなければならないのだ。

「皆さんは迷宮に挑み、試練を突破し、いくつかの宝石を見つけて、出口から脱出してください」

つまりは、そういう事だ。

本来ならば迷宮や遺跡の探索で手に入る財宝こそが、今回の試験突破の証となる。

その試験とは何か――……と、気になるかもしれないが。

――ここで言えるわけがないんですよね。

ぼそぼそと囁きあい、中には声にあげて問う者もいるが、受付嬢は答えない。

そしてただにこやかに、言葉を重ねた。

「もし何か競技中にトラブルがあった場合、競技監督が救助しますのでご安心を！」

競技監督——つまりは熟達の冒険者というわけだ。

隣に立つのは安っぽい、けれど使い込まれた雰囲気の装備を纏った、鉄兜の男。

おどろおどろしい汚れもなければ、なるほど、銀等級の冒険者と言われても納得だ。

あの軽装から判断するに、斥候(スカウト)の類(たぐい)ではあるまいか——……？

いや、斥候として見るには装備が多い。けれど戦士とは思えない。武器が安物過ぎる。

壇上を見上げる視線には困惑も混ざるが、まあ、それはそれだ。

「…………………」

『黙って立っていてくださいね』と言い含められた通り、ゴブリンスレイヤーは何も言わない。

もともとこういう場で口が軽くなる性質でもない。特段、苦にもならないようだった。

「さて、それでは——名前を読み上げますので、呼ばれた順に迷宮へ挑戦を！」

そうして受付嬢に呼ばわれ、「まずは俺だ！」と意気揚々(いきようよう)に一人の少年が飛び込んでいく。

本人は緊張しているつもりなのだろうが、その足取りはあまりにも不用心で、勇ましい。

もっとも冒険者なんて臆病(おくびょう)では務まらない。

慎重さこそ必要だが、未知の領域へ飛び込んでいく勇気がなければ、まず失格だ。

そういう意味では——……。

「参加しただけ、みんな上等よね」

そんな第一挑戦者の足音、いや、それ以前に鳴り響いた太鼓の音を、妖精弓手は逃さない。

迷宮の奥、各々の持ち場に分かれる前に集まっていた冒険者たちは、顔を見合わせて頷く。小鬼を従えた魔術師やらの面々に混ざり、鉱人道士（ドワーフ）と蜥蜴僧侶（リザードマン）も準備万端といった様子。

「気をつけなさいよね」

にかりと笑って、妖精弓手は蜥蜴僧侶の肩を拳で小突いた。

「間違って退治されたりなんかしないように」

「はははは、洞窟に竜とは、いやはや。未熟な身にして思わぬ待遇でありますな」

大きな顎（あご）を開いて、蜥蜴僧侶が呵々（かか）と笑った。その冗句（じょうく）に、冒険者たちの気も和らぐ。

競技監督といったって、緊張はするものだ。

なにしろ先達として立つのだから、相応の振る舞いをせねばならないし、失態も許されぬ。

「お前さんこそ、黙って突っ立ってた方が客寄せになって良いんじゃねえかの？」

この大事だというのに酒を呷（あお）った鉱人道士が、いつもと同じように意地悪く笑った。

「かみきり丸だとてそうだったわけだかんな」

「あの何か変なのと私を一緒にしないでよねー」

妖精弓手とても慣れたもの。相手にすることなく、ふんと鼻を鳴らした。

上の森人ともなれば、望む望まざるとに関わりなく、そこにいるだけで注目が集まるものだ。

――ま、今回の責任者めいた立場にいるのはあちらだから、花形は譲ってやるとしましょ。

「あなたも最近街に出てきたんでしょ？　これから結構苦労するわよ？」

「あ、ああ……」

不意に妖精弓手が声を放ったのは、隅の方で腕を組んでいた森人の冒険者だった。

つい先だって冒険者ギルドに登録したばかりの彼女は、慣れていないのか、ぎこちなく頷く。

まあ、森から出たての森人なんてのは世間知らずなものだと相場が決まっている。

隣にいる同じ一党の女呪文使いがにやにやと何か声をかけている辺り、心配はあるまい。

「はーい、それじゃあ皆さん、配置についてくれるかな？」

さて、と。頃合いを見計らったように、遺跡内に待機している職員がぱんぱんと手を叩いた。

首元から至高神の御印、天秤剣を下げた彼女――監督官は、一同を見回して頷いた。

「時々、職員の誰かが巡回するからね。何かあったらそのときにちゃんと連絡してね」

「別に手ェ抜いたりはしねえぞ」

荒っぽい口調で言ったのは、斧を担いだ冒険者だ。

妖精弓手はあまり他人の作業を覚えてはいなかったが、罠とか何とか仕掛けていた班の一つ。

その刺々しい声に対しても、監督官は「もちろんだよ」とにっこり微笑んで言った。

「ただ、試験と試験の間で転んでる子とかいるかもしれないからね」

「あー、いるな。そういうヤツ。わぁった。了解了解」

そしてこうした案件を任されるからには、新人志望者に悪影響になりそうな人員ではない。

――つまりこの場にいるみんな、「立派な冒険者」ってことよね。

そう思うと、なんだかとても嬉しくて、妖精弓手はその長耳をひくつかせた。

隣で緊張した面持ちのまま、ぎゅっと錫杖を握っている女神官は、さて気づいているのやら。

着実に歩みを進めているというのに、おっかなびっくり。

そして些細なことで得意になって、妙なところで謙遜する。

――それがきっと只人ってもんなのよね。

神代から生きる森人の古老とても見通せぬ種族が、只人というものだ。

森の老人たちは圃人は見上げた種族だというが、只人だって負けちゃあいない。

今日の競技に挑む者たちは色々な種族がいるけれど、やっぱり多いのは只人だろう。

――となれば先達として、手本を見せなくちゃいけないわね。

手心はなし。けれど新人たちが冒険を楽しめるように。だけど決して楽できないように。

「まずは、手厚い歓迎と行きましょうか！」

§

実際、その通りになった。

「うおっ⁉　い、ってえええ…………ッ！？！？」

一番に迷宮へ踏み込んだ少年は、床を踏むなりバンと起き上がった板で顔面を強かに打った。

鼻が潰れたかと思うほどの激痛に思わず屈み込むが、彼は自分が幸運だとは気づくまい。なにしろ本来の釘を打った板であれば、彼は間違いなく串刺しとなって屍を晒したろうから。赤くなった鼻を擦りながら、のそのそと前に進む様はみっともないが、痛みは学びに繋がる。

例えば、何人目かに遺跡へ入ってきた娘などは、たまたま幸運にも罠を避けたので――……。

「きゃう……ッ⁉」

片足を穴に突っ込んだ末、ばしりと板で挟まれて、そのままどしゃっと顔から転げていた。真新しい装備も服もあっという間に泥まみれ。冒険をすれば、誰でもそうなるものである。

「え、あ、剣……剣、どこ……ッ⁉」

おまけに転げた拍子に握っていた剣を落とし、四つ這いになって手探りで探しまわる始末。まだ入口近くで、ほの明るく、背嚢の角灯に火を入れていなかったのが幸いだった。松明だって落とせば火も消える。角灯だって転げれば割れる。暗闇は只人の敵だ。

そして尻を突き出してもたもたやっている間に、怪物だのが来ればひとたまりもあるまい。そういう意味でも、ここで転んでおけたのはきっと運が良かったに違いない。

とはいえこの程度の罠、狩人の出の若者か、あるいは森人にとっては楽なものだ。なにしろ種族柄、大半のものが野伏の技能を持ち、夜目が利く上、身のこなしも軽い。と、言っても、軽やかに罠を越えていけるのは、生まれも育ちも森の中の森人ばかりだ。只人の街で育った半森人などは、結局、多少身軽であっても只人と動きの上では大差ない。

一方で、阻塞を乗り越えるのはさして苦労する者はいなかった——只人の間では、だが。

もともと農家の次男坊三男坊、あるいはそれに類するような出自の者が多いのだ。

野山を走り回っていれば、多少装備で体が重くなっていても、そこまで難しくはない。

「手、手が届かん……！」

ただし鉱人やら圃人、あるいは小柄な体軀の獣人らにとってはなかなかに難儀したようだ。

何も動物の相を持っているからといって、全てが全て、木登りなどに長けているわけでなし。

しがみついて後足で地を蹴り、よじよじと文字通りよじ登り、越えて——……。

「うわあ……⁉」

慣れぬ仕草に体勢を崩して、転げ落ちる。

「ほら、摑まれよ……！」

「わ、悪い、助かった……！」

あわやというところでそれを支えたのは、罠で難儀して立ち往生していた他の参加者だ。

別に優勝者一人を決める競技でもなし。困っているところで手を貸してしまう者も、いる。

そしてそれは規則違反でもなく——ことこの競技に関しては、有利になる行動だ。

ど素人だろうと三人集まれば知識神にも似るという。

もちろん、集まったところで愚か者ばかりで何も為せないという事も往々にしてある。

「ふん……」

実際に鉱人道士の見立て通り、そうたいした額ではなかったからこその使いみちだ。

それを冒険者ギルドが買い取って、今度は参加者たちの手に渡る賞品として使われる。

――こないだの冒険で手に入れたものなんだけどね。

松明の朧な灯に照らせば、それが青玉であることが見て取れるだろう。

ぽとりと掌の上に落とされたのは、小指の爪の先ほどの小さな宝石の粒だった。

「はい、これ。まずは一つ目！」

年若い少年――いや、少女ですらどきりとさせても、森人の娘は気にも留めない。

彼女はにこにこと参加した少年少女らを眺めた後、その白く細い手で、彼らの手を取る。

それはこの世のものとも思えぬほどに見目麗しい、上の森人の少女だったのだから。

いくつかの罠を経た後、音もなく岩陰からするりと出てきた人影。

そして最初に待っていた結果に、参加者たちはぎょっとして立ち止まるに違いない。

「ふふん。上手いことやったわね」

どんな結果に辿り着いても、その冒険者の自由だ。

どのような選択をするかは、冒険者の自由。

けれどその参加者は、一人で踏破できるかもしれない。やってみなければわからない。

これを愚かだとか、高慢だとかいう者もいるかもしれぬ。

参加者数人が集まっているのを横目に、鼻で笑って奥へ進む者にとっては、そうなのだ。

けれど、そんな事は知らぬが華、言わぬが華というものだ。

上の森人から受け取った宝玉を、きらきらとした目で眺める参加者たちの様子で一目瞭然。

えへへと照れくさそうに笑って、腰の袋に大事そうにしまう少女の姿などは胸が暖かくなる。

価値というのは相対的に決まるものだということを、森人はよく理解している。

誰にとって何が尊いかというのは、その本人以外に決めることができないものだ。

そうして、参加者たちは遺跡の奥へ、奥へと踏み込んでいく。

「さあて、ほんじゃあ謎掛けといいこうかや」

ぬっと顔を出した鉱人の姿に、参加者の多くはぎょっとした顔で立ち止まった。

酒を呷って白髭を蓄えたその姿はおとぎ話に出てくる魔術師か何かさながら。

機嫌を損ねれば、蛙にされるか、石の中、あるいは遺跡の外まで吹き飛ばされるか――……。

噂話と武勲詩程度でしか魔術を知らぬ者は大半で、どぎまぎと緊張に身を強ばらせる。

狼狽えた様を隠しもせず、ごくりと唾を飲む彼らに、鉱人道士は呵々と笑って手を振った。

「武器ぶん回しとるだけが冒険じゃあないかんの。頭もつかわなならねえぞ、童ども」

すなわち、謎掛け。

出される課題も、別にそんな知識がいるようなものではない。

石像の重さを当てろだとか。入れ子仕掛けの箱の数を当てろだとか、そんな類の謎だ。

落ち着いて考えれば、そうそう悩むことはなく答えは導き出される。

「お、おい。どうすりゃ重さなんてわかるんだよ……！」

「ええと、まて、まて。元の只人の半分の重さが加わってて……？」

複数人集まって必死に知恵を寄せて思案する者たち。

「んと……えと……」

ひとつ、ふたつ。指折り数えて、なんとか答えに辿り着こうと思案する者。

流石に罠を乗り越えられない者は少なくとも、ここで挫折する者も少なくはない。

しょんぼりして引き返していくか、諦めて先に進む者もいれば――……。

「できた……！」

時間がかかっても答えを出して、ぱっと顔を輝かせる少女もいる。

「おうし、お見事！」

ひょいと鉱人道士が放った翠玉の粒を、彼女は大慌てで受け取った。

知恵熱でも出そうなほど汗を滲ませた額を拭って、落とさないよう袋にしまい、先へ。

遺跡は長く、競技は続く。

こうした罠と謎掛けが、いくつも参加者の前に立ちはだかっていくのだ。

けれど何も、知恵比べが剣での戦いより簡単かといえば、決してそんな事はない。

そして逆に、知恵さえあれば武術に劣っていても良いというわけでもない。

見知らぬ異教の像に正しい順で口吻しろなどという、運試しめいたものも、世の中にはある。

武器を振り回して大暴れするより他ないという状況も、冒険をすすめる上ではあるだろう。

いずれそうした困難と出会ったその時こそ、冒険者としての真価が問われるのだ。

たかだかいくつかの罠と謎を乗り越えたからといって、それで全てではないという事だ。

遺跡、迷宮、洞窟に潜むものは謎や罠だけではない事を、冒険者を志す者は知っている。

つまり――――……。

「GROOROGBB……！」

ゴブリンだ。

醜悪な顔つきの小鬼が数匹、ぎごがごと操り人形めいた動きで押し迫ってくる。

一度ならず冒険を経た者であれば取るに足りない脅威でも、そうでない者にとっては違う。

いくら最も弱い怪物であると知っていても、いざ一人で対峙するとなれば緊張もする。

黒髪の娘なども、そうであった。

彼女はその小柄な体躯に不釣り合いな長剣を、ひどくぎこちない手つきで抜いた。

手にしても尚その重みを支えられる風はなく、剣に子供がぶら下がったような有様だ。

「GBBRG……！」

「GOROOGGB!!」

「う……」と一歩たじろいだ少女は、次の瞬間「……やっ！」とおめいて、剣を振るう。

修練を積んではきたのだろうが、それでも腕から体ごと剣に持っていかれそうな大ぶりだ。

幸いにして遺跡の通路は広く、剣が引っかかるという事はなかったが、小鬼に刃も届かない。

ぶおんと空を切った長剣に引っ張られて、少女の体が大きくよろめき、たたらを踏む。

別に避けられたわけではなく、外しただけだが、これではいけない。

少女は緊張と興奮と羞恥に頬を赤くしながらも、息を吸って、もう一歩大きく踏み込んだ。

「え、い……っ!!」

二連撃と呼ぶにはあまりにも拙く、素振りの後の一太刀と呼ぶべき剣戟であった。

しかしその無骨なだけが取り柄の長剣は、今度こそゴブリンの矮軀を捉える。

ず、と肩口から潜り込んだ刃はその胸板を切り裂いて抜け、どす黒い血がパッと飛び散った。

「GORGGBB!?」

濁った悲鳴――とはいえ、致命傷と呼ぶにはあまりにも浅い一撃だ。

しかしこの小鬼どもは魔法で作られた人形であり、自我もなく、魂もなく、生命たり得ない。

ささやかな切創であっても死に至ったと認識すれば、あっという間にぐずぐず崩れ去る。

沸騰した泡沫、粘液の塊がべしゃりと床に飛び散って、小鬼の原型はもはやない。

「やた……っ！」

が、そこで気を抜く辺り、やはり彼女はまだ素人の域を出ないのだろう。

「GOROOGB!!」

「わ、きゃ……!?」

彼女が遭遇した小鬼は一匹ではなく、戦いはまだ終わってなどいないのだから。

死体を越えて飛びかかってきた小鬼が、少女の胴衣に包まれた胸を力強く突き飛ばした。

少女はどたんと尻もちを突き、その痛みに顔をしかめる。

痛みはさほどではない。むしろ尻に感じる冷たさ、脚絆に染み込む粘液の感触が不快だった。

「このお……！」

よたよたと立ち上がって、また大振り。ぶおん、ぶおんと、声と音ばかりが勇ましい。

いくら人形といえど、ゴブリンだってこんな攻撃にあたってやるわけにはいかないのだろう。

ひょい、ひょいと避けられて、少女はきゅっと結んだ口元をへの字に歪める。

意地になって剣を振り、岩肌に叩きつけてはかちん、かちん、と乾いた音と手応え。

「このぉ……!!」

だからつい苛立って、少女はがむしゃらに突っ込んで、その長剣の切っ先を突き出した。

下手くそな刺突だ。だがそれでも、少女の腕の長さと足の長さ、剣の長さが間合いを埋めた。

また振り回す剣を飛び退けるつもりだった小鬼の喉を、ぶすりと刃が貫き、抉ったのだ。

「あ……！」

感情の乏しかった少女の顔に、さっと喜色が滲み出た。

ぐずりと崩れていく粘液の手応えは、間違いなくその敵を仕留めた事を意味している。

故に彼女の意識には、目の前の小鬼のことしかない。

だから当然、次の攻撃への対処なぞできるわけもなかった。

「わ、ぷ……⁉　――――⁉」

突然、視界が暗転した。

思考に完全な空白が生まれる。虚無。当然、動きも止まる。何もできない。

ずんと背中に重みがかかって、どっと地面へ倒れ込む。胸を打って、ひっと声が漏れた。

息ができない。重い。苦しい。

「GOROOOGOBB!!」

――――ゴブリン……⁉

背後から飛びかかられ、革帽子を引きずり降ろされたのだと、彼女はようやっと気がついた。

湿気った床の感触。びちゃびちゃと湿った小鬼の粘液が跳ねて、顔に散り、胴衣を汚す。

さっきも転げて汚れているのだから今さらだが、それにしたって辛いものは辛い。

「う、うう、うー……ッ!!　うー……ッ!!」

雄叫びというにはあまりにも不明瞭な、子供がべそをかくような唸り声を少女は上げた。

ぶんぶんと頭を振り、体を振って、背中にのしかかった重量を振り払おうと懸命にもがく。

だから彼女が思い切り壁にぶつかったのは、決して考えての事ではなく、単なる偶然だ。

「GROBG⁉」

「ぷぁ……ッ！」

悲鳴をあげて小鬼の手が緩んだところで、彼女は這いつくばるようにして逃れ出る。

もう一刻の猶予もない。息は苦しいが、呼吸よりも何よりも、戦わなくては。

ずれた革帽子を押し上げても、視界は暗い。角灯の火が消えてしまったのだ。

手探りに伸ばした指先が、幸運にも、転げているうちに零れ落ちた剣を掴み取る。

少女は躊躇なくそれを振りかぶった。

「や……ッ！　この……！　こいつ……ッ!!」

逆手に握り、叩きつけるように刺す。ギャッと悲鳴をあげ、小鬼の体がびくびくと跳ねた。

一度ではまだ体が崩れない。だから二度、三度と突き刺してから、少女は剣を放り投げる。

「ふぅ……ふぅ……。ん……、と……」

きっと消えるのに時間がかかるのもいるのだろうし、ここまですれば動かないはずだ。

とにかく呼吸を整えて、薄い胸を浅く上下させながら、水袋を取り出して栓を抜く。

んくんくと喉を鳴らして水を飲み――残量も気にせず！――ようやっと彼女は一息を吐く。

そうして乱闘の最中に消えてしまった角灯へ、火を点け直す。割れなくてよかった。

「あ……!?」

やっと明かりがついて目を瞬かせて、少女は腰の小袋の異常に気がついた。

――口が緩んでる……！

少女は全身から血の気が引いて、すっと体が冷えるのを感じた。

大慌てで袋を外して、掌の上でひっくり返す。何も落ちては来ない。

「嘘（うそ）……！　なんで……!?」

ぱたぱたと、あちらこちらを、半分泣きべそをかきながら少女は這いつくばって探し回った。

せっかくここまで集めてきたのに、こんな事で全部ぱあなんて、どうしようもない。

目に涙が滲むのは、何も悲しいからではない。自分の惨めさと悔しさに、腹が立つからだ。

とはいえ、戦っていたのはさほど広い空間でもない。

遺跡の敷石の隙間に、ちか、ちかと、光る宝石を見出（みいだ）すのは容易（たやす）いことだった。

「えと……青玉（サファイア）に、翠玉（エメラルド）……」

ひとつ、ふたつ。拾ったものを掌の上に載せて数えて、きちんとしまいなおす。

ごしごしと顔の汚れを――涙と汗と粘液と血だ――袖で拭って、呼吸を整える。

「あと、一つ。……だよね」

――どこだろう？

どこに落ちてしまったか、転がって、変なところに入ってしまったか。

きょときょとと周囲を見回した少女は、壁の近くに、細い隙間があることに気がついた。

小粒の宝石ならその中に転がり込んでしまう事だって、きっとあるかもしれない。

「……ここ、かな……」

んしょ、と。小さな体に精一杯の力をみなぎらせ、少女は隙間の奥に手を伸ばし――……。

「……わ⁉」

その奥へ、ごろりと転がり落ちた。

隙間と思えたのは壁の継ぎ目や割れ目などではなく、どうやら扉であったらしい。

闇に満たされた通路に転んだ少女は、八つ当たり気味に頭に被った革帽子を脱ぎ捨てた。

――こんな重たいもの被ってるから、転げるんだ。

ふんと鼻を鳴らして背嚢にねじ込んだ少女は、改めて角灯の向きを調整した。

そしてその揺れる火が、ちかりと照らしだしたものに気がついた。

「あった……！」

小さな小さな金剛石の粒が、壁の近くできらきらと輝いていた。

とととっと駆け寄った少女はそれを摘み取り、大事にぎゅっと握りしめた。

そして今度こそ落とさないように、腰の袋の中へとしまい込む。

これでもう大丈夫。全部拾った。他に落としたものはないし。忘れ物もない。

「あ、と、剣……！」

思わず放り投げてしまった剣を慌てて拾い上げ、ぎこちない手つきで鞘に納めた。

――これで良し。今度こそ、大丈夫。

「よし……行こう！」

拳を握った少女は、腰帯につった剣の具合を確かめ、袋の口をしっかりと締め直す。

そして意気揚々と通路の奥へ向けて、慎重な足取りで——けれど勇敢に歩き出した。

自分が最初どちらに向かうつもりだったのか、すっかり抜け落ちたまま。

そしてその背後で、壁の扉が音もなく閉まった。

§

「うわあああ……!?」

取るものも取りあえず、剣やら盾やらを半ば放り出す勢いで走っていく若者たち。

かしゃんかしゃんと彼らを追い立てる乾いた足音の主は、直立して武器を持った骸骨の戦士。

小鬼と辛うじて渡り合ったところで、とうとう彼らの勇は失われたのだろう。

脇目もふらずとはこの事で、遺跡の通路を転げるように、走る、走る。

当然ながら、通路の端によってあらあらと苦笑している受付嬢には気がつかず——……。

「ひええええ!?」

その横に立つ彷徨う鎧の立ち姿に、戦女神に仕えるらしい少女が年頃と思えぬ悲鳴をあげた。

恐れおののいた彼女は、はしたないとしか言えぬ這々の体で、転げるように逃げていく。

「綺麗に磨いてても、やっぱり驚かれてしまいますね」

受付嬢は闇の中でも浮かび上がる下着鎧の白い尻を見送って、困った風に呟いた。

「外で見る分には、立派に見えると思うんですけれども」

「致し方あるまい」とゴブリンスレイヤーは、気にした風もなく言った。

「お前のように、香水をつけているわけでもないからな」

「あら……」

受付嬢は目を丸くした。そして彼ならば気づいて当然だろうと考え、頬をゆるめた。

――洞窟の中の匂いに、無頓着なわけありませんものね。

この遺跡が暗く、橙色をした松明の灯では顔色までわからない事が、ありがたかった。

盾を括った左手に松明を持つゴブリンスレイヤーに先導され、受付嬢は迷宮の奥へ進む。

道連れはかしゃりかしゃりと音を立てて元の位置まで戻る、竜牙兵だ。

役目を果たしたにもかかわらず落ち込んでいるようなのは、宿る祖霊のせいか術者のせいか。

「小鬼以外の怪物もと言われたので、竜牙兵をこしらえてもらったが……」

「やっぱり、厳しかったですかねえ……」

「小鬼は生き物だが、骨の兵士はそうではないからな」

まず驚き、続いて恐ろしさが先に立ち、勝てるわけがないと考え――逃げる。

いくら正常な行動であったとしても、それを愚かだ臆病だと笑うことは容易い。

同時に賢明な考えだとか、成長する証だとか何だとか、誉めることも容易い。

生き延びれば次の機会は必ずあるが、危険を冒さねば冒険者としての成長はない。

自明の理だ。

ましてや、小鬼は四方世界において最弱の怪物。

戦士なら殺せて当然。斥候ならば隠れてやり過ごし、あるいは術者の知恵があっても良い。

いずれにせよゴブリンを切り抜けるだけでは、やはり――冒険者足り得ないのだ。

たとえ隣を歩く男が、小鬼を殺す者と呼ばれる銀等級の冒険者であっても。

あるいは――だからこそ、と言うべきかもしれないが。

それに何より、骸骨やら鎧姿やらに驚いて逃げ出すようでは――……。

「ま、さてもはても此度は初回ですからな。手厳しい意見はよろしくありませぬぞ」

奥の玄室からぬっと首を伸ばす、この蜥蜴僧侶の威容を見たら、どうなってしまうやら。

受付嬢はそんな事を考えながら、にこりと微笑んでからぺこりと頭を下げた。

「お疲れさまです。どんな案配ですか？」

「まずまずと言ったところですかなぁ」

蜥蜴僧侶はぐるりと目を回して、思案するように遺跡の天井へ視線を向けた。

「六に一つは勝ちの目があると踏んで挑む者もおりますから、そう悲観する事はないかと」

「これで苦手意識を持たれてしまうと、それはそれで問題なのですよね……」

「篩いかけは必要ですぞ。この程度で臆するならば、今のうちに逃がしてやった方が宜しい」

まったく蜥蜴人らしい意見であった。

彼らは生き延びる事を是とし、逃走に躊躇はしないが、それは臆病である事を意味しない。

己の生命をより高みに至らせるための逃走と、ただ尻尾を巻いて逃げる事は違うのだろう。

――とはいえ。

受付嬢は只人であり、そう多くの蜥蜴人と接してきたわけではない。

その思想の全てを理解できるわけもなく、新人が増えぬのは困るな、と思うばかりだ。

「もっとも、そればかりでは若い衆は育ちませぬがな」

だから続いてその顎より出てきた言葉は意外であっても、驚きはしなかった。

受付嬢としてはまったく同意見だが、ゴブリンスレイヤーが「そうなのか」と鉄兜を揺らす。

「玉石混交と言いますから」

受付嬢は頷いて言った。

幼い頃、父母から厳しく言われた貴族としての教育が、時に役立つものだ。

聞かされていた頃は、まったく聞き流していたようなものだったけれど――……。

「数を減らせば宝石の数も減ってしまいます。何故か宝石だけ増えると思う人、多いですけど」

「然り、然り。卵を割ったところで黄身が潰れるのみ。叩くのは生まれてからで宜しい」

なにしろ得意とする兵科が違いますでな。そう呟く蜥蜴僧侶は、そういえば、と言葉を重ねた。

「木を育てるのにその芽を踏み潰す者は、愚か者と。森人はそう言うそうですぞ」

「一理ある」

ゴブリンスレイヤーはこっくりと頷いた。枝の一振り骨一本の、森人らしい言葉だった。

「俺も少しは考えるべきか？」

彼は低く唸ると、考え込むように腕を組んだ。鉄兜越しに、その表情は見えないが。

「どうもやはり、俺の先生は、世間一般からすれば厳しい性質だったのかもしれん」

「なに、やり方は人それぞれ。小鬼殺し殿はよくやっておられる。変える必要もありますまい」

「そうか」

「そうですとも」

蜥蜴僧侶は意味深な仕草で長首を伸ばし、ついとその玄室の奥へと目線で示した。

――ああ、まったく。

受付嬢は、仕方ないなと、こっそり溜息を吐く。

ゴブリンスレイヤーの教育方針について、言いたいことは確かにあるのだけれど――……。

「ええと、こちらの人の手当は終わりました。次はどなたを――……？」

「うむ。では、あちらの御仁をな。頭を打っているようだから……」

「動かさずに。はい、大丈夫です」

禿頭(とくとう)の僧侶の指示を受けてぱたぱたと走り回る女神官を見れば、文句も引っ込むというもの。

そこは競技中に怪我(けが)をしたり動けなくなった人を集めて休ませる、救護所になっていた。

毛布を敷いた上に寝かされ、あるいは座り込む彼らの間を、女神官は献身的に動いている。

彼女は、よく鍛えられている。よくがんばっている。当人がどう思おうともだ。

緊張の面持ちで受付に立って登録をしたあの日からは、見違えるようだ。

受付嬢はそんな気持ちを胸の内にこっそり隠して「お疲れさまですっ」と明るく声をかけた。

「どうですか、そちらは?」

「はい、特に死にそうな方はいらっしゃらないので、大丈夫です!」

はきはきと笑顔で言うのには、ちょっと、と。思わず傍らの鉄兜へ目を向けてしまったが。

「ええと、こちらの方が、狭いところに入ろうとして天井に頭をぶつけた方で――……」

「こっちは兜を被ってたせいで足元が見えなくて滑って転んで背中を打ったヤツだ」

からからと禿頭の僧侶が笑いながら、ぴしゃりと寝ている若者の背に膏薬を貼った。

声にならぬ悲鳴と共にその少年は身悶えるが、なるほど、深刻そうな様子は見られない。

「ははは、ま、この程度なら怪我のうちにも入らぬさ。臓腑も傷ついてはいないしな」

「それは良かったです」

受付嬢はにっこりと微笑んだ。できればこれに凝りず、今後も冒険者を志して欲しいのだが。

それにしても、そんな頭を打つほど狭い場所があっただろうか――……?

「……む」

そんな受付嬢の思案を余所に、ゴブリンスレイヤーは低い声で小さく唸った。

彼は蜥蜴僧侶に何やらいくつか質問をし、それから救護所で休んでいる者らに鉄兜を向けた。

「どなたか探していらっしゃるのですか？」

ととと、と小鳥のように駆け寄った女神官に、「いや」ゴブリンスレイヤーは首を横に振る。

「どうやら進めているようではあるな」

「ふふ……」

女神官は不思議そうであったが、受付嬢には言葉の意味がわかって、こっそりと頬を緩めた。

良いことだ。

失敗してしまう者、怪我をしてしまう者、有望な者。大勢が集まっている。

上手くいけば良い。何事も。全て。彼の事もそうだ。そう、全て――……。

「あァ？」

不意に、ひどく不愉快そうな声があがった。

見れば斧を担いだ戦士が、げんなりした顔の妖術師の横で頭をばりばりと掻いていた。

確か裏方に回ってもらっていた冒険者一党(パーティ)の一つで、頭目(リーダー)を務めている男だったはずだ。

「悪ィ、受付さんよ。ちょいとトラブルかもしんねえわ」

「……またですか？」

「また？」

「いえ、何でも」

受付嬢はぱたぱたと手を振って、過去の嫌な思い出を追い払いつつ表情を取り繕った。

忘れもしない、先だっての収穫祭でのあれこれの騒動。

――まあ、別に彼らのせいではないのですけれども。

だがトラブルだ。間違いない。受付嬢は真剣な表情で問いかけた。

「何がありました？」

「うちの斥候が、妙なモンを見つけてな」

「妙なものです？」

ああ。斧士は頷いてから、呻くように言った。

「ゴブリンの死体だ」

「どこだ」

§

「ここだよ」

がちゃがちゃと慌ただしい武具の金擦れを迎えたのは、迷宮の片隅に立つ森人の女だった。

松明の朧な灯に照らされていて尚見落としてしまいそうな、闇に溶け込むような見事な隠形(おんぎょう)。

他の冒険者らの先頭に立っていたゴブリンスレイヤーは、一瞬押し黙った後に頷いた。

「お前か」

お。その白粉と香水の匂いを漂わせた森人の斥候は、目を丸くした後、唇を綻ばせる。

「そうとも、私さ」と彼女は暗い口の中、赤い舌を動かした。「見つけたのは、ね」

彼女の言葉通り、その足元には血溜まりに沈む、ゴブリンの死骸が転がっていた。

物も言わず傍に屈み込むゴブリンスレイヤーの横で、女神官が素早く松明を掲げる。

ゴブリンスレイヤーは雑嚢を探り、猫の爪にも似た短剣を取り出すと、素早く検分を始める。

「何度も突き刺されていますね……？」

「死んだかどうかわからなかったのだろう」

覗き込んだ女神官がおずおずと囁くのに、ゴブリンスレイヤーは鉄兜を頷かせた。

「駆け出しはたまにやる。急所の見当がつかんのだ」

――つまり、ゴブリンと戦ったのは迷宮探険競技の参加者……。

それは特段、何の問題もないように思えたが、女神官は唇に指をあてがって思案する。

何かおかしい。妙な違和感を覚えて、首筋がちりちりと泡立った。

「……別にゴブリンの死体ぐらいあったっておかしかねえだろ」

そんな腑分けから顔を背け、うへえと言いたげなしかめっ面で斧士は愚痴めいた事を言う。

「なんせ、ゴブリンを召喚して敵に使ってんだから」

あまりにも無理解な言葉だった。妖術師の女は心底帰りたいと言った風に深々と息を吐く。

「召喚じゃない。作ってるの」

「同じだろうが」

「全然違うわよ」

まったく違う。

前も説明したのにと妖術師は不満たらしく言い募るが、斧士はさっぱりわからないらしい。

そうした術理に大して興味がないのは、ゴブリンスレイヤーも同じだ。

小鬼の死体を検め終えた彼は立ち上がり、要点だけを鋭く問うた。

「死体は残るのか？」

「ある意味では」

ん。無言で突き出された手に、ゴブリンスレイヤーは猫の爪を渡した。

妖術師はその手術刀を慣れた様子で弄び、すぐ傍の床上に広がる粘ついた水溜りに差し込む。

ぶくぶくと泡立つそれをしばらく引っ掻き回すと、やがて何かを見つけ、刃を引き抜いた。

猫の爪に突き刺さっていたのは、ほぼほぼ溶解しかかった、薄汚い小さな歯であった。

「これが死体。触媒に使ったゴブリンの歯は使い物にならなくなるから」

「つまり……」

ああ、そうだ。違和感なんて、そんな些細なものではない。

死体が残っている。この小鬼の死体だけが。つまり、これは、本物の――……。

「ゴブリンか」

ゴブリンスレイヤーが、低く唸るように呟いた。

鉄兜の奥で彼が続けざまに言った声は、庇に隔てられておよそ聞き取れるものではない。

だが長い時間を共に過ごし、多くの言葉を交わしてきた者にとっては違う。

彼はひどく忌々(いまいま)しげに、吐き捨てるようにこう言ったのだ。

「くそったれめ」

女神官、そして受付嬢はぎょっとして、思わず互いに顔を見合わせた。

このひとが、ばちあたりな事を口にするのは、本当に滅多(めった)にない事だったから。

「じゃあ、どこからかゴブリンが入り込んできたという事ですか⁉」

だが受付嬢は、上擦った声で職務を優先する事にした。

彼女は磨かれた鉄兜の方をちらと横目に見ながらも、事態の把握に努めようとする。

「それも間違いだな」

森人の女は、しかしその唇に弧を描いたまま、ゆるゆるとかぶりを振った。

そして猫科の猛獣を思わせるしなやかな腕を伸ばし、こつこつと遺跡の壁を小突く。

「どこからではなく、ここからだ」

途端、がこりと音がして、隠し扉が回った。

開かれた扉の奥には虚無の暗黒が延々と広がっており、そこからは冷たい風が抜けてくる。

何百年、ともすれば何千年と封じられていた、地底からの空気がふわりと立ち込めた。

受付嬢には、まったく初めてと言っても良い、得体の知れない臭いだった。

「ホント、良く見つけるわよね」

「斥候だからな」

妖術師の言葉に、森人の斥候は「ふふん」とどこか得意げに目を細めた。

「それに地下の事に詳しいのは鉱人ばかりじゃない」

「……あ、そ」

げんなりと妖術師が呻いたが、気持ちとしては受付嬢も同じ、いやそれ以上だった。

本当に、足元の床ががらがらと音を立てて崩れていく——血の気が引くとは、この事だ。

——これは、まずい。

遺跡の未踏破区域。事前調査不足。危機管理。責任。いや既に誰かもう怪我をしたのでは。

頭の中でぐるぐると益体(やくたい)もない事が渦巻くのを、彼女は自分の頬を叩いて必死に振り払った。

今は、それどころではない。

何をどうするか。それを考えなければならない。

極めて重要な部分、重篤(じゅうとく)な部分から、的確に、かつ迅速に対処する必要がある。

責任問題だとかはそれこそ放っておけば良い。

後知恵なんていくらでもつけられる。好きにさせておけば良い。

——今、どうすべきかですよ……！

迷宮探険競技は本来、死を前提とした、ある悪名高い領主の遊戯であったという。

それ自体は決して貴族の残酷趣味というわけではない。

闘技場の試合めいて、年に一度の催しに、民も冒険者もお祭りのように楽しんだそうだ。

だが、今回は違う。

今回のこれは、お遊びだ。怪我はするかもしれないが、死ぬことはない。

本物の怪物が現れなければ――……。

小鬼は最弱の怪物だ。

そう、最弱の怪物なのだ。

やたらと小鬼を警戒したり、小鬼相手に尻込みするようでは冒険者なぞ務まらない。

彼らの敵は巨大な粘菌であったり、魔神であり、巨人や、時として竜なのだから。

しかし――それでもやはり小鬼は怪物だ。

兵士でもなければ冒険者でない者らに、さあ小鬼を倒せとは、どうして言えよう。

それでは何のための冒険者で、何のための冒険者ギルドなのか、という話になる。

――中止にするより、ほか――……。

今、入口の方を任せている監督官に伝令を飛ばそう。

まだ迷宮に足を踏み入れていない参加者たちには待機してもらおう。

そして中に残っている参加者は、この場にいる冒険者の護衛をつけて脱出させる。

然る後、迷宮内部を再捜索して、小鬼を退治する――……。

それが最善のはずだった。受付嬢は素早く頭の中で算段をまとめていく。

待機してもらっているのは、斧士や、重戦士の一党を始め、熟達の者ばかりだ。

この隠し扉の奥に何が待ち受けているにせよ、対処不可能という事はあるまい。

だから、そう、まずは――……。

「いや」

ばっさりと、受付嬢の思考は断ち切られた。

「迷宮探険競技は続けさせる」

短く、決定的で、冷たいまでに端的な言葉だった。

「え――……？」

思わず受付嬢は顔を上げ、ぱたりと編んだ髪が跳ねた。

視線の先では、ゴブリンスレイヤーが真っ直ぐに暗黒の廻廊を睨んでいた。

「参加者たちには気取られるな。しかし安全に終わらせる必要がある」

彼は低く唸ると、こともなげに言い放った。

「探索に人手は避けんな。俺が行く」

「宜しいのですかや？」

蜥蜴僧侶が半ば愉快がるように問うたのに、「当たり前だ」と彼は頷いた。

「宜しくないわけがない」

——それは。

やはり女神官と——そして彼女より長い付き合いの受付嬢も、初めて聞くような声だった。

いや、ともすれば彼の幼馴染である牛飼娘ですら、聞いたことがないかもしれなかった。

明らかに不合理だった。

非論理的で、危険で、不確実極まりない、この男にはありえないような選択だった。

その程度の事を、この銀等級の冒険者が理解していないわけもなかった。

ならば、つまり、これは。

彼は、今。

「小鬼どもになぞ、好き勝手させて堪るものかよ」

いい、いい、いい、いい、

我儘を、言っているのだ。

「——————……」

受付嬢は、埃っぽい空気を胸いっぱいに吸い込んで、ゆっくりと吐き出した。

——それじゃあ、仕方がないですね。

公私混同。危機管理。責任問題。頭の中で舞い上がった言葉を、全部まとめてうっちゃる。

なんとかしましょう。

なんとかしよう。

この人がこんな事を言ってくれたからには、自分がやるべきなのだ。

「では、その方向で行きましょう！」

だから受付嬢は他の冒険者たちが何か言うよりも早く、にっこりと笑顔でそう言いきった。

ぱんと手を叩いて、さながらお茶の時間にしましょうと言うように、気軽に、決断的に。

一番上に立つ者が、有無をいわさずに言い切る。行動に移す。指示を出す。

たったそれだけの事で、冒険者たちの間に広がっていた困惑が、あっさりと失せていく。

「ひとまず伝令を出して表の方々、他の競技監督に状況を報告するのは確定ですね」

「救護所に、治療の準備をもう少しした方が良いかもしれませぬな」

蜥蜴僧侶が、素早く顎を開いた。この古強者(ふるつわもの)は受付嬢の意図を理解してくれているのだろう。

時折物思いに耽(ふけ)るように空を睨むのはご愛嬌。竜牙兵を操りながらの同行は、感謝しかない。

「後はこの隠し扉以外にも、奥に行ける通路があった時がヤバいな」

「順路を示すために綱でも張っちゃいましょう」

ごつごつと壁を無遠慮に叩く斧士、その手をやはり遠慮なく叩き落として、妖術師が言った。

「順路を無視したら自己責任で良いでしょ、もう。無視するやつは自己責任じゃない？」

「と、言ってもいられないのがお役所なのですよね」

受付嬢が苦笑すると、妖術師は「面倒くさい」とうんざりするように呟く。

けれど森人の斥候共々、綱を出して通路に張るあたり、手伝ってくれるのはありがたい。

——ともかく、今できることを、即座にやりましょう。

それが何よりも一番良い。後から出てきた名案なんて、物の役にも立たないのだし。

となれば——後は——……。

「依頼、ですね」

受付嬢は小さく頷き、こほんと咳払(せきばら)いをして、一人の冒険者の前に立った。

じっと隠し通路を睨みつけていた彼は、ゆっくりと鉄兜を受付嬢の方へと向ける。

庇の奥に隠れた瞳は、やっぱり見えない。だけど受付嬢は、真っ直ぐにそちらを見つめた。

「では、ゴブリンスレイヤーさん。依頼として、この廻廊の探索と、小鬼退治をお願いします」

「ああ」

「それと、もし中に迷い込んだ参加者さんがいたら、その救助も！」

「わかった」

打てば響くような返事だった。

彼が冒険者ギルドに登録して以来、幾度となく交わしたような会話だ。

それが何とも嬉しくて、まったく状況が状況だというのに、頬が緩んでしまう。

——いけない、いけない。

「えと、後は……報酬ですね。これは後で計算します、が、が——……」

前金。前金。前金を払わなくてはいけない。現物支給。それで行こう。

受付嬢は腰に巻き付けたポーチをまさぐった。あれこれ必要だと思って詰め込んだ品物。薬瓶に交じる香水だとか、飾帯だとかが指先に触れて、もたもたした動作に頬が赤らんだ。

——ああ、もう……！

受付嬢は、えいやとばかりに腰帯ごとそのポーチを引き剥がし、ぐいと彼へ押し付けた。

「これを、どうぞ！　手付として……！」

「……」

「どれくらい役に立つかはちょっとわからないですけれども……！」

言い訳がましく受付嬢は付け加えた。

旅立つ騎士の無事を祈り、姫君が身につけたものを託す——には、あまりにも風情がない。

もちろん、そんなつもりだってない。なかったが、ふと脳裏を過ると、もうダメだ。

勘違いされたら困る。変に思われても困る。他意はないのだ。

でも無事に帰ってきて欲しい。こちらの事は信じて任せて欲しい。

頼ってくれたのだから、頼れるところを、ちゃんと見てもらいたい。

そんな思いは、喉の奥にひっかかり、胸の中へ沈んで、とぷんと音を立てて消えていく。

「いや」

だから彼がそう言ってくれた時、受付嬢は心底からほっとして、息を吐いた。

「助かる」

彼は受け取った腰帯とそれに連なるポーチを試行錯誤の上、肩からたすき掛けに下げた。

事務的な手つきにホッとしつつ、受付嬢は手を伸ばし、帯の具合を確かめる手助けをする。

「あの……」

そして、他の冒険者たちも動き出して行く中で——ぽつりと呟いたのが、女神官だった。

「お一人で、大丈夫なのですか……？」

理屈は——いや、気持ちはわかる。わかるからこそ、女神官は言わざるを得なかったか。

別行動も慣れた。一人でも立っていける。それを証明したからこそ彼女の等級は上がった。

だけれどやはり、それは別に不安にならないという事を意味しないのだろう。

——良いな。

受付嬢は、ちくりと胸の内に刺さる痛みに気がついた。

あんな風に素直に言えてしまう彼女が、羨ましかった。自分には、できない事だろうから。

「前に……」

立ち止まった彼は何かを言いかけてから、「ああ、いや……」首を横に振った。

「これは、お前には言っていなかったな」

「————？」

彼は受付嬢に短く感謝を述べて、帯を肩に掛け直した。

続けて腰に帯びた中途半端な剣、腕に括った小振りな円盾の具合を確かめる。

身につけた装備の具合を整え、頷き、引き裂いた小鬼の臓物へと手を突っ込んだ。

そして自身の安っぽい鉄兜と革鎧とに、赤黒い血糊を躊躇なく塗りたくった。

「洞窟の中ならば、たとえ百匹が相手でも、俺が勝つ」

小鬼を殺す者は事もなげにそう言って、喉の奥から、錆びた鉄扉がきしむような音を立てた。

「ゴブリンどもは、皆殺しだ」

間章

「火球や稲妻を投げるだけじゃないけど投げられた方が良いというお話」

轟音と熱風が吹き抜けた後に残るのは、ぶすぶすと煙をあげる床の黒染みばかりであった。

古びた遺跡の床に新たに生まれた汚れは、さて、五つか、六つか。

その染みをかつりと優美な足音で踏みしめて、魔女はその美貌に嫋やかな微笑を浮かべた。

彼女の手には金属ともつかぬ木の短杖があり、施された彫金が魔力の輝きを灯している。

「やっぱ、り……一本、ある、と……便利、よ……ね？」

「まあ、こればっかりだとつまんねーけどな」

火球の杖をゆるやかにしまう彼女の横で、槍使いがぼやいた。

得体の知れぬ怪物どもが蠢く玄室へ踏み込むに当たって、先手を取ればやることは一つ。

何はなくとも《火球》である。その程度は高位の冒険者にとって嗜みというものだ。

無限の体力があるわけでもなし。略奪と殺戮にだって節約は重要だ。

ほいと火の玉を放り込んだ後、雪崩を打って飛び込んでから蹂躙すれば良い。

もっとも呪文の数にも限りがあるから——せめても、この手の魔法の品があってこそ、だが。

——最初に呪文を教わった時は、とりあえず攻撃ってなっちまったなぁ。

魔女を庇って玄室に入り、注意深く周辺を警戒しながらも、槍使いはふとそんな事を思う。

四方八方へ轟く《雷鳴》だの、衝撃波を放つ《破砕》だの……。

雨乞い師やら風の司とは違う、魔法使いといえばまさしくという呪文の数々。

実際、魔法使いが火の玉や稲妻を投げるだけではないと、経験としてわかった上で――……。

――憧れるのはわからんでもない。

槍使いはそう思いながら、問題なしの合図を入口で待つ魔女に送って、手招きをした。

彼女は全幅の信頼を置いているかのように、疑いもなく歩みを進めてくる。

肉感的な肢体をくねらせての歩き方は、淑女が舞踏会を行くが如し。

自分の実力を理解していなければできない動作で、槍使いとしては心が躍るものだった。

「で、お目当てのものはなんだって？」

と、聞くのは無論、彼が冒険の目的を失念したり、依頼を聞いていなかったからではない。

「そ、ね。……不老、不死――……の、薬……みたいな、もの……かし、ら？」

これで彼女はなかなかに話し好きなのだ――世の中の魔術師は得てしてそうだと聞くが。

何にせよ美女が自分のために話す声を、聞かない方がどうかしているというものだ。

「不老不死ねえ。眉唾じゃねえのか？」

それに何より、槍使いとしては正直なところ半信半疑だった。

そんなものが四方世界にあるなどとは、神々が許しておかぬだろうに。

天秤の均衡が崩壊することを、神々は決して認めない。当たり前の事だ。

極まった死人占い師だとかが、人を辞めて不死者になるならともかくもだ。

それに亡者どもだとて、不滅というわけではない。殺そうと思えば、殺せるのだから。

「ホント、だったら……困る？　か、ら……」

「調べにきた、と。ま、その辺りはわかってんだけどな」

黒ずんだ床を踏みにじり、次の玄室へ続く通路を見定めながら槍使いは相槌を打った。

どんなに信じがたくとも、依頼人がそこに在るものを調べてくれというなら、調べるべきだ。

そこでぐちゃぐちゃと小賢しい理屈を捏ねて面倒臭がる者は、冒険者の風上にも置けない。

一流の冒険者たるもの、見合う報酬を提示されれば、返事は一言「やってみよう」であろう。

槍使いは常々、かくありたいと思っているのだが――……。

「どうなんだろうな？」

「そ、ね」と魔女がカツコツ、踵を鳴らしながら微笑んだ。「良いんじゃ、ない……かし、ら」

通路は薄暗く、只人の目では闇を見通すことは困難だった。

槍使いは自分の荷物を探り、掌ほどの球体を取り出し、それを暗黒へと放った。

途端にぼうと薄く輝くそれは、以前の冒険で手に入れた、光苔を封じた硝子玉だった。

そう大した魔法の品ではないのだが、折に触れて重宝する、便利な道具ではあった。

何も魔剣魔槍の類ばかりが魔法の装備というわけでもない。

迂闊にガス溜まりへ松明を突っ込んで爆発四散する冒険者も、決して珍しくはないのだから。

――もしも。

闇の中に滑り込み、光球をさっと拾い上げながら槍使いは考える。

今この瞬間に、自分が死んでしまったらどうなるのだろう。

辺境最強とか言っておいて間抜けに死んだ冒険者として記憶されるのか。

それとも考えに考えに考えた末、死を覚悟した上で何かを残した冒険者となるのか。

もしくは――ここで果てた事など誰にも知られぬまま、全ては忘れ去られてしまうのか。

――どれもありそうな話だ。

死んだ者が最期の瞬間に何をどう考えていたかなんて、余人にわかるわけもあるまい。

それこそ死人占い師ならば、霊魂の囁き声を聞けるだろうが、それだって怪しげなものだ。

なにしろ真正、それが死んだ者の魂だと、誰に証明する事もできないのだから。

第一、死の衝撃で記憶も自我も曖昧になる事が多いとも聞くし――……。

「問題はなさそうだな」

「そ……」

斥候の技術がない身としては、有り余る身体能力に物を言わせて探索するべきだろう。

あまり颯爽とはいかなくとも、愚痴愚痴と文句を垂れて足踏みするよりは良い。

第一、一人で何でもかんでもできるわけもなし。その必要もないのだから。

とはいえ――……。魔女と共に遺跡の最奥を目指しながら、槍使いはふと呟いた。

「《分身》の術とかあれば、探索ン時は結構便利そうだよな」

「便利。……かも、だけ……ど」

魔女の言葉は、珍しく歯切れが悪かった。

呪文使いらしく曖昧模糊とした言い回しを好む彼女だが、言い淀むという事は少ない。

槍使いは、ひょいと肩越しに相棒の様子を見やった。

「そういや、覚えてなかったか？」

ふるりと鍔広帽子が左右に揺れた。覚えてはいる。だが、使う姿は、見た記憶がなかった。

「あま、り……好き、じゃ……ない、のよ、ね」

あれはとても恐ろしい呪文なのだと、彼女は言った。

便利だから。優秀だから。みんな使いたがるけれど、とてもそんな呪文ではないのだ、と。

寝台の下や戸棚に潜む怪物を語る口振りではあったけれど、槍使いは「そうか」と応じた。

彼女がそう言うのならば、きっとそれは、間違いのない事なのだろう。

「それに……」

魔女は言葉を虚空に探し求めるように瞳を揺らし、ぼそぼそと言った。

「火の玉。……好き、だ……か、ら」

魔女は小さく囁くような声でそう言って、そっと鍔広帽子の鍔を押し下げて顔を隠した。

槍使いの口元に笑みが浮かんだとすれば、それは彼女の子供じみた言葉に対してではない。

自分の傍らにいる美女が、あどけない少女のような表情を見せてくれた事に対してだった。

かの偉大なる妖術使いの勇士が、地獄の悪鬼を火球の呪文一つで滅ぼしたのは有名な話だ。

──稲妻だったっけか？

何にせよ、英雄に憧れて槍を担いできた自分が、どうこう言える話ではあるまい。

《分身》のために術を使うくらいなら、《火球》に用いたいという気持ちは、わかろうものだ。

たとえ魔法の杖があるにしても──……。

「どう……かし、ら？」

「良いんじゃねえか」

槍使いは即答した。多少なりとも、魔術を齧った身だからこそわかる事だった。

ただただ呪文を唱えるだけで良いというのでは、呪文に使われているようなものだ。

魔法使い、呪文使いとは、呪文を使いこなすからこその呼び名だ。

火の球であれ、稲妻であれ、あるいはささやかな着火の呪文であれ──……。

そこに優劣はない。覚えて、使いこなす、術者の方にこそ優劣があるのだ。

「さぁて、お次はなんだ……？」

槍使いは、続く玄室の扉を蹴り倒しながら不敵に笑って嘯いた。

できれば彼女の《火球》だけでなく、自分の槍を振るう機会もあれば良いのだが──……。

どんよりと濁った空気、入り組んだ通路、湿気て濡れて滑る石畳の間の苔、すえた臭気。

忌々しい事に、他のどんな事よりも馴染みがあり、何よりも迷うことのない環境だった。

腰を低く落とし音一つ立てず、躊躇なく遺跡を進む彼は、前方の気配にも足を止めない。

腰の剣に手をかける代わりに、彼は甲冑の隙間から一本の組紐を抜き取った。

「GOOROGGBB……B、B!?」

そして何も気づかぬ、しかし決して哀れとは呼べぬ小鬼の首を背後から一息に締め上げた。

首に絡めた組紐をぐいと捻じり、小鬼の体を肩に担ぐようにして絞りにかかる。

本来なら只人相手の手妻だが、ゴブリン相手なら相手の体重もかかって時短ができる。

加えて窒息ではなく、首の血管を押さえて意識を落とす事が狙いだ。これは、早い。

そもそも体格と膂力では、只人と並の小鬼では天と地ほどの差がある。抵抗は無意味だ。

ほどなくして弛緩したその小鬼を、さらに数秒間締め上げ、完全に息の根を止める。

音を立てずにゴブリンを殺す方法を、ゴブリンスレイヤーは良く知っていた。

「……ふむ」

故(ゆえ)に問題は、それ以上の情報だった。

ゴブリンの頭蓋(ずがい)に収まっているものなどたかが知れている。腹の中を知りたかった。

迷宮の薄暗がりの中に横たえたゴブリンの死体を、彼はくまなく検分する。

わざわざ首を締めたのもそのためで、死体の垂れ流した汚物を素早く見て取る為だった。

小鬼の腰巻きに手挟んであった短剣を抜き取り、それでもってぐちゃぐちゃと掻(か)き回(まわ)す。

量は多い。十分に食事を得ている。が、毛髪や歯の類(たぐい)は見当たらなかった。

――まともに食事が取れる小鬼か。

以前にその事を教えてくれた魔術師を、ふと思い出す。群れの大きさと、小鬼の大きさ。

だが小鬼の体格は、そう変化していなかった。留意はすべきだが、憂慮の必要はない。

「よし」

ゴブリンスレイヤーは小鬼の死体を起こし、壁際(かべぎわ)に座り込ませるようにして転がした。

群れの勤めをさぼってうたた寝でもしているように見えるだろう。

いつだったか妖精弓手(エルフ)が思いついた手で、確かに、気づかれたくない時はこの手に限る。

――そう、気づかれぬようにすべきだし、装備の浪費は避けるべきだ。

そうして一匹の小鬼を始末し終えて、ゴブリンスレイヤーは息を吐いた。

ゴブリンどもの数はわからず、巣穴の規模もわからず、こちらは単騎。

いつも通りだ。そう考えてから、その「いつも」がずいぶんと久しい事に気がつく。

それが良いことなのか、悪いことなのかは、彼には見当もつかなかったが。

――落ち着くべきだ。

自分に言い聞かせる時点で興奮状態にある事は理解しているが、だからこそ彼は呟いた。

「落ち着くべきだ」

声をかけてくれる者は、今はいない。自分が一人で赴くと決めた以上は、当然だ。

そうしてゴブリンスレイヤーは、ぱちぱちと数度、まばたきを繰り返した。

松明もなしに暗がりを見通せるわけもない――普通の只人なら。

だが、今は違った。

彼は受付嬢から借り受け、肩から下げた腰帯についた嚢を探る。

使い慣れぬそれのどこに何が入っているか、正確に把握しているわけではないが――……。

「美女花の目薬」

その小さな小瓶の正体と用途については、理解していた。

兜の庇を開けて、綿入りの目出し帽を外さぬままに数滴、両目に垂らす。

ほどなく視界の焦点がぼやけ出し、暗闇の物体の輪郭が徐々にはっきりと見えてきた。

きっとこの状態で光を浴びれば、むしろ暗闇に閉じ込められたように見えるに違いない。

小鬼の視界は只人のそれとは違うと称したのも、件の魔術師だった。

故にこれが小鬼と同じ視界ではないだろうが、それでも期せずして体験できたのは良い。

「さて――……」

彼は借り物である目薬の小瓶を丁寧に仕舞い、また駆けるように通路を進みだした。

真新しい足跡らしいものは残っていたが、もはや濡れた石畳の上では判別もつかない。

時間は常に彼の敵であった。どんな小鬼退治でも、そうだ。

「GOORGB！」

「GGBG……！　GOROGB！」

「GROGBBGB!!」

前方から微かに聞こえた小鬼どもの声に、ゴブリンスレイヤーは再び足を止めた。

滲む輪郭線の向こう、暗闇の彼方に玄室がある事が認められる。

その中に蠢く――ゴブリン。ぐだぐだとくだらない事をくっちゃべっているのだろう。

――それは、良い。

どうでも良い。小鬼どもには言語があり、冗談という文化がある。だが役には立つまい。

重要なのはそこに興奮の声が混じっているかどうか。人の――女の声があるかどうかだ。

息を止める。呼吸を止めれば体の、制御困難な動きも多少は止まる。音を消す。努めて。

そうして耳を澄ませて――得られた情報に息を吐く。状況は単純だ。

瞬間、ゴブリンスレイヤーは足元の小石を掴むと大きく放りながら、真っ直ぐに飛び出した。

「GROGB……？」

「GOROOOBBG！」

集団の頭上を越えた小石。それが立てる物音に、ハッとゴブリンどもが一斉にそちらを向く。

ゴブリンは愚かだ。集団になると脅威になる。であれば集団に餌を与えれば、制御は可能だ。

なにしろ連中ときたら、得をすること、楽をすること、他人より威張ることしか興味がない。

「…………ッ！」

そこへ、一直線に突っ込む。

既に右手は小剣を抜き放っており、わたわたと慌てて各々の武器を準備する小鬼よりも早い。

――剣持ち二、弓持ち一！

「まず、一つ……ッ！」

「GOROGB⁉」

不運にも最も近い場所にいた小鬼を、肩口から喉にかけて切り裂き、仕留める。

ぴゅうと笛のような音を立て血を噴き、崩れ落ちるゴブリン。すれ違い、石床に手を突く。

血溜まりができるより早く、次の動きへ繋ぐ。

「GORGB‼」

「GOG!　GORGBB⁉」

そのまま飛び込むように前へ転げれば、びぃんと気の抜けた音を立てる矢の下を抜ける。

ゴブリンにとって――圃人や鉱人でもない限り――敵は常に巨兵だ。必然、狙いは高くなる。

そして前に立つ小鬼は、後ろの味方が矢を外したことをまず罵る。愚かしい事だ。

「ふた、つ……ッ‼」

「GOOROGGBB⁉」

動きを止めぬまま前に送った足を思い切り突き出して、その小鬼の矮躯を蹴り飛ばす。

立ち上がりざまに頸椎を踏み砕いて仕留める頃には、既に右手が剣を振りかぶっていた。

「三つ……！」

「GBBGRG⁉」

もたもたと第二の矢を番えていたゴブリンも、額から剣が生えれば仰け反るしかない。

ぐらりと傾いたその体が後方に倒れ、ぱらぱらとその両手から弓と、矢が散らばった。

「────……」

ゴブリンスレイヤーは大きく息を吐きながら、素早く周囲を索敵した。

監視の目も、耳も、今この場には一組ずつしかない。角度も、精度も、限られる。

やるべき事は多く、すべき事は多く、手札は少ないものだ。

普段ならば──女神官の聖光を切るまでもなく、妖精弓手の矢の援護を受け、切り込むか。

蜥蜴僧侶と自分であればそう手こずりはすまい。鉱人道士と女神官には周辺の警戒。

戦闘が終わっても多少は気も抜けたろう。装備の回収に、そう悩むこともない。

いざとなれば──……ああ、いや。

「普段ならば、という思考からして問題か」

ゴブリンスレイヤーは戒めるように呟いて、足元の小鬼の死体から持ち物をまさぐった。

といっても目にとまるのは腰帯に挟まれた、みすぼらしい有様の小剣だ。

ゴブリンスレイヤーにとっては使い慣れたもので、一端の戦士ならともかく、不満はない。

だが、しかし――……。

「……………ふむ」

奇妙な、違和感があった。

ほんの少し前に、これとまったく同じものを目にした気がした。

ゴブリンスレイヤーは革の籠手の内で指を伸ばし、丹念にその小剣の刃を検めた。

――同じ、か？

つい先程、最初に仕留めた小鬼の持っていた剣と……ひどく似ている。

装飾や刃の具合などは、まあ良いだろう。数打ちの品であれば当然の事――でもない。

これほどまったく同じ物を、そういくつも作れるものだろうか？

ましてや、刃こぼれしている位置やら、握りに巻いた革のくたびれ具合までも、とは。

「……………わからんな」

ゴブリンスレイヤーは低く呻いて、腰の鞘にその小剣を叩き込んだ。

奇怪ではあったが、しかし彼はそれ以上、思考へ時間をかけなかった。

時間の余裕も、体力の余裕も、ましてや思考に割くための余力も、何もかもが少ない。

そして、やるべき事は途方もなく大きく、迷宮は想像を絶するほどに巨大に思えた。

「……行くぞ」

誰に告げるでもない独り言を残し、ゴブリンスレイヤーは一人、闇の中へ駆けていく。

§

「なに？　ゴブリンスレイヤーが単独行？」

わいわいと賑やかな祭りの音にまじり、重戦士の訝しむような声があがった。

這々の体で逃げてきたもの、どうにか突破してきたもの、彼らの体験談目当てのもの。

何にせよのハレの日だ。冬の前の喜びの日。誰しもが楽しい話題に飛びつくのは当然だ。

そんな立ち並ぶ出店の裏手で、平服に剣を帯びた重戦士は顔をしかめた。

「そうなんだよ」

と、応じたのは、至高神の聖印を首から提げた監督官。

「らしいですよ」

その横でこっくり頷くのは半森人の剣士で、つい先程までは迷宮の中に控えていた者だ。

一党の一員ということもあって伝令を買って出た彼は、革鎧に突剣という出で立ち。

緊急時の備えとして控えてはいても、街中で鎧兜を常に着込むのは、変わり者だけだ。

――頷き森人（エルフ）っつーのは変わり者だったって話だけどな。

重戦士は古い冒険譚の一つを思い返しながら、むっつりと黙り込む。

「とりあえず中の方はこっちで回してるから、外の対処はお願いする感じかなって」

「まあ、彼（か）の御仁なら早々滅多（めった）な事にはならないでしょうしね」

「ま、な」

重戦士はしかつめらしい表情のまま頷いた。

あの何か変な奴（やつ）がどこまで考えていたかは知らないが、まあ悪くない選択肢だ。

下手に大騒ぎをしてしまえば、この迷宮探険競技の目的は一気に水泡に帰す。

ゴブリン程度――そう、ゴブリン程度なのだ。

そんなものに勝てぬ冒険者は冒険者ではなく、それに慌てるようではどうしようもない。

しかし小賢（こざか）しい者にとってはそうではなかろう。

針小棒大に騒ぎ立て、あげつらい、口を挟み、ふんぞり返るに決まっているのだから。

――そういうの、面倒臭いんだよな。

王になりたいとばかり思っていた頃は、想像だにしなかったが。

「ゴブリンの十四や二十四では余興にもならんぞ」

対して、着慣れぬスカートで動きづらそうにしながらも、女騎士はといえば得意顔だ。

実際彼女にしてみれば、その程度の数などどうとでもなろうから無理はない。

重戦士はちらりと普段と装いを変えている彼女の方を見て、ぼそりと短く言った。

「百匹いるかもしれんぜ」

「む、む、む……」

女騎士は今にも飛び込んで屍山血河を築きたくて堪らない様子で、うずうず手を動かした。

腰から下げている——ドレスにはまったく不釣り合いな！——剣を今にも抜き放ちそうだ。

その横ではたんまりと昼食に出店の食べ物を抱えた、少年少女の二人組。

どうやら祭りを楽しんでいるらしく、降って湧いた事態の変化をまだ飲み込めてはいない。

——まあ、過保護なのはわかってんだが。

女騎士は責任なぞ取れぬのだから厳しくやれば良いというが、そうも行かない。

幼い頃を思い出せば——さて、どうだったか。

ろくに親に褒められた事もなければ、安全に気を使ってもらったような覚えもない。

良いじゃあないか、と思う。褒めてやって、気を回してやって、ゆっくり進ませてやっても。

子供が子供のままでいられる時間なんて、どれだけ長くたって贅沢という事はなかろうに。

「一本もらうぞ」

少女巫術師が「あっ」と抗議の声をあげるのも構わず、重戦士は彼女の猫肉を一本摑み取る。

そしてそれを齧ると、道行く酒売に硬貨を放って麦酒を贖い、一息に飲み干した。

「後で補塡はしてやる。とりあえず腹に飯入れて、装備つけとけ。警戒度、一段上げとけ」

「そんなに欲張っていっぱい買ってんだから問題ねえだろ？」

「欲張ってなんかいません！」

少年斥候にからかわれ、少女巫術師が顔を真っ赤にしてまた声をあげる。

圃人にとってはこの程度、ちょっとしたおやつと変わらないのかもしれない。

只人からすれば――というのは、いささか一方的な物の見方だろうけれど。

二人がきゃんきゃん言い合っているのを良い事に、重剣士はもう一本、猫肉を手にとった。

それを女騎士へ放れば、彼女は「服に脂が跳ねる」と文句を言いつつ受け取る。

もそもそと両手で齧りつく女騎士に次いで半森人の剣士を見れば、「結構です」と首を振る。

「別に節約するとこじゃねえだろ」

「私は少食なんですよ」

「だからそんな細っこいんだぞ」

と、最後のは女騎士。指についた脂を舐め取りながら、あっという間に一本を平らげた。

これもまあ、食い意地が張っているというのも酷だ。

素早く、けれどしっかりと食事を摂れるというのは戦士の才の一つだろう。

そんな事を考えながらもう一口、二口と肉を齧った重戦士は、ふと顔を上げた。

遠目に――人混みの向こうに、見覚えのある金髪を認めたからだ。

「ん、おい！」

迷宮の中にいなければおかしい、というより、あの男について回っているとばかり思ったが。

しかし地母神の神官服をまとった少女は、こちらに目もくれない。

他の冒険者たちと談笑しながら、あっという間に、再び雑踏の中へと埋もれて消えてしまう。

――いや、違うか？

普段のあの娘ならば、もう少し気を回すし、無視などする事もあるまい。

というより、体型も表情も、似て非なる――他人の空似か何かだろう。恐らくは。

「我々はどうします？」

「ん、そうだな」

一党の会計役からの問いかけに、重戦士は肉を齧りつつも顎を撫でた。

義理、人情、信頼、報酬、そして命。秤にかけるものは多い。状況を見て考えねばな。

――ま、ゴブリン相手にあいつが突っ込んだっつーなら……。

「俺たちの持ち場はここだ。ここを守るのが俺らの仕事だな」

あっさりと重戦士は結論付けた。

「良いんですか？」

「じゃあ、全員でわーわーわーわー騒いで一箇所に突っ込むってか？」

まあ、一理はある考えだ。なにせ主戦場は目立つ。

目立つところで活躍しなければ、文字通り目にも入らず、評価もしない手合は多い。

そして冒険者は目立ってこその商売でもある。が――……。

「ガキの戦争ごっこじゃねえんだぞ」

「ま、ですよね」

重戦士に、半森人の剣士は薄笑いを浮かべて肩を竦めた。わかっていて聞いた風だった。

一党の全員が右ならえでは困る。当然のような決断に対しても、異論は常に必要だ。

この街の冒険者ギルドのことを、ひいてはその上にある国のことを、重戦士は評価していた。

四方世界においては、自分の目に映るところ以外の方が広いことを、彼は理解していた。

派手に剣を振るうだけで解決できる事は、存外に少ないのだ。

今回、まだ動けとも、増援に来てくれとも言われていない以上、後方確保こそが仕事だ。

ちらりと横目で様子を窺えば、監督官もどこかホッとしたように頷いてくれている。

冒険者ギルドに任された仕事だ。きちっとやらねば、銀等級の沽券に関わるというもの。

「問題は行方不明になったとかいう参加者の数だ」

しれっと口を挟んだのは、無論のこと女騎士だ。

彼女は言い合う子供らを無造作に片手で引き剝がしながら、その目でちらりと群衆を見やる。

「多ければ探すのも手間だし、下手に情報が漏れて周りが騒ぐと、面倒が増えるぞ」

「……だな。何人だ？」

むしゃりと最後に一口肉を齧り、重戦士は骨をそこらの茂みへと放る。

ほどなく残飯処理に犬飼の放った犬が、その骨を拾い上げて噛み付くことだろう。

「今の所は……どうでしたか」

「んっと、確認できてるだけだけどね」

半森人の剣士と監督官は頭の中の帳面をめくると、頷いて言った。

「黒髪の娘が、一人」

§

だからといって、むしろ当然、迷宮の中でもそう変化があるわけはなかった。

「きゃああ!?　なぁにこれ……!?」

「うわああ!　と、とまれ……止まれって……ば!?」

森人の王子とも姫ともつかぬ麗しの若者が、蛇か舌かといった軟体に体を締め上げられる。

その一方で、意気揚々と放置された斧を摑んだ少年は、独りでに動くその斧に振り回される。

ともすれば自分の腕を切り落としかねないが、そこはそれ、これは迷宮探険競技である。

聖剣を携えた死霊狩りの勇者とは異なり、よしんば腕にあたったとしても失う事はあるまい。

森人の方も、全身の骨を砕かれる前に解放してもらえるのだから、そう悲惨な状況ではない。

深刻真剣必死なのは当人ばかりなり、だ。

かくして競技参加者たちは、わーわー、きゃーきゃ言いながら走り回っている。

だが——それを見守る競技監督の方は、気が気でなかった。

「はい、そっちは間違いっ！」

「ひえッ⁉」

不意に闇の中から伸びた細腕に首根っこを掴まれ、黒装束(くろしょうぞく)の口元から悲鳴が上がった。

斥候の類かなんなのか。黒い布で全身をすっぽり覆(おお)った忍びの者に、あるまじき醜態(しゅうたい)。

そろりそろり迷宮を進み、行く手の人影へと、手の裏に帯びた刃を投じんとした瞬間だった。

彼女——声の甲高さからすると——は、そのまま猫よろしく誤った道から引っ張り出される。

「貴女(あなた)ね、あれ他の参加者でしょ？　よく見なさいな」

「あ——……」

「それに狙うのに夢中だからって、縄も張ってあるのに、どうして進路外れちゃうかなあ」

「え、あ、う。と、止まってるものって、結構見づらくって……」

見れば布の隙間から覗(のぞ)く眼は、やはり猫めいた金色の瞳だ。

しょんぼりとした様子で肩を落とす娘へ、妖精弓手は「まあ良いけど」と笑った。

「ほら、これ。落とさないようにしっかりとね」

ぽんと放り投げられたのは、迷宮探険競技を進めた証(あかし)である、金剛石(ダイヤモンド)の粒だ。

今の騒動で落としたのか。慌てて受け取る忍びの者へ、妖精弓手は「よし」と頷いて続けた。

「まだまだ道は長いんだから。怪物と間違えて、他の人に飛びかかったりしないでね？」

「はい……」

情けなくうなだれた様子の彼女の背を、上の森人の手がぴしゃりと叩く。

黒装束の娘はびくりと身を強ばらせ、とぼとぼと数歩進み、立ち止まって荷物を確かめる。

木の筒を使った水筒。乾燥させた葉で包んだ糧秣。軟膏の入った瓶。金剛石の粒。

空腹を感じたのか、情けなく腹を押さえてしゃがみこんだのもつかの間。

彼女は――忍びの者は、やがて決断的に歩き出した。

が、無論、この程度は些細なトラブルであり、つまりは幾度となく起こること。

――これでは、やっぱり人手を探索に避けないのは道理だ――……。

救護所でぱたぱたと走り回る女神官は、時折耳に入る報告に、そう結論せざる得なかった。

まともに競技を進めるだけで、これなのだ。小鬼の存在を報せたら、どうなるだろうか。

全員を安全に外に連れ出したり、落ち着かせたりは、きっと苦労するし……。

ともすれば、きっと勝手に、ゴブリンを退治して目立とうと動く者だっているかもしれない。

あるいは変な考えをこじらせて、やたらと勘ぐって、妙なことを吹聴する者もいるだろう。

そしてそれで起こる騒動が、また地下の小鬼を誘い出す事になりかねない。

だから――……。

――単独行(ソロ)……。


どうなのだろう。彼はそこまで考えただろうか。女神官には、わかりかねた。

理屈と感情なんてものは、早々切り離せるものではないのだから。

しかしこうした状況は、彼女にとって決して初めてではないにしろ、慣れない事であった。

出会った時から考えて、何度目だろうか。多くとも、十には届かない――ように思う。

あくまで思うだけだから、実際はもっと多いかもしれないし、どうだかわからないが。

彼が、ゴブリンスレイヤーが自分を置いて、単独で小鬼退治に赴く事は、そうなかった。

いや――と女神官はふるふると首を振った――それはあまりにもおこがましい考えだ。

彼の人生に置いて、後から入ってきたのは自分なのだ。

ゴブリンスレイヤーという字名(あざな)は、単独でゴブリンと対峙(たいじ)するが故のものだろう。

だから、そう。

慣れていないのは、置いていかれることで、待つことだ。

彼が一人で行く事では、ない。

「……ん」

そう思えば結局は己(おのれ)自身の問題なのだ。

女神官はそう結論づけ、手当の手を休めて額に滲む汗を拭(ぬぐ)った。

奇跡を使えばもっと楽だろうけれど、だからこそ奇跡を使うべきではないのだ。

奇跡とは、神の御業によるもので、希って初めて起こるかどうか、というものである。

信仰の代価というわけではない。便利使いして良いものではない。それでは意味がない。

だから女神官は打ち身した箇所をしっかり包帯で巻いて固定し、それを良しとした。

「あまり動かさないようにしてくださいね。あくまで、応急手当ですから」

はい、と。小さな声で頷く少年は、やはり冒険者を志して村を飛び出したのだろうか。

別にゴブリンとか、罠にかかったわけでもない。濡れた苔に足を取られて滑っただけ。

それを間抜けとか、愚かとか、笑う気には女神官はならなかった。

自分だって、きっと転んだだろう。出目が良かったから、転ばなかっただけなのだ。

少年が大人しくしているのを確認し、女神官は立ち上がった。さて、次は――……？

「お疲れさまです？」

「あ、はい……っ！」

受付嬢だった。

不意にかけられた声に慌てて振り向いた女神官は、にこりと微笑んで頷く。

「大丈夫ですよ。寺院の方で、こういうお手伝い、小さい頃からしていましたから」

「なら、休憩をとるタイミングもばっちり把握できてますよね」

受付嬢――やはり先程から走り回っていた彼女は、しかしそんな気配を微塵も見せない。

作業着の装いとはいえぴしっとしていて、背筋も伸びて、髪も綺麗で、香水だって香る。

汗を垂らして、ふうふう言いながら、必死に事にあたっている自分とは、やはり違う。

女神官はどぎまぎとしながらも頷いた。先程の少年と似たような、小さな返事だった。

——この人は、どうしているんだろう。

ふと、そんな疑問が過る。いつも彼女とは、ギルドの受付で対面している。

冒険に赴く時。帰ってきた時。その合間の彼女を、女神官は知らない。

だから思わず問いかけてみたくなってしまったのだ。

「待つしかできないの、って……。やっぱり、大変ですね」

「何を言っているんですか、とんでもない！」

そして返ってきたのは、思いがけないような返事であった。

きょとりとした女神官に、受付嬢はふふりと笑い、邪魔にならぬ玄室の端の方へと誘った。

壁にもたれるようにして床へ座り、差し出されるのは、微かに甘い香りのする水袋。

受け取った女神官がおずおずと口に含めば、それは檸檬と蜂蜜を垂らした水で、ほ、と一息。

女神官の空気が和らいだところを見計らって、受付嬢は「そうですね」と口火を切った。

「私たちって、今、何をしていると思います？」

「えと……」

女神官の目が迷った。わからないわけではない。当然だ。

当たり前のことを聞かれれば、戸惑いもする。もしや、何か裏があるのでは、と。

けれど裏があるとして、答えまでは辿り着けない。答えを探して、女神官は視線を動かす。

救護所では多くの参加者や、監督に当たっている冒険者たちがばたばたと走り回っている。

妖術師が森人の女性と連れ立って移動するのを目で追いつつ、女神官はこくりと頷いた。

「迷宮探険競技……の、運営――……ですよね？」

「はい、その通りです」

ぴんと指を立て、職員らしい慇懃な口調で言いつつ、受付嬢はくすくすと笑った。

「参加者さんの管理、進行度合いの把握。不測の事態に備えつつ、きちんと伝達もして……」

外の出店でも客との揉め事もある。それを言えば見物人同士の喧嘩だってあろう。

奇妙な縁から存在を知った、あの盗賊たちの集団だって、もしかしたら動くかもしれない。

掏摸や盗み――女神官としては決して看過できないのだけれど、それもまた、人の世だろう。

「大変、ですよね」

「はい、大変なんです」

にこりと応じた受付嬢は、さっと綺麗な動作で立ち、ぱっぱと服についた汚れを払った。

やるべき事も、やらなければならない事も、まだまだ多い。

心配であっても――どんなに心配しても、やらねばならない事が消えるわけではない。

「待つというのは、それだけで大仕事なんです。待つしかできないなんて、違いますよ」

女神官は迷宮の薄暗がりの中、篝火に照らされた彼女の立ち姿を見上げた。

そして、ぐいと水袋の中身を――鉱人道士がするように――呷り、一気に立ち上がった。

「わたしも……もうちょっと、がんばります……！」

ありがとうございましたと、女神官は水袋を差し出した。受付嬢は、それを受け取った。

女神官はぺこりと一度頭を下げて、再び救護所の方へと駆け出して行く。

守り、癒やし、救え。それこそが、彼女の骨子たる信仰なのだから。

§

ゴブリンにとっては、何もかもが気に入らない事ばかりだった。

毎日毎日穴蔵の中で、毎日毎日同じ肉を食ってばかり。突き合わせる顔もみんな同じ。

いつからこうだったのかは覚えていないし、いつまでこうなのかなど考えた事もない。

それが彼の全てで、彼の世界で、彼はその全てに対して怒り狂っていた。

どいつもこいつも何もわかっちゃあいないのだ。

つい先だって――小鬼にとっては嫌なこと、羨ましいことは、常に「さっき」だ――もそうだ。

変な所に迷い込んだ奴らが、せっかく孕み袋を見つけたのに、その場でダメにしてしまった。

そいつらはどうやら死んでしまったらしいが、当然のことだった。

間抜けな奴らだから死んだっておかしくないし、独り占めしようとしたのだ、ざまあない。

俺はあんな連中とは違うぞと、そのゴブリンは思っていた。

例えば、そう。今この上でドタバタ騒いでいる奴らだ。

旨そうなものを食ったり、楽しく騒いだり、綺麗なものとか立派なものとかを持っている。

こっちはこんな薄汚い所に押し込められて、ずっと我慢しているのに、だ！

とても許しておけない。そんな事はあっちゃいけないのだ。なんて酷い奴らだろう！

偉そうに杖を振り回しているヤツの命令に従うのは癪だったが、言っている事は同感だ。

連中は穴蔵に引きずり込んで、何もかも奪って、踏みつけて、玩具にしてやるべきだ。

なにしろ今までひどい目にあっていたのはこちらなのだから、それぐらいは当然の権利だ。

もちろんゴブリンに権利なんて難しい言葉は理解できないが、つまりはそういう事だった。

けれども、そのゴブリンは、他の仲間——というつもりはないが——たちと違っていた。

連中が入り込んだ奴らをわーわー追いかけ回している間も、彼は持ち場に留まっていた。

真面目だからではない。真面目なゴブリンなどこの四方世界において存在するわけもない。

彼は自分が愚か者ではないと思っていた。仲間たちとは違うと思っていた。

馬鹿みたいにわーわーわーわー追いかけ回すなんて、そんな間抜けな事はしないのだ。

せいぜい連中は走り回って、獲物を思い切り疲れさせれば良い。

そして後はこっそり待ち伏せて、自分がそれを仕留めて頂けば良いのだ。

どうせ他の奴らはぎゃーぎゃーと騒ぐだろうが、なに、強くて賢いのは自分だ。

杖を振り回して偉ぶってるヤツだって、そのうち上手い具合に引きずり下ろしてやろう。

その前祝いとして、手に入れた獲物は好き放題にしてやれば良い。

男だったらまあ食ってしまおう。女なら食う前にあれこれと楽しむ方法がある。

仲間たちはどれほど追い詰めるだろうか。無能な奴らの事だから、そう上手くはいくまい。

活きが良ければ痛めつけるのも楽しいが、あまりに元気では意味がないではないか。

ゴブリンは手頃な岩に腰を下ろし、粗雑な槍を抱えるようにしてぶつくさと不平を言った。

彼の頭の中ではむくむくと、仲間たちの失態と、尻拭いする自分の姿が膨れ上がっている。

それは苛立ちに繋がり、怒りへと繋がった。勝手で、支離滅裂で、一方的な怒り。

心底から正当な怒りだと思う小鬼は、それ故に獲物は自分の手に入るべきだと結論する。

彼は勝手な妄想を膨らませ、欲望を滾らせ、来る日の成功と栄光に涎を垂らして喜んでいた。

そしてその興奮に滑り込んだ刃の存在にも気づかず、意識を闇の中に沈めて、手放した。

§

「これはもう遺跡ではなく洞窟だな」

投じた短剣が小鬼の頭蓋ごと奈落に落ちるのに、ゴブリンスレイヤーは一瞥もくれなかった。

周囲はもはや迷宮の様相を呈しておらず、岩を乱雑にくり抜いたような区画が延々と続く。

蟻の巣と呼ぶには太く乱れており、しかし自然にできたようには思えぬ程度には広い。

ゴブリンスレイヤーはふと、地底に潜む、何やら巨大な怪物の逸話を思い出した。

鉱夫たちが掘り当ててしまったとか何とかの騒動があったのは、何年前の事であったか。

それともあれは粘菌か何かではなかったか。他人の話なぞ、あまり興味もない頃だったはず。

——だがいずれにせよ、この場にいるのはゴブリンだ。

そんな曖昧模糊とした回想を、ゴブリンスレイヤーはあっさりと切って捨てた。

岩に穴を穿つような怪物と、ゴブリンどもが共存できるとはとても思えなかった。

混沌の勢力に与するような祈らぬ者がいるにしては、小鬼の動きは統率が取れていない。

ここは間違いなくゴブリンの領域であり、つまりはゴブリンスレイヤーの領域であった。

「——……」

迷宮から隠し通路の奥へ踏み込んで、果たしてどれほどの時が経っただろう。

彼は頭の中で数えていた数字からおおよその時刻を割り出し、さほどではないと判断する。

こちらに迷い込んだ参加者が何人いるかは定かではないが——まだ、大丈夫だろう。

少なくとも男であれ、女であれ、戦闘で殺されていなければ、まだ生きている頃合いだ。

急ぐべきだが、焦るべきではなかった。

だから彼は慎重に、石筍の狭間に身を潜めるようにして、そっとその先を窺った。

美人花の目薬がもたらした暗視は、劇的ではないが、しかし確かな助けにはなっていた。

森人や鉱人の視覚とは似て非なるもので、彼自身が光源を鎮圧に多用する以上——……。

——いや、あの娘に使わせる以上、だ。

そう、己ではなく女神官からの援護を受けるのであれば、常用する事はできないが。

それでも闇の中、地面に穿たれた断崖と、その間を繋ぐ細い道を見るには事足りた。

橋などといった上等なものではない。

ただ大きな石筍が、何かの拍子に倒れて、上手い具合に裂け目を跨いだのだろう。

只人はもとより、蜥蜴人が乗っても崩れないだろう——そして無論、小鬼も。

——小鬼だ。

今の一匹ではない。一匹だけではない。自分だけは待ち伏せできると思った手合だ。

十か、二十か、それ以上。百ということもあるまいが、多勢に無勢は間違いない。

その全員が、先程仲間が落ちた事に気づいているのか、いないのか。

気づいていたとしても足を滑らせた間抜けだと思っているのかもしれない。

ゴブリンたちは、少なくとも自分だけは落ちたりしないと信じ切っているのだから。

暗闇の中、隠れたつもりで蠢く影。判別はできても、数までは闇に滲んでわからない。

迂闊に踏み込めば袋叩きにされる。

そんな事はわかりきっている。だがどうすれば良いか。ゴブリンスレイヤーは悩まない。

——つまりは、決断的に踏み込めば良いだけの話だ。

「GOROGGBB！？！？」

放たれた矢の如くと呼べば森人は笑おうが、色のある風めいて突貫する侵入者。

不意を討つつもりで不意を討たれた小鬼たちは、愚かにもその利を捨てて騒ぎ出す。

そうなれば、容易いものだ。

「ふたつ！」

「GGB！？！？」

礫さながらに投じられた小瓶が、小鬼の頭蓋と共に粉砕して中身をぶちまける。

血と脳漿、骨と硝子片に混じって広がるのは、不釣り合いなほどに甘やかな香り。

ゴブリンスレイヤーはその香水の霧の中へ飛び込み、そのまま一息に突き抜け、走り抜けた。

「GOROGB⁉」

「GOROGBBGB！？！？」

そう、走り抜けたのだ。

女の香り。目の前をさっと飛びすぎていった獲物。

興奮と混乱と怒りは致命的な隙をもたらし、ゴブリンスレイヤーの行く手を阻む者はない。

「GOOGB‼　GOROGGBB！！！！」

「GGB！」

「GOOOOBBGBB！！！！」

そして――ゴブリンどもは雄叫びをあげて、全てをかなぐり捨てて追跡に走った。

誰よりも早く追いついて引き倒さねば、何もかも他の奴らに持っていかれてしまう。

全てを手にするのは己一人であるべきだ。武器を握り、振り回し、追い立てる。

そこには先程まで僅かに残っていた思慮――と呼べるならばだ――は、もう残っていない。

ただ目の前の獲物を己の手にする事以外、何一つ考えない獣同然の小鬼がいるのみだった。

――弁償はすべきだな。

ゴブリンスレイヤーは滲む視界の中で地形を把握しながら、ふとそんなことを考えた。

だが小鬼退治に関わる事ではない。一瞬でそれを兜の片隅に追いやり、彼は走った。

只人と小鬼では体格が違う。速度も違えば、持久力も異なる。装備の過多を除けばだが。

故にゴブリンは、眼の前に獲物の背が迫ってきたとしても特に疑問を抱いたりはしなかった。

自分の足は誰よりも早く、他の間抜けとは違う。目の前の馬鹿は、疲れて転びそうなのだ。

「GOROGBB!!」

「三……!!」

そんな妄想は、振り返りざまに首筋を一太刀で切り裂かれても消える事はなかった。

ゴブリンは血を噴き、それに溺れながら前のめりに倒れ、後続の仲間たちに踏み潰される。

よしんば喉が致命傷でなかったとしても、骨も内臓も足蹴にされ砕かれれば、それで終いだ。

「四、五……！」

「GOROOG!!」

「――――六つ！」

「GBBGROOGB⁉」

ゴブリンスレイヤーは速度を落とすことなく、都度都度、追いついた敵へ一撃を見舞う。

血が飛び散り、悲鳴があがり、亡骸が転がり、それが後続の小鬼の速度を遅らせる。

その隙にゴブリンスレイヤーは、無秩序に立ち並ぶ石筍の狭間へと飛び込み、息を整える。

ゴブリンどもの強みは奇襲であり、数の多さだ。小鬼退治において考慮すべきはこの二つ。

であれば奇襲すれば良い。彼我の戦力差を覆せば良い。それだけの事だ。

たとえ洞窟の中であれ移動し続け、正確な位置を掴ませねば、壁抜きはまるで恐ろしくない。

遮蔽は常にこちらの味方だ。そして擲弾は只人の友だ。

ゴブリンスレイヤーは雑嚢鞄から取り出した催涙弾を、適当に石筍の向こうへと放った。

「GOROOGB⁉」

「GRGB⁉　GGOBOOBBBRU⁉」

――――いずれ教えるべきだな。

悶絶する小鬼どもの悲鳴を楽しむ中に、女神官の事がふと過る。

酸素を肺腑に取り込み、脳に呼気を回せば、そんな思考の鈍りもあっさりと消えた。

「GBBG!!」

「七！」

「ＧＯＲＯＧＢ⁉」

涙と涎を撒き散らして石筍の向こうから覗き込んだ小鬼の頭を摑み、顎を岩棘へと叩き込む。

口蓋を舌ごと脳へ縫い留められれば、もうこれ以上だらしなく口が開く事もあるまい。

少なくともゴブリンにしては、名誉在る処刑だといえる。

ゴブリンスレイヤーは晒される事になる首に一瞥もくれず、足元に落ちた棍棒を拾い上げる。

武器はいつだって向こうから来る。困る事はない。

「──八……ッ！」

「ＧＯＯＲＯＧＢ⁉」

複数体を仕留めて血脂にまみれた剣を、彼は無造作に背後へ投げ打ってから走りだした。

その後については──細々語る必要はあるまい。

ゴブリンスレイヤーは走り、彼の辿った道には累々と小鬼どもの死骸が折り重なって続く。

それはかつての雪山、あるいは地方村に赴いて幼馴染共々孤立した時の戦況に似ている。

だが、似ているだけだ。

あの時の彼は、追われる側だった。撤退する側だった。狙われる側だった。

今の彼は、小鬼を殺す者だ。

迂闊に距離を詰めてきた小鬼を一挙動で仕留め、少しでも距離を遠ざける者は投擲で殺す。

武器はいくらでもある。斃(たお)れた小鬼から奪い、石筍をへし折り、岩を、地面を叩きつけて。

ずいぶんと昔のことのように思う、小さな村での戦いと違い、ここは洞窟の中だ。

あの暗黒の塔で相手取ったゴブリンどもよりも、はるかに数は少ない。

だが――――……。

――――雑になっているな。

戦い方が、だ。

四方に気を配るのは自分だけだ。援護の矢も、術も、礫もない。進路を考えるのも己のみ。

自分が認識できることのみが全てだ。それ以外に何か一つでも見落としがあれば、致命的だ。

だからこそ、今この時にそれに気がつけたのは、骰子(サイコロ)の出目ばかりとは言えまい。

岩陰で遮蔽を取って呼吸を整えんとした、その一瞬。

ひょうと風を切る音が認識の外から届いた時、彼はとっさに身を捻(ひね)る事ができたのだから。

「む……！」

ぶちりと嫌な音を立てて腰の雑嚢が切り裂かれ、中身がばらばらと飛び散る。

洞窟に刻まれた深い断崖の奥底へと装備が落ちるのも構わず、彼は近くの岩場へ飛び込んだ。

飛来物は明らかに粗雑な矢であり、その源(みなもと)はといえば――――……。

「なるほど、弓兵か……」

崖の向こう側。倒れた巨石で繋がれたその奥に、幾匹もの小鬼が弓を携え並んでいた。

恐らくは逸って射てしまったのだろう。うち一匹が、杖を持った小鬼に殴り倒されている。

小鬼を思うがままに操ろうなどという事は、小鬼にとってすら困難なことだ。

「GOOROGBB！　GOOROGGBBB！！！」

「む……！」

だがゴブリンスレイヤーが岩陰から様子を窺った瞬間、目も眩まん閃光が闇を裂いた。

点眼薬のおかげで視界が封じられたが、しかし何が起こったかは続く音を聞けばわかった。

轟音と共に何かが砕け散り、がらがらと崩れ落ちていくのが、はっきりと伝わってくる。

――なるほど、橋を落としたか。

こちらが射撃をしないのを見越したかどうか、ゴブリンの思考回路は察するだけ無駄だ。

十中八九、自分たちは弓を持っているが、向こうは持っていない、といった所だろう。

ゴブリンスレイヤーは閃光に――奇妙にも――視界が黒く塗り潰されるのを楽しんだ。

これがそのまま連中の視界に適用されるとも思えないが、故に多少の猶予はある。

現にひゅんひゅんと飛び交い出した矢の雨は、隠れている岩に当たるのも稀だ。

周囲の岩肌や地面にあたっては弾けている以上、そう甘く見て良いものではないにせよ。

――さて、どうするか。

記憶の中、走り回りながら頭に叩き込んだ地形を思い起こす。

洞窟に刻み込まれた亀裂の幅を考えるに、なるほど、結構な距離がある。

飛び越えて渡るのも、ただ武器を投げつけて仕留めるのも困難なのは間違いない。

橋を落として矢で射掛けるというのは、忌々しいが、正しい戦略ではあった。

——俺を仕留めた後、どうするかまでは考えていないだろうが。

ゴブリンスレイヤーは再び視界が闇に慣れるのを待ちつつ、腰の雑嚢へ手を突っ込んだ。

そして切り裂かれたそこに中身がほぼ残っていないのを確かめて、息を吐く。

別に残念がりはしない。装備とは使うもの。失われるものだ。

次に彼が手を入れたのは、受付嬢から託された、肩に斜めにかけた腰帯だった。

そこにいくつかぶら下がった嚢にも、装備はしまい込まれている。

「GOOROGB!!　GOOROGGBB!!!!」

「GOBBBGRGB!!」

香水は既に使った。美人花の目薬は使用済み。飾帯。帳面に金の尖筆。飴玉。などなどなど。

綱の一巻きでもあればと思ったが、それはない。尖筆は良い。彼は尖筆を盾の帯に挟んだ。

ゴブリンスレイヤーは兜の庇を持ち上げ、見つけた飴玉を一つ、無造作に放り込んだ。

芳しい香草の味と匂いが一気に口の中に広がるのに辟易しながら、庇を下ろす。

どうすべきかは明白だ。行動に移るべきだろう。またぞろやつに呪文を唱えられては事だ。

しかし、それにしても——……。

——あの投げナイフは惜しかったな。

§

「わ、わ、わ、わ……」

失敗だった。

ずるずると坂道を滑り落ちながら、少女は泣きそうな顔をくしゃくしゃにしかめた。

今更(いまさら)後悔したってどうしようもないのだが、振り仰(あお)いだ登路は遠く、下もやはり高い。

ここから這(は)い上がるのは難しいし、かといって下に降りていくのはとても怖かった。

それでも上に戻るのでは——だめだ。競技なんだから、先へ進まなくちゃいけない。

——がんば、ろう……！

黒髪の娘は手や足をどうにか支えにして、そのままぐずぐずと坂道を降りていった。

掌(てのひら)が砂利(じゃり)や小石で擦られてひりひり、じんじんと酷く痛む。手袋、買うべきだろうか。

迷路の奥に、こんな洞窟が広がっているなんて思いもしなかった。

他の人の気配がない辺り、もしかしたら道を間違えてしまったのだろうか。

——ううん。道はあっている……と、思う。

だって、そうでなければ、道標(みちしるべ)みたいに点々と落ちていたものがおかしいじゃあないか。

少女の背負った小さな鞄は、今ではあれこれと拾い集めてきたものでパンパンになっていた。

とすれば——……単に自分が一番遅いだけなのだろうか。

きっとたぶん、そうに違いない。ふと脳裏に、村の少年の甲高い嘲り声が蘇った。

その声は思わず足を止めてしまう程に痛みを伴っていたが、少女はふるりと頭を振った。

それどころじゃ、ないのだ。

少女は必死になって——死ぬほどの怖さとはどんなだろう？　きっと今だ——集中する。

耳を澄ませ、目を凝らしても、彼女には何も聞こえなかったし、何も見えなかった。

いつのまにか腰に下げた角灯の油も切れ、闇がのしかかってきていて、彼女は心細かった。

大声で叫んだり誰かを呼ばわったりしなかったのは臆病で、不安で、恥ずかしいためだ。

冒険者になろうなんて人は、きっとそんな事をしないはずなのだし——……。

また、笑われるのは嫌だった。

「と、と……ん、しょ……」

やっと底についた少女は、改めて、そびえ立つ崖を見上げた。

暗闇に目が慣れてきたとはいっても、とてもとても、上まで見通せない。

時々上からぱらぱらと小石が降ってくるのに、少女はぱちぱちと瞬きをした。

なんとなく、両側から崖が倒れ込んでくるように思えてならなかったのだ。

少女は瞳を涙で潤ませながら、掌に埋まった小さな石粒を払い、ひりひりした痛みを堪えた。

そしてぐしぐしと袖口で目を擦ると、びくびくとした足取りで、谷間の道を歩き出す。

彼女は滑稽なほど臆病で、哀れなほどに慎重だった。

技量に基づくものか、幸運によるものかは定かではないが、結果的にそれが命を救った。

ずるり、ずるり。前方から聞こえる微かな物音に、ぎくりと立ち止まる事ができたのだから。

――……なんだろう？

少女は、じっと奥の暗闇を見た。いや、ただ見るのではなく、しっかり観察（ルック）した。

それは長さが八フィート近くもあった。

それは不規則で、しかしゆっくりと動いていた。

それは彼女に対し注意を払っていないようだが、しかしもうこちらには気づいているようだ。

それは鋭い牙（きば）を持っていて、さらに体当たりするか、体を締め上げてくるように思えた。

「JJJ……」

――あれは、蛇（サーペント）だ。

少女は、ごくりと唾（つば）を飲んだ。土めいた茶色か、暗褐色の、蛇。

静かに前へ出る。蛇がずるりと前に動いた。そっと後ろに下がる。蛇はずるりと前に動く。

もじもじと右に一歩。蛇は胴をのたくらせて右に動いた。なら左。蛇が左に這いずった。

少女は立ち止まった。蛇もまた動きを止め、その輝く目でじっとこちらを睨（にら）みつける。

――どうしよう……。

どうすれば良いのか、見当もつかなかった。

立ち尽くした少女は、今更ながら腰に帯びた剣の重さを思い出し、もたもたと抜き放った。剣を抜いたところで何の意味があるわけでもないが、少しだけホッとする。

――でも……。

ちらりと手元に目を落とし、刃先まで視線を向けて、それから改めて蛇の方をみやった。

――倒せる、のかな………。

とてもそうは思えなかった。

切り込めるとは思う。思うけど、一度でばっさりと切り倒せる気がまるでしなかった。そうなるときっと噛みつかれるか、巻き付かれて絞め上げられてしまうんだ。毒があったらきっと痛くて苦しい。体中を締められるのだって痛くて苦しい。

――それで、丸呑み(まるの)にされちゃうんだ。

確か蛇というのは獲物を丸呑みして、全身の骨をばきばきのぐしゃぐしゃにするのだとか。少女はそんな事を思い出したのを酷く後悔し、思い描いた末路にぞっとして、へたりこんだ。ぺたんと薄い尻(しり)を地面につけると、ひやっこさが染(し)み込んできて、顔がくしゃくしゃになる。それでもべそをかかなかったのは――半分泣いていたが――知っていたからだ。泣いても、誰も助けてくれない。自分で、何とかしなくっちゃいけないのだ。

――考え、よう。

これもたぶん、競技で、試験なんだから、何か方法があるに違いない。……はず。

少女はちらちらと蛇の様子を窺いつつ、背負鞄を下ろして中を検めることにした。

中身はろくに整理もできておらず、まるでガラクタばかり詰め込んだようだった。

棍棒とか短剣とか。変な赤い粉（触るとぴりぴりした）、よくわからない薬の瓶、巻物とか。

――巻物、使うのかな。

ちょっと違う気がした。勿体ないというのとは別で、そうじゃないよな、と思ったのだ。

ひとまず巻物を脇に寄せて、少女はうんうんと唸りながら荷物を一つずつ確かめていく。

その間もちら、ちらと蛇の方へ目を向けたが、やはりじっとこちらを見ているばかりだ。

競技監督の人を待たせてしまっているに違いないので、彼女は慌てて、また鞄へ目を落とす。

何かわかるものではどうにもできそうにない。なら、何かわからないものを使うべきなのか。

かといってよくわからない薬を飲むのは怖かった。だから薬も違う。違う、事にしよう。

と、なると――……。

「これ、かなあ……？」

少女はよくわからない、けれどひどく禍々しい、恐らくは武器だと思えるものを握った。

右手に長剣を持って――ひどく重い――左手にその武器を構えて、そっと前に出る。

「ＪＪＪＪ……！」

蛇はぴくりと反応して鎌首をもたげ、しゅっと鋭い音を立てて舌を出し、唸った。

その威嚇に、少女は思わず怯みそうになった。腰砕けになって、膝ががくがくと震えた。

これで良いのだろうかと不安になる。失敗で、間違いで、だめで。叱られて、笑われる。

しかし少女は腰に下げた袋の、ほんの僅かな重みで踏みとどまった。

辛うじてここまで、どうにかこうにか集めてきた宝石の粒が、彼女を前に動かした。

「え、や……ッ！」

飛びかかる蛇の速度に比べたら、あまりにも情けなく、あまりにも遅い踏み込み。

それは決して狙ったわけではないが、おかげで少女は大きく開かれた蛇の顎を認めた。

視界いっぱいに広がるそれへ、少女はとっさに、左手に握った武器を突き出す。

「JJJJJJJJJJJJJJJJJ！！！！！」

「ひぅ……ッ⁉」

痛みはなかった。

がっきという音とともに痺れるような衝撃があって、突き飛ばされて少女は尻もちを突いた。

目の前では禍々しい短剣を口に挟んだ蛇が、困惑したように鎌首をのたくらせていた。

その異形の刃ゆえに、吐き出すことも飲み込むこともできず、顎に引っかかっているのだ。

好機だ、とか。隙だ、とか。そんな上等な事は考えもしない。

少女はもじもじと躊躇った後、勇気を必死に絞り出して、とてとてと走りだした。

「や、あッ……！」

そしてぴょんと小兎か何かのように勢いをつけ、蛇を飛び越した。

「JJJJJ！！！！」

そのまま脇目(わきめ)も振らず、必死になって走る。背後からの唸り声は、怖くて仕方なかったが。

――倒さなくても良い……の、かな。

たぶん。転びそうになって、もたもたと走りながら、少女は必死に考える。

だめだったら競技監督の人が出てくるはずだし。出てこないなら、間違ってない、のだろう。

そうして走り続けていると、谷間の暗闇の奥に、やはり何か違うものが見て取れた。

それは最初、大きな石の祭壇のように思えた。

しかし近づくにつれ、曖昧模糊としていた輪郭はハッキリとして、それが石櫃(せきひつ)……いや。

もっといえば、石の棺(ひつぎ)である事が少女の目にもわかるようになっていった。

彼女はどれほど立ち止まろうかと思ったが、後ろからは蛇ののたうち回る音が聞こえてくる。

泣きそうになりながら、泣きべそをかきながら、みっともなく少女は石棺に近づいた。

ここが終着なのだろうか。それともまだ先があるのか。終わりだったら良い。外に出たい。

そうして石棺に辿り着いた少女は、奇妙な事に気がついた。

それは間違いなく石棺(せきかん)だが――刻まれた文字は当然読めなかった――しかし、中が空(から)だ。

蓋(ふた)はこじ開けられたようになっていて、棺の中は、細長いくぼみが一つあるだけ。

杖かなにかでも入っていたのだろうかと思った、次の瞬間――――……。

「ほほう、ここまでやって来られる者がおろうとは、正直に言って驚きだ」

それは炎が燃え上がるようにして虚空より現れ出でた。

みるみる内に膨れ上がったのは、でっぷりと肥えた男であった。

娘の目にも上等とわかる外套（がいとう）を纏（まと）い、手には鋼を編み上げた恐るべき鞭（むち）を携えている。

「どうやらお前のような者には、この程度の封印なぞまだまだ手緩（てぬる）いと見えるな」

ぎらぎらとした光を宿した視線で睨みつけられ、少女は物も言えずに後ずさりした。

少女の目には、それが恐るべき火炎の魔人かなにかとしか思えなかったのだ。

――やっぱり、蛇から逃げたのは、間違いだったんだ。

少女は、慄（おのの）いた。

§

――さながら炎の小鬼といったところか。

「GOOROOGOROGROG!!」

ZAP!　ZAP!　ZAPPA!!

ゴブリンが杖をぶんぶんと振り回す都度、視界を焼く閃光が洞窟の暗闇を貫いた。

幾条もの稲妻、火柱、あるいは熱線は魔力の迸（ほとばし）りとなり、対岸の岩肌を焼き焦（こ）がす。

魔術には詳しくないが、たかだか小鬼の術士が、これほどの回数呪文を使えるわけもない。

ひゅんひゅんと矢の降り注ぐ中を疾駆しながら、左手で足元の小石をさっと掴み取る。

それが為した役割なぞ、ゴブリンどもには思いもよらなかったに違いない。

ゴブリンスレイヤーの右手に握られた、受付嬢の飾り紐。

まさに、である。

「さて……いくつだったか」

ずるい。ずるだ。なにか小狡い、小賢しい、変な手を使ったに違いない！

あの馬鹿な冒険者がどんなに頑張ったところで、断崖を越えて攻撃なんかできない。

何が起きたのか。何をされたのか。

思わず頭蓋を粉砕された軀を蹴り倒し、口に入った汚物を吐き捨て、這いつくばる。

その部下の頭から飛び散った脳漿を、顔面いっぱいに浴びる事になった。

「GOORGB!?」

杖を持った小鬼、すなわち炎の小鬼は間抜けな部下を叱咤するために蹴り飛ばし——……。

洞窟の外にまで逃しはせぬ。その前に矢の雨とこの魔法で、一方的に仕留めてやる。

怯えて飛び出してきた野兎——小鬼は野兎を見たことはない——のように弱々しい。

さっと岩塊の影より飛び出した見すぼらしい戦士の姿を認め、小鬼はきっと嘲ったろう。

融けた鉱石より立ち上る異臭の只中、ゴブリンスレイヤーは遮蔽の放棄を選択する。

——とすれば、杖か。

そしてそれを紐に巻きつけると、ゴブリンスレイヤーの右手が音もなく閃いた。

「とりあえずは、二つ！」

一瞬に投じられた礫は驚くほどの鋭さで飛翔し、ぱかんとまた一つ、小鬼の頭蓋を叩き潰す。

仲間を巻き込みつつ後方へ吹き飛んだ小鬼の死体が痙攣するのを、彼は一顧だにしない。

元より、見えやしない。ぴかぴかと瞬く閃光は、美人花の薬液でもたらされた視界を焼いている。

だが、そんな事は問題にもならなかった。

――ろくに射点を動かさないのなら、弓兵の位置はそれと知れるものだ。

熱線を繰り出す中、ひたすらゴブリンは矢の雨を振らせていた。位置は自ずと、察しがつく。

一党の仲間である上の森人の少女が、常々戦場を疾駆しながら矢を射るのも道理だ。

狙撃地点に固執する射手など、その位置が割れてしまえば、脅威としては半減する。

もっとも、飛び跳ねながら弓矢を駆使できるのは、森人が森人なればこそであろう。

いくらなんでも小鬼と比較するのでは――あの娘に対して失礼が過ぎるというものだ。

「三！　……四！」

「GOOROGBB!?」

「GORG!?　GBB!?」

鴨を撃つが如し。ゴブリンスレイヤーの右手が唸る度、ゴブリンの頭が一つ砕け散る。

彼我の高低差がさほどなく、距離をつかめていたのが幸いだ。

ゴブリンどもは何の考えもなく断崖の端に立ち、身を晒してこちらを狙おうとしてくる。これでは見ていなくたって、外すのは難しいほどだった。

——森人の弓はね——……。

「手技に依らず、魂魄にて撃つ、か」

先に思い浮かべたせいか、ふと妖精弓手が常々口にしている言葉が蘇る。

手先に頼るようなものは、父祖の顔を忘れている——だったか。

——当たっている。

この迷宮だか遺跡だか洞窟だかに棲まうゴブリンどもは、間抜けではないが、愚かだった。

魔法を放つ杖と、そして弓矢を手にしてしまったからだろう。考えもしなかったに違いない。

そして恐らく、今この瞬間になっても理解はできなかったろう。

擲弾は只人の友だ。

有史以来、只人ほど礫を遠くへ、速く鋭く、投じることに拘り続けた種族は他にいない。

四方世界でただ一つ、只人だけが物を投げることを武器としたのだ。

故に、只人は知っている。父も知っている。姉も知っている。彼は、そうして教わった。

——紐一つあれば、この程度の距離など何の問題にもならん。

即席の投石紐を握っただけの只人がどれほどの脅威となるか、思い知るべきだ。

「GOOROGB⁉」

「GBBOB!」

この時になって、ようやっと小鬼どもは自分たちがこのままでは殺されると悟ったらしい。

彼らは大慌てで逃げようとしたのか仲間を盾にしようとしたのか、右に左にとじたじた動く。

「GROGBB!　GOOROOGBB!!」

それに激怒した炎の小鬼は貴重な一手番を部下の粛清に用いた後、杖を振り回して走りだす。

瞬く閃光はゴブリンスレイヤーの目を焼くが、それに狼狽える事はすまい。

彼は自分の感覚――幾度となく狙った小鬼の頭の高さを目掛け、投石を繰り出した。

「GOROOGBB!!」

悲鳴が上がるが、また光。その時には彼は前へ飛び込むようにして転げている。

何かが焦げる音がして、異臭が漂う。痛みはない。躊躇なく前へ飛び出し、石を拾う。

――構うものか。

相手が何十発と呪文を浴びせてこようが、当たらなければ問題はない。

そしてそれはこちらも同じだが、それなら何百発、何千発と投げれば良いだけのことだ。

ゴブリンスレイヤーは断崖を隔てて炎の小鬼と並走しながら、次なる石を掴み取る。

――弾は、いくらでもあるのだ。

乱れ飛ぶ熱線と矢と石礫とが次々に交差し、暗闇の中にその影が白く浮かび上がった。

§

唸る鞭、燃え上がるような熱気。肌をちりちりと焼くような威圧感。

当然少女は身動き一つ取れず、もちろん口を開くことも、逃げることすらできなかった。

膝はガクガクと震えるし、胸はばくばくと鳴って、息をするのも苦しく、剣は重い。

辛うじて立っているだけといった有様を見て、火炎の魔神は嘲るように声をあげて笑った。

「さて、お嬢さん。わしに名前を聞かせてはもらえんかな？」

「あ、っと………」

少女はぽそぽそと自分の名前を名乗った。魔術師に名を知られたら呪われるかもしれない。

しかしでっぷりと肥えた魔術師らしい男は、興味深げに目を細め、少女の顔を覗き込む。

「ほう。嵐の如き名だな。始源の大渦に通じる、勇ましき名だ」

そんな事はなかった。ふるふると少女は首を左右に、ほとんどわからないほどに振る。

「して、何故にここまで来たのかな。何を求めておる？　財貨か？　栄達か？　勲しか？」

――きっと、これが最後の試練なんだ。

少女は必死に何か、正しいことを言おうと思った。何が正しいのかもわからなかった。

けれど黙ってもじもじと考え込んでいる間にも、突き刺さるような視線が恐ろしい。

「ぼ……」と、彼女は呟いた。「……け、んしゃに。……なり、たくて」

とにかく何とか発した言葉はあまりにもつまらなくて、少女はしょんぼりと顔を俯かせた。

それでも一言切り出すと、言葉は訥々と漏れた。

傭兵の父は酒を飲むか怒っているか寝ているかだけ。自分は母親の顔もよく知らない。

友達はいない。職業組合に入る伝手もない。このままでは、一生このままで。

薄汚れた家の中。父親と二人きり。冷たい目を向けてくる村人。自分の世界はそれで終わり。

それがどうしてもどうしても、堪らなく嫌で仕方なくて。でもどうにかする方法なんて。

冒険者になる以外、ないではないか。

「ほう。そうかえ」

ひとしきり黙って聞いていた男は、石棺に頬杖を突いて言った。

少女の人生——十数年と少しの歳月を、たったその一言でまとめてしまったらしかった。

「これほどの時間をかけて語るような壮大な人生と比べれば、わしの人生など取るにたるまい」

「…………？」

「禁忌に触れたのだ。我が肉は奪われ、魂一つでこのざまよ。だが力の証はこの手にある」

「えと……」と少女は必死に考え考え、言った。「……宝石、です……か？」

「いかにも」

男の目がぎらりと光った。少女はごくりと唾を飲んだ。

——やっぱり、これが最後の試練だ。

「あれこそは我が力の証よ。神々とてあればかりは奪えなんだ。彼奴らはわしの力を妬み――」

目の前の男はにこにこと親しげに喋くっているが、少女にとっては何の意味もなかった。

魔術とか、神々とか、魂とか、肉体とか、そんな事を言われたって、わかるわけがないのだ。

彼女は言葉を理解するよりも、ただひたすら、どうすれば良いか、何をすべきかと考えた。

宝石を手に入れなくっちゃいけない。ここまで来たんだから。何とか。どうにか。

――この話に意味があるのかな？

だとしたら聞いておくべきだったけど。でも……意味がない気がする。

「……さて、と。手短に済ませたが、どうやら寝起きで舌が鈍るということもなさそうだな」

あるいは――果たして、それこそが正解だったと、少女は気がつくだろうか。

「ご苦労だった。死ぬがよい」

「――――……ッ⁉」

だからこそ目の前の男が手にした鞭を振りかぶったのに、彼女は反応する事ができた。

咄嗟に飛び退く――というほど上等なものではない。転げるようにして、横へ倒れ込む。

「JJJJ……！」

そしてその瞬間、背後から踊りかかった大蛇が、尾を震わせながら男へと牙を剥いた。

少女すら意識の埒外にあったその脅威は、当然ながら火炎の魔神にとっても予想外であった。

「ぬ、お……ッ⁉　この長虫めが……ッ‼」

男は少女に向けていた殺意の視線を、この知性なき低俗な爬虫類へと容赦なく突き刺した。

獲物を横取りせんとする者への怒りで燃えていた蛇は、より猛烈な怒りによって燃え上がる。

男が振るう鋼の鞭に打ち据えられた蛇は、空中にありながら一瞬にして炎に包まれたのだ。

まず間違いなく、男が口中でぶつぶつと呟いた魔術によるものであった。

「JJJJJJJJJ……!?」

消し炭とはまさにこの事だ。

身を竦ませた少女の目では、長蛇が空中にあって黒い影と化し、そのまま消え去ったよう。

臭い一つ煙一つ残さずに蛇を消し去った男は、縮こまった少女を見下ろして、嘲った。

「わしの宝石が狙いだと言ったな、小娘め。小鬼風情に杖を盗まれる間抜けと思うたか、ん？」

少女は何も言えなかった。ひ、とか、う、とか、そんな情けない声が、喉から漏れた。

男はそれに気を良くしたのか、ずん、ずん、と無造作に少女へと距離をつめていく。

「わしを斃すなど軍を率いても不可能よ！　貴様如き小娘一人に何ができるというのか！」

そのとおりだった。

勝てるとは思えなかった。どうすれば良いのかなんて、まったくわからなかった。

だからにたりと、火炎の魔神が勝ち誇ったところで、言い返すことなんてできないのだ。

「つまらぬ人生だったな。だが貴様の慚愧の悲鳴で、わしは楽しませてもらうぞ！」

――……。

だが——ふと、少女の心に冷たいものがすっと入り込んだ。

怖かったし、怯えていた。早く外に出たかった。参加したのは間違いだったかもしれない。

けど。それでも、だ。

——少し、腹が立っていた。

自分がどうしようもなく情けない事はわかっていた。知っていた。そんなのは。

言われなくたってわかっているんだ。

だから頑張ってる。頑張ろうとしている。頑張った結果だってこれだ。わかっている。

だけど——それを指差して笑われるのは、納得がいかなかった。

お前なんか大した事がない。一つ失敗すればそれ見たことかと、みんなして笑う。

みんな、お前は一生情けなくて惨めなままでいろ、挑戦する事さえ分不相応(ぶんふそうおう)だと言う。

目前の競技監督の人のは演技だとしても。だからって、我慢にも限度があるというものだ。

蛇に慌てふためいてた人が、何を偉そうに言っているんだろう。一緒じゃあないか。

いや、聞けば何でも杖を盗まれたとか言っていた。ゴブリンに。……ゴブリンに！

——あんなの、私だってやっつけられたのに。

ふつふつと、腹の中にまで落ち込んだ冷たいものが、煮えたぎるのがわかった。

もちろん簡単な相手ではなかったけれど、でも勝ったのだ。馬鹿にされる謂(い)われはない。

「…………」

少女は無言のまま、もたもたとした手つきで鞄を下ろし、その蓋を開け、手を突っ込んだ。

「ん？　なんだ、命乞いのつもりか？　ははは、毛皮の長靴でも差し出すのかえ？」

火炎の魔神の表情は、勝利を確信した者のそれだった。

無駄な抵抗、可愛らしいあがきを、蹂躙することに悦びを見出している者のそれだった。

記憶の中にある、嫌な顔の数々と印象がかぶって、少女は無言のままに腕を振り抜いた。

「ぎゃ……ッ!?」

ぱっと赤い粉が宙に舞って、男は悲鳴をあげて顔を覆い、仰け反らせた。

蛇に驚いたのだから魂云々とかいうのは演技で、これにだって驚くだろう。

その間に、ひりひりする指先を押さえながら、少女は断崖に転がる岩の影へと飛び込んだ。

「ええい、手心を加えてやれば頭に乗りおってからに……！　身の程を思い知らせてやる！」

ぴかぴかと空が――空はないけれど――瞬くのは男の怒りのせいだろうか。

おもわずぶるりと震え上がったけれど、少女は必死にちらっと岩越しに相手を覗き見る。

どうやら男はこちらを見失っているようで、顔を押さえたまま鞭を振り回している。

――どうしよう。

少女は必死に考えた。斬りかかるべきか。剣で倒せるのか。とてもそうは思えない。

とりあえず得体のしれない薬瓶を取り出して、飲むのは怖いから投げつけてみる。

「ええい、小癪な……！」

だめだった。がしゃりと割れる音がして、それでお終い。となると――……。

――……やっぱり、これ……かな。

これしかない。だめだったら、もう降参して、外に案内してもらおう。

少女はぎゅっと唇をかみしめて、目を瞑(つむ)ったまま遮蔽から飛び出した。

「む！　そこにいたか、小娘！　死ぬ準備をせ――……」

火炎魔神は、目を見開いた。少女がしっかと両手で握りしめていた、巻物を認めたからだ。

それが何だかあの娘はわかっているのか。脅しのつもりか。いや。まさか、そんな。

その脳裏には、彼が生前に蓄え続けた膨大な呪文の知識が意味もなくひらめいていた。

師によって固く戒められ、けれど己の才覚なら扱えると笑い飛ばしていた、呪文。

曰(いわ)く、四方世界における禁忌、禁術は数多くあれど、次元を歪(ゆが)めるものはただ三つ。

意思の力によりて時空の彼方まで続く窮極(きゅうきょく)の門を開く《転移(ゲート)》。

魔界の核(デーモン・コア)より力を引き出す《核撃(フュージョンブラスト)》。

そして、これなるは最後のひとつ――……。

無知なる少女は「えいっ！」と滑稽なほどに甲高い声とともに、巻物の封印を解く。

「やめろ、それは……霧荒星(むあらぼし)の――……ッ!?」

言葉はもはや形にならなかった。

少女にも、何が起きたのかさっぱりわからなかった。

ただ目を閉じていても瞼（まぶた）を貫くような閃光と、耳も聞こえなくなるほどの轟音、震動。

堪らず蹲（うずくま）って両耳を押さえた彼女の上から、がらがらと石の雨が降り注ぐ。

太陽がそのまま地面に落ちてきたようだ、と思った。

それか巨人が崖を思い切り殴りつけたようだ、とも思えた。

閃光も轟音も、その後にどうと吹き抜けた風も、ほんの一瞬の事だったはずだ。

けれど少女はその衝撃に這いつくばるようにしなければならなかったし、ずいぶんと長かった。

巻物を放り出してしまったのに気づいたのは、ようやくそれがひとしきり収まった頃だった。

そうっと目を開けてみれば、そこには——何も、ない。

何もなかった。

大きな石棺もなければ、火炎の魔神の姿もない。

ただ巨大な何かが落ちてきたかのように、大きな窪地（くぼち）ができていただけだった。

「……これで、良かった……の、か……な……？」

何がなんだかわからないまま、少女は鞄を背負い直し、そうっと窪地を覗き込んだ。

そして、窪地の向こう——崩れた壁の中に煌（きら）めく輝きを認めて、慌てて駆け出した。

転げそうになり、また砂利に手をついて掌を痛めながらも、一目散に。

けれど少女の顔には笑みが浮かんでいた。輝きの正体が、すぐにわかったのだ。

何故ならそれは、見たこともないほどに美しい——黒い縞瑪瑙（オニキス）だったのだから。

§

その瞬間は、まったく唐突に、まさに《宿命》と《偶然》の骰子の目によって訪れた。

「ぬ……！」

「GOROOGB……!?」

それはゴブリンスレイヤーにとっては慣れ親しんだ、小鬼には未経験の、予測不可能な震動。

紙に描いた二点を無理くり貼り合わせるように、空間を捻じ曲げて彼我の二点を結ぶ衝撃。

しかし虚空より来るそれを、ゴブリンスレイヤーと言えど初めて目の当たりにしただろう。

岩窟の中に亀裂が生まれ、轟音と共に落下するのは、燃え上がる重金属の塊。

火球――天の火石――否、よもや、流星が落ちるとは……！

決定的な行動の差は、まさにその時に起こった。

ゴブリンスレイヤーはその光芒を見てしまった。正体を探り、対処を考えた。

いや、あるいは単に、思わず見惚れてしまった、のかもしれない。彼にもそれはわからない。

だがゴブリンにとっては違った。

ぴかぴか燃えるものはおっかないものであり、それ以上でも以下でもなかったのだ。

それに彼は自分が、ぴかぴかと燃えるおっかないものを持っていることを知っていた。

だから怖くない。むしろ自分にもアレができると無根拠に考えた。

ゴブリンスレイヤーが動きを止めたその瞬間に、炎の小鬼は嬉々として杖を振りかざす。

ぴたりと狙い定めて——というほどのこともない。子供が玩具を振り回すが如しだ。

だがそれでも、流星を挟んで対峙する者どもの命運は決定的に分かれたようだった。

ゴブリンの杖には魔力が渦巻き、ゴブリンスレイヤーは舌打ちをして飛び退こうとする。

全てはその瞬間、神々の投じる《宿命》と《偶然》の骰子の目によって——……。

「GOROGB……!?」

——否。

刹那、炎の小鬼の手からずるりと杖が滑り落ちた。

それは間抜けなゴブリンなら得てして起こしうる失策だが、あまりにも出来すぎていた。

取り落とした小鬼は信じがたい物を見たように目を見開き、小鬼殺しはそれに頓着しない。

飛び退き、前転し、体勢を立て直し、身構えるまでが一挙動。

その手元に石はなく、対する炎の小鬼の手にも杖はない。

睨み合う彼らは対手の存在のみを意識し、火石の立てた爆音と閃光も既に遠い。

「GOROGG……」

「——」

二人の敵は、声もなく対峙した。

どちらが速いか。勝負はその一点で決まる。その一点だけだ。他には何もない。

炎の小鬼は幾度となく、落ちた杖と、断崖の向こうの敵とに視線をやった。

忌々しい冒険者は滑稽な小さい盾を構え、手元を隠し、片膝立ちにこちらを見据えている。

だがあんな鉄兜も鎧も盾も何もかも、魔法の光の前には無意味のはずだ。

何よりあの敵はよくわからないが、紐で石に小細工していた。そんな時間は与えない。

やつは石を拾って、紐を巻き付けて、狙って、投げねばならないのだ。あまりにも遅い。

飛びついて、杖を振る。それだけで相手は死ぬ。間違いなく死ぬのだ。それで勝つ。

ゴブリンはその醜悪な顔に下卑た嗤いを浮かべた。

彼の中では既に勝負が決していて、地上に君臨する己の姿しか脳裏にはなかった。

数多の女どもを孕み袋とし、足蹴にし、泣き喚くそいつらを痛めつけ、喰らう。

他の小鬼は元より只人も何もかも、全員が自分に平伏し、全てを差し出すのだ。

それが今まで虐げられてきた自分にとって当然の権利だと、小鬼は確信していた。

そしてそんな環境にあっても強く賢い自分は、それを勝ち取るのが当たり前なのだ。

相手が盾で手元を隠してコソコソしていたって、そこに何もないことはお見通しだ。

炎の小鬼に躊躇はなかった。彼は力強く地面を蹴って、己の杖に飛びついた。

摑み取り、握りしめ、振りかぶり、敵の方を向く。

驚くべき俊敏性でその動作を終えた彼が見たものは、やはり膝立ちの冒険者だった。

冒険者は兜の庇ごしにゴブリンを見据え、その右手が射抜くように真っ直ぐに伸びている。

「――GOROGBB?」

すこんという軽い音がして、小鬼の頭が揺れた。その視界に色鮮やかな飾帯が棚引いていた。

理由もわからず力が抜けて、手や足がでたらめに痙攣し、ぐるりと天地がひっくり返る。

その指から滑るように零れ落ちた杖が、断崖絶壁の方を目掛けてからころと転がりだした。

炎の小鬼――いや、今やただの小鬼となったそれは、懸命に自らのい、い、い、いとしいしとを求めた。

火石の熱に呑まれて溶けいく様を目にしなかったのは、小鬼にしては幸運であったろう。

あるいは、共に滅びることのできた彼の圃人よりも、不幸な終わり方であったのか。

「――十五」

いずれにせよそのゴブリンは、自らの眉間に突き立ったものが尖筆だと知らぬままに死んだ。

尾を結わえ付けた投矢がどれほどの距離を飛ぶか、只人でなければ思いもよらぬ事だろう。

そして尖筆一本あれば、音もなく小鬼を殺せる事を、ゴブリンスレイヤーは知っていた。

音も立てずに小鬼を殺す方法は、まだ幾らでもあるのだった。

「……ふむ」

立ち上がり、息を吐く。

この騒動は、誰のせいでもない。ゴブリンの仕業であり、そして己の失態のせいであった。

だがひとまずの尻拭いはできたろうか。いや、まだ姿を晦ました冒険者を見つけてはいない。

となればまだ戦いは終わっておらず、先へ進むより他ない。

ちらりと彼は周囲に目を配り、溶けた蛋白質の水溜りと、そこに沈む崩れた歯の残骸を見た。

――――だとしても、ずいぶんと大勢の者に助けられたものだ。

「さて……」

そしてゴブリンスレイヤーは、つまらなさそうに鼻を鳴らした。

「ひとまず、どこから降りるべきか――……?」

§

「――恩は返したな」

「私がね」

迷宮の片隅で、妖術師は深々と息を吐いて眉間を揉みほぐした。

終盤に差し掛かった迷宮探索競技の賑わいは遠く、なのにがんがんと頭の中で響くようだ。

手足の指は何かに掴まれたようにじんじんと痺れ、目は乾いてぱりぱりと痛む。

汗はべたべたと服を肌に貼り付けて不快だし、胃の中は冷たく、喉に何かがこみ上げてくる。

なにしろ脳に瞳を作って二つの肉体を制御しなければならなかったのだ。比喩にもならない。

「……最悪の気分。麦酒三杯一気飲みした感じ」

妖術師は文字通り吐き捨てるような有様で呻いた。

「それか、ふらっと泊まった宿屋で目が覚めたら処刑台に縄で縛り付けられてたみたいに」

「気持ちがわかるだけに嫌な例えだ」

白粉（おしろい）の匂いを漂わせながら、傍らに立つ森人の女が顔をしかめる。

「下手糞がやると酷いぞ、あれは」

「そ」

妖術師はやる気もなく答えた。

この女の涼し気な顔に苦虫を噛み潰させたのは痛快だったが、喜ぶだけの余力はない。

「上手いやつの技を試（ため）してみる気は？」

「蟻（あり）の肉団子でもかじったほうがマシ」

妖術師はぱたぱたと白粉の匂いを払ってから目を閉じ、壁にもたれかかった。

まあ、別に、大したことではなかった。ないのだ。《無手（アクワード）》の術一つ分くらいは。

等価交換は世の原則でもなんでもないが、忌々しい事に、こいつには世話になっているし？

借りを返したいから手伝ってくれないかなんて頼まれて、断ったらなんだか気分も悪いし？

というよりこいつが頭を下げる所なんて初めて見たせいで、思わず引き受けてしまっただけ。

他意はない。当たり前のことだ。

「……けど、疲れたぁ……」

今すぐ休みたいがそうもいかない。この後で片付け、事後処理、着替え、やっと帰宅。

どうしてただ休むというためだけの事にこれだけ色々しなければならないのか。不合理だ。

なにしろうちの一党(パーティ)ときたら頭目筆頭(リーダー)に、僧侶も斥候も色々とアレだ。

結局頭脳労働とかその手のややっこしいことを一人で引き受けているのだから、まったく。

まったく。ホントに。もうちょっと敬(うやま)うべきだ。呪文書を買う予算を増やせ。本当に。

だいたいどこの馬鹿だ。こんな遺跡の中で《流　星(メテオ・ストライク)》の術を使ったのは。

ぶつぶつ、ぐちぐち。そんな事を呟いていると、森人の女が愉快そうに笑っている。

いずれホントに褥(しとね)か湯殿でひん剝いてくれようか。そんな事を思うのは、疲れているからだ。

――何だって良い。早く帰ってご飯食べて寝よう。

妖術師は何もかも投げやりに、「くあ」と小さく欠伸(あくび)を漏らした。

§

断崖の下へ降りるのは存外に楽な作業であった。

ゴブリンの衣服を剝ぎ取って良く束(たば)ね、捻じり、結べば綱の一本くらいはできようものだ。

頑丈そうな石筍にしっかかと綱を結び、崖を伝って降りれば、白煙がもうもうと立ち込める。

ゴブリンスレイヤーは注意深く――いい加減点眼薬の効果も切れてきた――辺りを観察した。

そこはすり鉢状の大きな窪地で、どうしたわけか、足元には硝子が散らばっていた。

幸い靴底は気を使ったものを選んでいるので、それに足を取られる心配はあるまい。

ただこのような場所があるのかと、興味深くは思ったが――……。

「ふむ」

果たして、少女の姿はそこにあった。

崖の下で困り果てて立ち尽くし、どうやって脱出したものか、考えあぐねているようだった。

やがて彼女は意を決して崖に取り付き、手がかりと足がかりを求めて四肢を伸ばし――……。

「出口はこちらだ」

「ひゃ……っ⁉」

ずるりと少女は崖から滑り落ち、どしんと尻もちを突いた。

あまりにも危なっかしい様子だったから声をかけたが、かけずとも似た結果になったろう。

しばらく身動きも取らず縮こまっていた少女は、ほどなくしてよろよろと立ち上がる。

どうやら痛みを堪えていたらしい。彼女はぐしぐしと顔を袖で擦った。

そして黙って待ち続けるゴブリンスレイヤーの元へ、小走りに駆けてきた。

「あ、あの……」

まずは、無事らしい。怪我もなければ、服の乱れもない。

顔も装備も汚れて、くたびれ果てて、髪は乱れてあちこち飛び跳ね、情けない有様だが――。

「見つけ、ました。これ……！」

――その顔と、手には、灯（スパーク）の輝きがあった。

大事そうに、竜との戦いで手に入れた財宝のように握りしめられた、ちっぽけな小石。

ゴブリンスレイヤーの目には黒い石ころのようにしか見えなかったが、それが煌めいていた。

少女は緊張の面持（おもも）ちで、じっとゴブリンスレイヤーを見つめていた。

競技の試練を突破した。自分が冒険を達成したと信じて疑わぬ、真っ直ぐな瞳だった。

ゴブリンスレイヤーは低く唸り、押し黙った。それから、言うべき言葉を一つ言った。

「よくやったな」

「……はいっ！」

表情の乏（とぼ）しかった顔いっぱいに笑みを浮かべ、少女はやった、と小さく呟いている。

「引き上げよう」

ゴブリンスレイヤーはその顔を見つめた後で、静かに言った。

崖に垂らした綱を登る時だって、そうだ。

少女は酷く危なげな様子ではあったけれど、たしかに力強く、崖の上まで至ったではないか。

彼自身は長い歳月をかけて身につけた技術で崖を登り、「上手いものだ」と呟いた。

少女は「木登りは、得意なんです」とはにかむように言った。彼は「そうか」と頷いた。

ゴブリンスレイヤーは、なるべく少女が歩きやすい道を選び、洞窟の中を進むことにした。

ほどなく点眼薬の効果が切れてきて――そして少女には暗闇が見通せないことに思い至る。

彼は自分の雑嚢を探り、松明を含めた中身が大半失われた事を改めて理解して、低く唸った。

受付嬢の荷物を調べると、辛うじて、香油の小瓶が残っていた。

彼は少し考えて、少女に問うた。

「角灯はまだあるのか」

「……は、はい」と少女は小さな声でいった。「でも、油が……切れちゃって」

「貸してくれ」

少女は素直に、もたもたと鞄をおろして、横に下げていた角灯を外して差し出してきた。

ゴブリンスレイヤーが角灯に香油を慎重に注ぎ、慣れた手つきで火を灯す。

興味津々と言った様子で覗き込む少女の顔が、橙色の光にぼんやりと照らし出される。

ほのかに立ち上る甘い香りに、陶然と頬を緩ませて、彼女は「いいにおい」と呟いた。

「冒険には向かん」

ゴブリンスレイヤーは、ゆっくり立ち上がった。少女は慌てて立ち上がり、鞄を背負い直す。

「だが、気は落ち着く」

彼は兜の奥で僅かに唇を持ち上げると、少女へ背を向けるよう言い、角灯を吊るしてやった。

「ぁ」と彼女は恥ずかしそうに、小さな声をあげた。「……り、がとう。ございます」

そうして二人は、出口へ向けての長くもあり、短くもある道のりを、慎重に歩いていった。

影が長く伸びる中で、口を開いたのはもっぱら少女の方だった。

「あの試験監督の人は、ちょっと、ひどいと思います」

「そうか」

「……ひどいこと、言われました」

「そうか」

「そうなんです」

くたびれきっているだろうに、少女はその疲れを感じさせないような調子で話し続けた。

罠が多かった事。ゴブリンと戦った事。帽子を掴まれた事。どうにかやっつけた事。

話は飛び飛びで、時に村にいる父親の話になり、武器屋であった冒険者の話になった。

ゴブリンスレイヤーが言うべき言葉は山程あった。

彼女は競技の進路を外れ、ゴブリンの巣穴に迷い込み、這い回っていただけなのだ。

その過程で何が起こったのかは、彼女が話した以上のことを知らない。

だがしかし、事実はただそれだけだ。

迷宮探険競技としての成果は何一つ上げていない。その事実を伝えるのは容易だ。

事実を伝えて、この少女の成功を台なしにする事など、ほんの一瞬でできるのだ。

――そんなのは、糞くらえだ。

少女の冒険に比べれば、自分の持つ事実など、何の価値もない事を彼は良く知っていた。

それに価値を見出すような人物にはなるまいと思った。彼の周囲の人が、そうであったから。

彼は、ゴブリン退治しかしていない。

窮地を脱したのは——いつだって、彼女たち冒険者の力あればこそなのだ。

間章

「手始めに世界を救うお話」

その岩窟の中には、巨大な肉の塊が実にみっしりと、良い具合に詰まっていた。

──ああ、生きている。

自分の正気ががりがりと音を立てて削れていくのがわかるのは、実に愉快だった。

幸か不幸か王妹は以前にもそういう経験があり、一時的狂気に浸る事はなかったけれども。

「なんですかあれぇ!?」

「いやあ、はは、今回は大物ですね。百手巨人ほどではありませんが」

高い崖の壁面にへばりついて悲鳴をあげた彼女に、剣聖は、かんらかんらと楽しげに笑う。

青い革鎧を着込んでいても威風堂々。髪を瘴気になびかせての笑みは、牙を剝く獣に似る。

背にした銅の剣──と思いきや鋼の湾刀は引き抜かれ、ぎらぎらと剣呑な輝きを放っていた。

けれどもそれは蠢く巨大な肉塊に比べれば、針のように細く小さく、痛痒たりえないだろう。

「大丈夫なんですか……!?」

「まあ生きているみたいなので、死ぬまで切れば死にますよ」

大したことではない。大したことのように思うのだが、王妹の抗議は黙殺された。

「で、やっちゃったんだ？」

「生み出した分身に《分身》を唱えさせれば、より強力に己(おのれ)を増やせると思った者がいた」

それに小鬼たちも──ある意味では魔術によって作り出された複製だと聞き及(きおよ)んでいる。

王妹も、それは知っている。現在、地上に残しているのは賢者の生み出した分身たちだ。

そんな彼女を余所(よそ)に、賢者は訥々(とつとつ)と呟いた。

「真言の魔術には、《分身》の呪文(じゅもん)がある」

王妹は泣きたくなった。友人となった地母神(ちぼしん)の女神官もまた、こんな苦労をしているのか。

死の迷宮に拐(かどわ)かされて、その次は迷宮探険競技で死の罠の地下迷宮でこれである。

──ある意味でこれ私の初めての冒険ですよね……!?

ぼそりと「冗談」と呟かれても、王妹はまったくといって良いほど笑えなかった。

「……《分身(アザーセルフ)》を四つ維持しながら、《降　下(フォーリング・コントロール)》の術をかけるのは、疲れるから避けたい」

「落ちても大丈夫なんですよね……!?」

もっと前、具体的にはこの頼りない足場に張り付いた時からなのは、王妹も気づいていた。

みちみちと血管やら神経やらを膨らませては壁に挟まれ潰(つぶ)れる、この肉塊のせいではない。

けれど桃色の外套(がいとう)の下、人形めいた顔が引きつり、青ざめているのを王妹は認めている。

その横で、やはり崖の壁に張り付いていた賢者が、ぼそぼそと呟(つぶや)くように囁(ささや)いた。

「あれは、太歳星君(ジュピターゴースト)」

静かな賢者の声に対して、ぽんと弾むように緑の衣の勇者が声を投げかけた。

彼女は足元も頼りないというのに、まるで近所の垣根の上を歩く子供のように危なげない。

「愚かの極みだ」

賢者はたった一言で、眼下の肉塊――彼女の言葉が正しければ、その魔術師を切り捨てた。

分身は本体と同じ事を考える。分身もまた《分身》を唱える。その分身も、やはりまた。

そうして無限に増え続ける。本体を押し潰し、自我が消え、それでも尚《分身》を唱える。

《分身》を唱えれば有利になる。強くなる。だから《分身》を唱える。唱え続ける。永遠に。

「その結果が、これだ」

かくて愚かな魔術師は、天刑星の禁忌に触れたのだ。

その代償は個人が支払うには大きく、四方世界からすれば些細な、術者の魂魄であった。

しかし残された脅威は、断じて軽んじて良いものではない。

「あれは、いずれ――間違いなく四方世界を飲み込み、喰らい尽くす」

いつのまにか術に小鬼を巻き込み、その食料とされ、食料としながらも、肉塊は膨れ続ける。

利の追求、知の追求は人の性だ。蜥蜴人の言う、猿や獣だったものが、ここに至った原動力。

獣になる前は、海に棲まう魚であり、よりもっと前は――原形質の粘菌だった何か。

けれどももし、その粘菌が、例えば竜や何かと等しい、制御不能の力を手にしたら。

「……」

賢者は無言のまま、おぞましき肉塊と成り果てた魔術師を見下ろした。

いずれこの怪物は四方世界を埋め尽くし、三千世界を喰らいきるまで、止まる事はあるまい。

長き歳月の末に、封印された自分の墓所まで辿り着いたのはその執念の賜物だろうか。

賢者にも、勇者にも、王妹にも、もはや魂亡き肉の意思など、とても汲み取れれない。

「その前に殺せば良いだけの事では？」

「ま、そうなんだけどさ」

もっとも、汲み取る気すらない剣聖もいる。その言葉に、勇者は唇を尖らせて応じる。

——ああ、地母神様。

王妹は、何もかも想像の埒外と呼ぶべき光景、状況にあって、心から神の名を唱えた。

このお三方はいつだって、こうした冒険を、戦いをくぐり抜けてきたのだ。

それに居合わせた以上、ただきゃあきゃあと慌てふためいて、悲鳴をあげてはいられない。

——そんなのは、あんまりにも格好悪いじゃないですか。

友達が上にいるのだ。結局また、彼女に隠れてこっそりと冒険するはめになったけれど。

こういう時には、にっこり笑って踏ん張るものだと、兄上も仰っていたではないか。

「魔法というのは、なかなか難しいものですね……！」

王妹が錫杖を握って必死に笑うのに、「当然だ」と賢者もまた口元を緩めて微笑んだ。

「何故ならば呪文とは魔法であり、つまりは奇跡なのだから」

故に真の大賢人は、滅多なことでは魔法を使わぬものなのだ。

故にこの場に王妹がいるのも、神の采配があったからなのだ。

「太歳星君は災厄を招くとかって聞きますけど……」

王妹は必死に頭の中で様々な聖句を唱えて、魂を天上へ近づけながら言葉を続ける。

天地を結ぶのだから、一気に振り切ってしまわないよう気をつけないと――……。

そんな彼女の様子を横目で見ながら、剣聖が「つまるところ」と言葉を続けた。

「あれが地下にあるせいで、西方辺境が？」

「鶏と卵」と賢者もまた杖を構え、術に意識を向ける。「どっちが先かはわからない」

「できればあれが原因であって欲しいですねー」

なんとなく違う気もしますけど。剣聖は軽い調子で言って、ゆらりと湾刀を掲げる。

「言っとくけど、ボク今回は本当に探険競技を楽しみにきただけなんだけどなぁ……」

「事ここに至った以上、勇者様も覚悟を決めてくださいよ」

巻き込まれただけの私がそうしたんですから。王妹の言葉に、勇者は肩を竦めた。

「そんな事言われたら、負けらんないよねえ、ボクたち」

それをいつものことだと、黒髪をなびかせた少女――勇者は笑い飛ばす。

戦意は上々――もっともこの一党に並ぶには、王妹の実力はあまりにも乏しい。

――私にできる事なんて、ほんの少しですしね。

だからこそ、ありったけ、精一杯、全力で。

勇者様たちにだけ任せて安穏としているなんて、かつても今も、自分が一番嫌な事だった。

「《いと慈悲深き地母神よ、その御手にて、どうぞこの地をお清めください》……！」

ふわっと魂が優しい手に包まれて、母に抱き上げられるような感覚が全身にもたらされる。

大丈夫。きっとだいじょうぶ。絶対に、大丈夫。王妹は目の前の肉塊を睨んだ。

ただ強かったり、効率が良かったり、それだけが全て、だなんて――……。

そんな事は絶対にない。だからここに自分がいて、彼女たち――勇者たちがいるのだ。

「ああ、くそう。ちょっとくらいさ、世界の命運とか関わってない冒険がしたい……！」

「そのためにも」

剣聖が応じ、賢者が続けた。

「まずは世界を救わなくてはいけない」

「だよね……！」

知ってた！　声をあげた少女――勇者は虚空へ高々と手を突き出した。

魂と絆で結ばれた絶対の武器は、同じ次元世界にあればいつだって一瞬で現れる。

輝ける太陽。その光を宿した緑の聖剣。絶対の武器。

それをしっかと握りしめて、勇者は虚空へと身を躍らせた。

「夜明けの――……一撃ィッ!!」

「お、なんだ。嬢ちゃんも参加してたのか。どうだった」

「ダメだったや!」

「そうか、ダメだったか」

「うん、でもまあ、冒険はできたし、楽しかったから良いかなって」

青々と澄み切った青空の下で、鉄の槍を肩に担いだ少女は朗らかに笑った。

緑の衣をなびかせる風と同様、その表情は爽やかで明るく、一点の曇りもない。

槍使いはその顔を認めて「そうか」と頷いた。

——迷宮探険競技は、結構上手く行ったみたいだな。

冬も間近だというのに、辺境の街は祭りの後の名残が、まだ多く漂っていた。

道行く人々の顔はどこか高揚していて、ちらほらと、競技会の感想話も流れてくる。

どこそこの倅が、娘が、参加しただの、上手く行っただの、失敗しただの。

見込みのある若者が余所から来たから、宿だ飯だを振る舞って、顧客にしようとしてるだの。

冬から次の春にかけての新人は、結構期待できそうだと、槍使いは思う。

関わらなかった事に後悔はないが、惜しいなと思う程度には、良い興行だったに違いない。

――そんな中で自分が失敗しちまったってぇなると、落ち込むかとも思ったが……。

目の前の彼女にその気がないというのも、彼の気を良くしていた。

きっと良い冒険者になれる。少なくともその才能の一つがあるという事だ。

冒険を失敗した冒険者というのは、総じて気落ちするし、落ち込むものだ。

挫けて放り出し、諦めてしまう者も多い。そこに是非はない。個人の選択なのだから。

しかしそれでも気にせず次へ挑めるという心持ちは、得難いものだった。

些細な縁から始まり、こうして時々巡り合っての交流が続く、新米の少女。

彼女が励んでいるとなれば、槍使いの頰も緩むというものだ。

「そっちは、どうだったの？」

だから無邪気な問いにも、事さら大仰に、「痛いところを突かれた」という顔をして見せる。

「不老不死の霊肉とかいうのがあるって遺跡の話だったんだがな」

頭を掻いて、わざとらしくない程度に苦笑い。嘘ではない。態度を誇張しているだけだ。

「遺跡の一番奥は、もぬけの殻だったよ」

「てことは、そっちもダメだったんだ」

「そういうこった」

こっくりと頷いた槍使いはその手を伸ばし、わしゃわしゃと少女の黒髪を引っ掻き回した。

きゃーっなんて可愛らしい悲鳴をあげるあたり、彼女もじゃれ合いを楽しんでいるらしい。

無遠慮に女の子の髪を撫でてどうこうなどというのは、相応の付き合いがあればこそだ。

「ま、冒険者なんてそんなもんだ。気ィ落としちゃダメだぜ？」

「そのつもりー！」

ぷぅと唇を尖らせる彼女の髪を整えてやりながら、ちらと槍使いは視線を余所へ向ける。

向こうで佇んでいる青い鎧の剣士と、桃色の外套の魔法使いが、この子の仲間だろう。

なかなかの佇まいだが——どうだろう。実力と装備が見合っていないような気もする。

もちろん、装備の方が実力に足りていないためだが——……。

まあ、構うことはあるまい。

知り合いの神官によく似た娘が傍で談笑しているから、なんとなく意識が向いただけだろう。

その少女の元へ、女神官が小走りに駆け寄って、朗らかに笑って会話の花を咲かせている。

二人は姉妹のようにも見えるけれど、槍使いの感想はまったくの別だった。

いくら尼さんの装束が同じだからって、纏った女性が違えば雰囲気だって変わるのだ。

女性は何を着て何をしていようが美しい事に変わりはあるまい。良いことだと槍使いは思う。

そんな彼の隣で、相棒たる魔女は何やら意味深に笑っていた。それだっていつもの事だ。

冒険者ギルドの扉を開けて、緊張の面持ちをした少女が歩いていくのも、また同じ。

西の辺境のこの街において——それは恐らくは平凡な日常の一幕に過ぎないのだ。

§

「おい、お前！」

街へのお使いにも慣れてきた頃だった。

一度目は褒めてくれた両親や、驚いた周りの子供らも、いい加減反応しなくなった頃だ。

ましてや今日は父親のお供で、大事な話があるから外で待っていろと置いてかれてしまった。

それでも自分はすごいことをやっているんだと少年は信じていたから、ひどく不満だった。

だからくさくさとしながら街路を眺めていた時も、最初はまったく気づかなかったのだ。

少年は雑踏の中を行く少女に瞬きをし、通り過ぎるのを目で追い、やっと彼女を呼ばわった。

「――？」

きょとりとした顔で振り返ったのは、村外れに棲まう傭兵だかいうやつのとこの娘だ。

長い黒髪も、ぼうっとしたような表情も、何も変わっていない。

大きさのあっていない背負鞄に、腰に帯びた重そうな長剣で傾いているのはそのまま。

だから最初に気づかなかったのは、彼女が安物の革鎧を着ているせいだと、彼は思った。

「お前……」

少年はしげしげと、自分よりもずいぶんと細い娘を無遠慮に眺めた。

「ホントに冒険者になったのかよ」

「うん」

少女はこくんと頷いて、んしょ、んしょ、と胴衣の襟元から認識票を引っ張り出した。

ちらりと見えた白い肌や鎖骨に、何故か少年はどきりとするが、無視してそれを見る。

彼女の細い喉にかかった鎖には白磁の小さい板と、紐で括られた小さな黒い石が揺れていた。

「……お前、騙されてるんじゃねえの？」

「そうかな」

「それに、なんだよ、その黒い石っころ」

「競技会の、賞品」

少女は彼のつんけんした声も気にせず、嬉しげに、認識票と並んで下げた黒い石を触った。

大事な宝物を扱うような慎重な手つきで、彼女はまた、その二つを服の中に落とし込む。

「お守りに、してもらった」

「安っぽいな」

ふん。少年は鼻を鳴らしたが、少女は気にした風もなく「そうかな」と呟いた。

それが何故だか酷く苛々と感じられて、少年は勝ち誇ったように胸を反らした。

「どーせ武器を振り回してただけだろ？　ゴブリンとか、相手に」

「うん。……そう、かも？」

「ゴブリンなんて、俺だってやっつけられるぜ」

そうだ、こいつに自慢してやろう。少年は意気揚々と言った。

この間、村にやってきた小鬼を彼は追い払ってやったのだ。棒を振り回して、石を投げて。

もちろんゴブリンは痩せっぽちの一匹だったし、大人たちの後ろについていただけだけれど。

それでも自分がゴブリンを追い払った事に変わりはないのだ。少年は得意げだった。

「そうなんだ」

「そうさ！」

しかし少女は大して興味もないらしく、訥々とした返事がきただけだった。

どうにか彼女の表情を変えてやろうと、少年はにたにたと笑って、勝ち誇るように続けた。

「迷宮探険競技なんてさ、シロート相手のお遊びで大した事ないないいんだろ？」

「そうかな」

「お前さ、俺の言ったとおりに兜とか買ってったのかよ？」

「……」

少女は一瞬押し黙った後、もたもたと前髪を分けて、それを見せてくれた。

彼女の頭に巻かれているのは、革の額当てがついた鉢巻だった。

これなら引きずり降ろされたりしないから。少女はぼそぼそと小さな声で言った。

——どんな間抜けだよ。

兜とか、そんなのが引っ張られるなんて、馬鹿みたいだ。少年は鼻を鳴らした。

もし自分が冒険者になったら、兜は買うし、絶対そんな馬鹿みたいなことはしない。

少年はそう確信して、間抜けな目にあったらしい少女を見下ろして笑った。

けれどもどこか満足感があった。この娘は自分の言った事を守って、兜を買ったんだ。

だったら、そう。こいつの力だけでは迷宮探険競技の賞品なんて貰えなかったって事だ。

「じゃ、俺が色々と忠告してやったおかげだな！」

「────それは、違うかな」

少女は、はっきりと言った。

少年はぎょっと息を呑んだ。彼女が自分の言葉を否定したのは初めてだった。

それはとても小さな、いつもの少女と変わらぬ声だったが、ひどく鋭かった。

その時、少年は初めて、幼い頃から知っている少女の目を見た。

じっとこちらを見るその瞳は恐ろしいほどに透き通っていて、真っ直ぐで、深い泉のよう。

路端の石を眺める時のそれに似て、ただ、そこに在るだけのものに向けられた視線だった。

「話、終わった？」

少女はゆるく首を傾げた。ふわりと、何か甘い、良い香りが髪から漂った。

「じゃあ、私は行くから」

何も言えない少年を残して、少女はくるりと背を向けて、前を見て歩き出した。

やる事は多かったし、考える事もいっぱいだったし、とにかくどこから手をつけようか。

まずは下水道。まずは下水道。少女はぶつぶつと呟きながら、町外れの入口へと向かう。

それが受付のお姉さんのオススメだった。危ないこともあるとは言われたから、少し怖い。

いずれは訓練場ってところにも行ってみようと思うけど、まずはちょっとお金を稼ぎたい。

冒険者ギルドにいた人たちにちょっと聞いてみたけれど、やっぱり下水が一番良いらしい。

勇気を出して人に話しかけるのは大変だったけれど、でも、あの怖い競技監督の人よりは。

それに話しかけてみると、みんな良いひとたちばっかりだった。

下水に詳しいというお兄さんたちからは、「棍棒(こんぼう)が良いぞ」って教えてもらった。

でもまだお金がないし、棍棒なんて使ったことがない。だから一度は剣でやってみよう。

出かける前に工房のおじさんに話を聞いたから、棍棒の値段はわかっている。

探険競技で手に入れた宝石を引き取って貰えてよかった。おかげで鎧と、鉢巻、薬を買えた。

角灯(ランタン)の油を頼んだら。香油(こうゆ)もおまけしてもらえた。とても嬉しかった。

あの冒険者さんも言っていたけど、落ち着くのは大事だ。自分はすぐ慌ててしまうから。

蛇が出てこないといいな。蛇はとても怖かったもの。下水道には、きっと蛇はいないよね。

一人で小鬼と戦うのは、とても大変だった。だからきっと、鼠(ねずみ)退治だって、すごく大変。

――いろいろ、考えなくっちゃ。

「……がんばろう」

少女は、ぎゅっと拳を握った。その胸元で、お守りがきらきらと輝いていた。

先程話しかけてきた少年のことはもう、頭の中からほとんど抜け落ちてしまっていた。

始めの一字より広がる大渦、嵐の名を背負った少女。

まだまだならず者めいた彼女は、黒縞瑪瑙を胸に、着実に歩き始めていた。

彼女の行く手には、どこまでも広く、広く、四方世界が続いている。

§

ゴブリンスレイヤーは、受付嬢が依頼人と話すのを、ぼんやりと長椅子に座って眺めていた。

時折、その安っぽい鉄兜を認めた冒険者たちに声をかけられ、彼は「そうか」と返事をする。

新人の冒険者――迷宮探険競技に参加した者たちは、椅子に座る彼などには目もくれない。

それが見すぼらしい装備のせいなのか、気にする余裕がないからなのかは、わからなかった。

自分が新人だった頃はどうだったかといえば、周りを見る余裕などはなかろうものだ。

もちろん、この薄汚れた格好を見て銀等級の冒険者と思わないのは、むしろ当然だとも思う。

例外といえば、あの少女。探険競技で奥へ迷い込んだ彼女は、通りすがりに会釈をしていた。

――あの娘は、冒険者になるだろう。

登録したかどうかという意味ではない。ギルドに登録しているのは、自分も同じだ。

あの娘は、きっと冒険者になれる。

上手く行くかどうかは知らないし、自分などが判断して良いわけもあるまい。

だが彼女は、冒険者になると決めて、なるべくして行動している。

であれば、もはや彼女は冒険者なのだ。

――自分は。

どうなのだろうか。

ぼんやりと彼は考える。祭りの前は大忙しだったが、終わってしまえば、この通りだ。

結局のところ、自分が何をやったかといえば、ゴブリン退治でしかない。

迷路を作るのも、罠も、競技の運営も、自分が行った事は、ほんの微々たる程度ではないか。

この世の全ては、やるかやらないかだ。師はそう自分に教えてくれた。

で、あるならば。

――自分は――――……。

「あ、ゴブリンスレイヤーさん！　良いですよ！」

どうぞ、と。笑顔の受付嬢に手を振られて、彼は思考を打ち切って立ち上がった。

受付嬢の横では、首から聖印を提げた職員が、どうしてか猫めいた微笑を浮かべている。

――彼女には、地上での運営を任せてしまったか。

ゴブリンスレイヤーは小さく唸り、やはり小さく鉄兜を下げた。

監督官は「お」と言う表情を浮かべた後、「良いんですよ」と首を横に振り、業務に戻る。

――いずれ改めて礼を言うべきだろう。

彼は忘れないようにしっかりと覚えた上で、受付嬢の対面に立った。

受付嬢はもう常と同じ制服姿であり、くるくると独楽鼠めいて帳場の中を忙しく動いている。

迷宮探険競技などは大変な仕事であったろうに、疲れた様子は一切見られない。

「いやあ、色々とご苦労をおかけ致しました……」

「問題はない」

むしろこちらを気遣ってくる様子に、ゴブリンスレイヤーはきっぱりと応じた。

なにしろ、相手はゴブリンなのだ。

いつもとやっている事は、何一つとして変わらなかった。何一つ。

「さほど、苦労はしなかった」

「私も色々お手伝いすると張り切ってはいたのですけれどね」

しかし受付嬢のどこか困ったような表情は変わらない。

彼女はくるくると指先で編んだ髪の先を弄びながら、どこかしょんぼりとした様子で笑った。

「あまりお力添えもできなくて……」

「あの香草の飴はひどかった」

「――――？」

言葉の意味を解しかねたのだろう。受付嬢が、きょとりと首を傾げた。

ゴブリンスレイヤーは構わずに続けた。口を止めれば、きっと自分は黙ってしまう。

幼馴染(おさななじみ)の娘からも、困ると黙るとは、よく指摘されるところだった。

「飲み込んだら胃の腑(いふ)から臭いが立ち上る。辟易(へきえき)したし、少し動きも雑になったように思う」

「そ、そうでしたか……」

「だが、それ以外は役に立った」

ゴブリンスレイヤーは、躊躇(ちゅうちょ)なく切り出した。

「ありがとう」

「――――――」

受付嬢からの、答えはなかった。

彼女は一瞬表情を固めて、「少々お待ちくださいね」と思い出したように立ち上がった。

そして帳場の奥の方に引っ込むと、しばらくして、小走りに戻ってきて、席につく。

「ええと、大変失礼いたしました。それで、ええと……それで……」

受付嬢はきはきとした口調で言葉を重ねて、常と同じ、美しい笑みを浮かべて首を傾げた。

「……それで?」

「だが、中身をだいぶだめにしてしまった」

「あら」

彼の言葉に目を瞬かせた受付嬢は、すぐにその笑みを緩めて、照れたように目を伏せる。

「良いんですよ、そんな――……」

「弁償をしたいが、俺はその辺りが不案内だ」

その彼女の様子に構わず、ゴブリンスレイヤーは極めて慎重に、言葉を選んだ。

ここが用心のしどころだった。

「選ぶのを――……」

「ぜひ、一緒に！」

受付嬢は勢い込んで、半ば席から立ち上がるようにして言った。

周囲の冒険者や依頼人、職員らの視線がちらりとこちらに向かう。

受付嬢が顔を真っ赤にして座り直し、こほんと咳払いするのを、監督官が薄笑いで見ていた。

「……一緒に、お願いできませんかー、と。……思うのですけれども」

「そのつもりだったが、それで良いか」

「……はい」

「そうか」

――教訓が生きた。

ゴブリンスレイヤーは頷いた。問題はないらしかった。改善できたという事だ。

以前にこれで痛恨の失敗をしたものだ。金を持ってきて渡すのを避けて、本当に良かった。

息を吐く。まずは、良し。であれば、その次の案件へ向かうとしよう。

「とはいえ、まずはゴブリンからだ」

「ですよね」と受付嬢は微笑んだ。「ええ、ええ、わかっていますとも」

いやに上機嫌な様子で、受付嬢は再び帳場の奥へと戻り、書類の束を抱えて舞い戻ってきた。

足取りは軽く、動きもてきぱきとしている。ゴブリンスレイヤーは礼を述べ、書類を取った。

地方の開拓村からの依頼――やはりいつも通りだった。

痩せた小鬼が現れたので追い払ったが、心配なので調べて欲しいとか、退治して欲しいとか。

祭りがあったとはいえ冬越しを考えれば、その食料が狙われるのを心配するのは当然だ。

あの地下での戦いで、小鬼を全て殺し尽くせたかどうか、彼には確信がなかった。

もし何匹か逃げ出しているとすれば、これを生かしておくわけにはいかない。

いや、そうでなくとも小鬼を殺す必要はある。彼は小鬼を殺す者で、これは彼の務めだ。

ハレの日が終われば、ケの日が来る。それが世の道理だ。不満などはない。

彼にとってはハレの日であれ、ケの日であれ、ゴブリンを殺すというだけの事だった。

ゴブリンには、誰かが楽しんでいる日こそ忌むべき日であるのだから。

――まずは雑囊鞄の中身を新調しなければなるまい。

破れた鞄を認めた幼馴染の娘は「任せてよ！」と自信たっぷりに、修繕を請け負ってくれた。

彼女に任せれば、きっと大丈夫だ。二度と破かれるような失態はおかすまい。

心配があるとすれば、あの南洋式投げナイフが、すぐに購入できれば良いのだが。

そして後は仲間――と考えて、彼は一瞬思考を止めた――に声をかけるべきかどうか。

ゴブリン退治に付き合えと、また誘うべきか、どうか――……。

「ねえ、またそれゴブリン退治の依頼でしょー？」

不意にかけられた声は、頭上からで、鈴の鳴るように美しかった。

冒険者ギルド二階の通路から、ほとんど体をぶら下げるほどに乗り出した、上の森人だ。

妖精弓手がさかしまの顔をにこにこと上機嫌に、ひょこりと長耳を揺らした。

「ほんと、オルクボルグったらそればっかりよね」

「そうか」

そうだろう。否定の余地はなかった。

こっくりと鉄兜を揺らす姿の何が面白いのか妖精弓手は、ころころと声をあげて笑った。

「まったくもう。あの子じゃないけど、仕方ないったらありゃしない」

私が誘わなかったらどうしようもないじゃないね。妖精弓手の唇が囁く。

そしてそのこの世のものと思えぬ白く美しい指先を、ついと彼の鉄兜へと向けた。

「冒険行くわよ、冒険！　ゴブリン退治が終わったらね！」

「ああ」

彼は自分がそんな事を言って良いのか、最後まで迷いながらも、短く答えた。

「冒険に、行こう」

あとがき

ドーモ、蝸牛(かぎゅう)くもです！

ゴブリンスレイヤー十三巻、楽しんで頂けましたでしょうか？

今回はゴブリンが出たのでゴブリンスレイヤーがゴブリン退治をするお話でした。

精一杯頑張って書きましたので楽しんで貰えたのでしたら幸いです。


結局のところ自分が何をしようがどうしようが世界は勝手に色々と変わっていくものです。

@ちゃん他、新人の冒険者というのはそんな四方世界へ飛び込んでいく事を決意した子です。

やりたいなーという気持ちは大事で、やるという行動に移していかないといけませんね。

最近はVtuberの皆さんの配信を見たり聞いたりしながら作業することが増えました。

ゲームでもなんでもワイワイ賑(にぎ)やかに楽しくやってるのは、とても良いもんです。パワー！


なんだかんだバタバタあれこれ色々あったのが二〇二〇年でした。

ゴブリンズクラウン劇場公開、ドイツA n·i m a n·i A賞のゴブリンスレイヤー受賞。

ゴブスレ関係の小説も数えてみたらもそろそろ二十巻ぐらいになりそうでびっくりします。

まったくなんというかすごいところに来てしまったなあとも思う次第です。

自分がやってる事は相変わらず好きなものとにかく詰め込んで書くだけなのですけれど。

とすればこうした嬉しいことは、自分の力というより、いろんな人のお陰なのでしょう。

考えてみれば当たり前なのですが、一人じゃ本も漫画もアニメもゲームも作れませんしね。

編集部の皆さんや、アニメ関係の方々、海外の方々、挿絵の先生方、漫画家の先生方。

一緒に遊んでくれる友達たち、まとめサイト管理人さん、そしてもちろん読者のみなさん。

ゴブリンスレイヤーという作品が評価されたのは、そうした「みんな」の力あってこそです。

いつもいつも、本当にありがとうございます。

イヤーワンもまだまだ続きますし、鍔鳴の太刀もいよいよ大詰めに近づいています。

ＴＲＰＧ関係もあれやこれや、他にもまだまだ盛りだくさんで、大回転していかねば。

次の巻は北海にゴブリンが出たのでゴブリンスレイヤーがゴブリン退治をする話の予定です。

こちらも頑張って書いていくつもりですので、またお付き合い頂けましたら幸いです。

では、また。

ファンレター、作品の
ご感想をお待ちしています

〈あて先〉

〒106－0032
東京都港区六本木2－4－5
ＳＢクリエイティブ（株）
GA文庫編集部 気付

「蝸牛くも先生」係
「神奈月昇先生」係

本書に関するご意見・ご感想は
右の QR コードよりお寄せください。

※アクセスに発生する通信費等はご負担ください。

https://ga.sbcr.jp/

ゴブリンスレイヤー13

発　行　　2020年10月31日　初版第一刷発行
著　者　　蝸牛くも
発行人　　小川 淳

発行所　　SBクリエイティブ株式会社
〒106−0032
東京都港区六本木2−4−5
電話　03−5549−1201
03−5549−1167（編集）

装　丁　　AFTERGLOW

印刷・製本　中央精版印刷株式会社

ISBN978-4-8156-0640-4
Printed in Japan　　GA文庫

やめなさい！……
何を、ですかな
全てを。
10
GOBLIN SLAYER
原作：蝸牛くも
（GA文庫／SBクリエイティブ刊）
作画：黒瀬浩介
キャラクター原案：神奈月昇
B6判

ゴブリンスレイヤー。

後に「英雄」と呼ばれる一党の
コミックス①・②巻大好評発売中!!
ゴブリンスレイヤー外伝2
鍔鳴の太刀
ダイ・カタナ
DAIKATANA
The Singing Death
果てなき迷宮攻略譚――
イラスト：青木翔吾
GC UP!
SQUARE ENIX
B6判
原作：蝸牛くも（GAノベル／SBクリエイティブ刊）
作画：青木翔吾
キャラクター原案：lack
©Kumo Kagyu / SB Creative Corp.
©Shogo Aoki/SQUARE ENIX

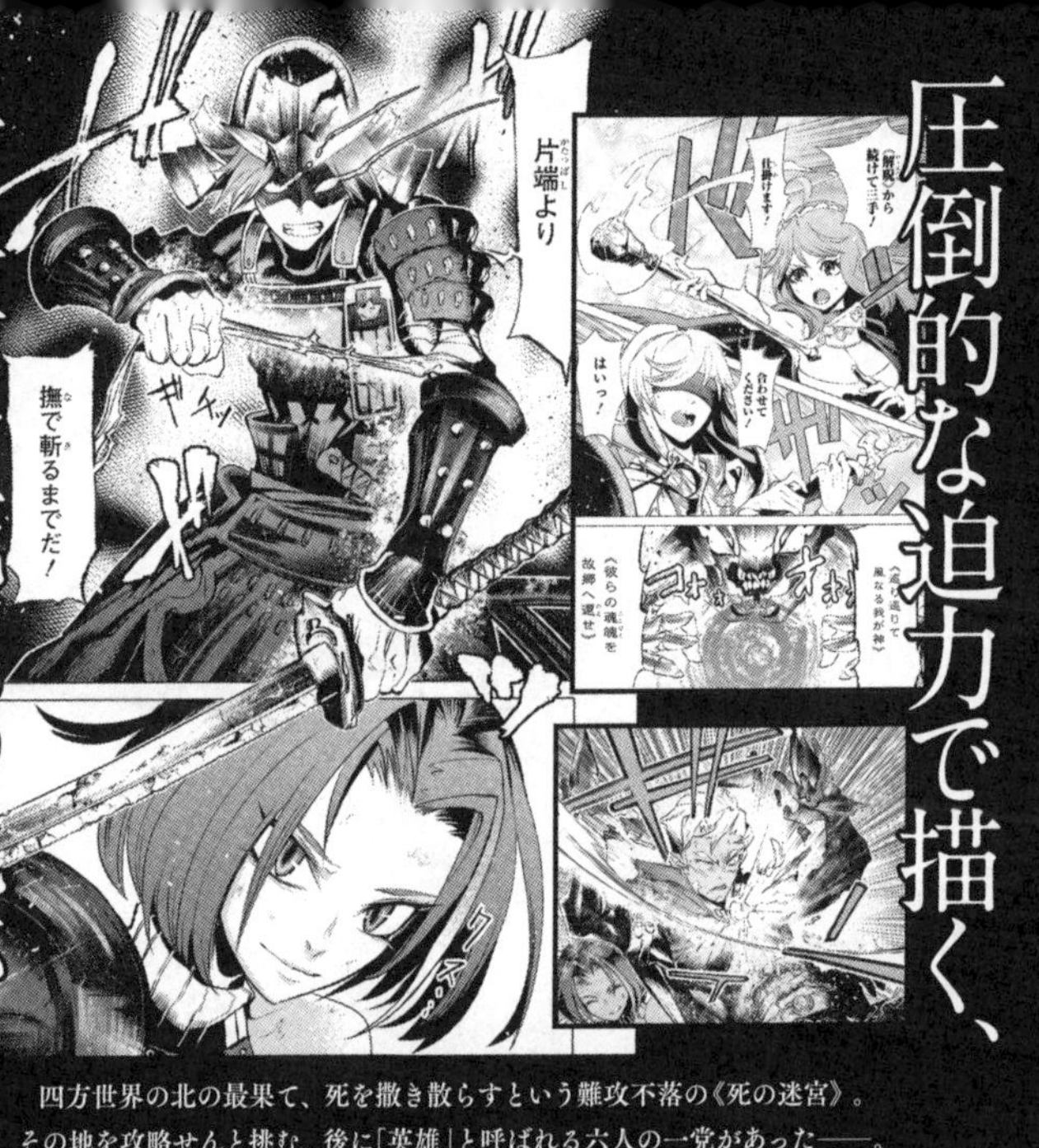

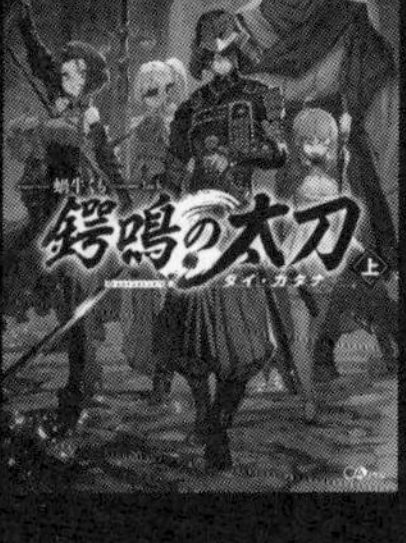

試読版は
こちら!

16
試読版は
こちら!